나는 이미 길을 떠났다

나는 이미 길을 떠났다

이화용 수필집

도서출판 북인

차례

제1장 꿈-dream, hope

제2장 직진하는 남자

제3장 검은 개는 잘못이 없다

제4장 당신의 삶은 우아한가요?

제5장 우리가 가는 길

제6장 아버지의 숙제는 계속되고 있다

제1장
꿈-dream, hope

사실은 나도…

내게는 헤어스타일에 대한 편견이 있었다. 주름투성이의 나이든 여자가 길게 머리카락을 늘어뜨리고 다니는 것에 대한 거부감. 왜 좀 묶거나 핀으로 고정하지 않고 풀어 헤치고 다닐까, 하고 혼자 구시렁거리기도 했다. 설명하기 어렵다. 나풀대는 긴 머리는 젊은 여성의 특권이라고 생각했나보다. 그런데 이게 웬일인가. 내가 그렇게 해보고 싶은 것이다. 머리카락 숱이 적으니 생머리로 기르는 것에는 한계가 있다. 대신 어깨까지 기른 머리카락에 파마를 해서 좀 풍성하게 부풀린 머리 모양을 하면 어떨까?

인상을 좌우하는 것이 '헤어스타일'이란 말도 있다. 꼭 예쁘고 밉고, 어울리고 안 어울리고만의 문제일까. 어찌 보면 머리카락의 길이는 여성성의 상징이라고 할 만도 하다. 미인대회에 나선 여성들은 하나같이 풍성한 웨이브의 긴 머리 모양이고, 소설이나 영화에 반항기 있고 독립적인 여성의 외모는 쇼트커트를 한 모습으로 표현되기도 한다. 남들과는 다른 모습으로 좀 '튀고' 싶었던 나는 단연 쇼트커트 쪽이었다. 20대 초반에는 정수리의 머리 기장이 손가락 두 마디보다 길면 잘라내곤 했다. 그것도 무슨 강박처럼.

성장기 소녀들의 통과의례처럼 여겨지는 소설 『작은 아씨들』의 둘째인 '조'는 작가 지망생이다. 남북전쟁에 참전해 부상한 아버지를 위해 목숨처럼 아껴온 머리카락을 싹둑 잘라버림으로써 수많은 소녀 독자들에게 아쉬움과 함께 갈채와 환호를 받으며 대리만족을 준다. 이 행동이 그녀의 정체성을 드러내는 요소 중 하나로 자리매김한다. 그러고 보면 긴 머리와 여성성이라는 등식에 제일 거부감이 큰 것도 여성 자신이 아니었을까. 묘한 아이러니다. 여성에게 긴 머리가 순전히 자의적인 선택이었을까? 여고 시절의 단발머리, 혼기에 들어선 처녀 시절의 긴 머리 스타일, 한창 육아와 살림에 바쁜 여자들의 짧은 파마머리 모양이 어떤 공식처럼 강요되었던 것은 아닌지.

기존을 '삐딱한' 시선으로 보는 것에서부터 인류는 발전되어왔다고 해도 크게 어긋나지 않는다. 1800년대 중반 이후의 미술사는 격동, 그 자체였다. 이미 이전부터 변화의 물결은 일고 있었지만, 주요 관심사는 오롯이 '인간, 사람'에 쏠렸다. 그것도 화가에게 투영된 모습을 자의적으로 그려내는 것. 세잔느는 묵직하고 중성적인 모습의 아내를 과감없이 그렸다. 그의 캔버스에 그려진 사과나 꽃병 같은 오브제의 하나처럼.

1800년대를 풍미한 라파엘 전파 화가들의 뮤즈였던 제인 모리스 초상 속의 머리 모양은 웨이브 진 긴 머리였으나 그녀의 얼굴은 더 이상 젖살 오른 소녀의 모습도 우아하게 머리카락을 틀어올린 귀족 여성의 모습도 아니다. 각진 턱선과 긴 콧날, 꾹 다문 입. 주장이 강한 눈빛. 금기야 긴 파마머리를 뒤로 묶은 모습으로 단테 가브리엘 로제티(1828~1882)의 〈백일몽〉에 등장한다. 그렇다면 그림 속 여자들이 긴 머리를 자르고 쇼트커트를 한 모습으로 등장하는 것은 언제쯤일까. 여성들의 머리 모양에는 무언의 자기 주장이 있는 것이란 생각을 해본다.

다른 사람들도 마찬가지이겠지만 유독 나에게 세상은 더 가혹하지 않았나 하는 자기 연민에 빠질 때가 종종 있다. 주변에서는 병마 또는 예기치 않은 사고로 갑작스러운 죽음을 맞는 동년배의 소식이 들려오기도 한다. 나만 피해가란 법은 없다.

자기 주도의 삶을 살고 있나? 이렇게 살다가 어느 날 덜컥….

"이젠 내가 하고 싶은 대로 하며 사는 거지."

숨어 있던 금기에 대한 욕구가 꿈틀댄다. 괜한 트집을 잡았던 긴 생머리를 나풀대는 6070의 모습을 응원하고 싶은 생각이 든다. 이유 없는 호불호에서 오는 편견을 이제는 조금씩 꺾어야겠다. 그것은 자신과의 타협을 보기 시작했다는 말일 수도 있겠다. 먼저 손을 내밀기도 하고 바른말이라고 생각하며 남의 속을 후벼파지 말고 되도록 듣기 좋은 말, 상대방이 듣고 싶어 할 말을 하고….

뜨거운 열기를 품은 햇볕이 쨍쨍 내리쬐거나 아니면 땅에 구멍이라도 낼 기세로 폭우가 쏟아지는 날 말고, 훈풍이 불고 살짝 구름에 가려 부드러운 햇살이 훈훈한 그런….

사실은 더 늙기 전에 머리를 한번 길러보고 싶다.

●

꿈-dream, hope

내 글쓰기는 곁방살이로 시작됐다. 아파트 1층. 거실 한쪽에 자리잡은 식탁에서 낮에는 가족들이 밥을 먹고 밤에는 빈 그릇을 치우고 노트북을 폈다. 가슴속에 단단하게 뭉쳐 있던 덩어리들이 조금씩 풀어지기 시작했다. 덩어리들은 말랑말랑한 반죽이 되고 글이 되었다. 그것으로 좋았다. 그러나 곧,

내 책상이 있었으면….
내 자리가 있었으면….
좁더라도 몸을 숨길 곳이 있었으면….

욕망은 진화되어 갔다.

조금 넓은 다가구주택 2층으로 이사 갔다. 방이 하나 남았다. 내 방, 내 공간이 생겼다. 우선 거실 바닥에 쌓여 있던 책들이 숨을 쉬기 편해졌다. 간이 테이블 두 개를 붙여놓고 책상으로 썼다. 노트북

을 이리저리 옮기지 않아도 되니 기뻤다.

기쁨은 잠시, 날이 갈수록 욕망의 색깔이 변해갔다. 좀 더 넓고 폼나는 책상을 갖고 싶었다. 팔을 뻗으면 닿을 것 같은 이웃집과 거기서 들려오는 소음 대신 새소리, 골목을 누비며 외쳐대는 채소 장사의 마이크 소리 대신 고요.

그리고 창문 밖으로 보이는 먼 풍경을 탐내기 시작했다.

글은 결핍을 먹고 자란다고 했던가? 결핍이 채워질수록, 더 큰 책꽂이가 생기고 번듯한 책상에 노트북과 국어사전을 편안히 놓을 수 있는 자리가 생기고…. 그럴수록 책상에 앉아 있는 시간은 줄어들고 있었다. 또 다른 욕망이 꿈틀댄다.

아, 이 방은 너무 막혀 있어.
옆집이, 옆의 뒷집이 너무 가까워.
저녁에는 고등어를 굽는군.
뉴스보다 드라마를 좋아하는군.

확성기를 단 듯 옆집 부부의 대화가 귀를 테러한다. 담장 위에 올라앉은 새끼 고양이의 울음소리가 나를 자꾸만 불러낸다. 창문을 이중으로 굳게 닫는다.

내게 집중할 수 있을 만큼 조용했으면….
가족들과도 잠시 단절될 수 있는 그런 공간이었으면….

●

내다볼 풍경이 있었으면….

시야를 멀리 둘 수 있어서 마음의 적막을 옮겨놓을, 그런 공간을 갖고 싶어.

반지하 같았던 아파트 1층에서 7년을 살았고, 사방이 막혀 있는 이 집에서 또 그만큼의 세월을 살았다. 때를 가리지 않고 들려오는 이웃 여자의 괴성. 베란다 빨랫줄에서 나부끼는 이인의 속옷가지. 건물과 건물 사이로 겨우 보이는 쪽하늘에 숨이 막혔다.

책상에 앉아 허공을 바라볼 수 있었으면….

나는 너무 사치스런 생각을 하는 것일까?

다가구주택 살이를 청산하기로 했다. 사람 냄새 속에서 사람 소리에 묻혀 사는 것에 지쳐 있었다. 어울려서 섞이지 못하는, 가죽 주머니를 뚫고 밖으로 나오고 싶어하는 무딘 송곳이었다. 고립된 곳에서 오로지 '나'이고 싶다.

곧 산비탈을 허물고 지은 아파트 8층으로 이사 간다. 지금 이곳에 없는 것이 탁 트인 그곳에는 있으리란 꿈. 산수화 여백과도 같은 그런 공간이 있으리란 꿈.

나는 꿈을 꾸고 있다.

여백이 있을 것이란 꿈-dream, hope.

더 벌어야 하고 더 채워야 하고 더 써[筆]야 한다는, 더하기를 해야 한다는 강박에서 벗어나야겠다. 도화지에 빼곡하게 그려져 있는 것을 하나씩 지워나가고 싶다. 아무것도 그려지지 않은 빈 도화지일지라도 그것이 오롯이 '나'이고 싶다.

소망대로 하늘을 바라보며 글을 쓸 수 있고 쉴 수도 있는 넓은 내 방이 생겼다. 의무는 내려놓고 '무욕'을 욕망할 것이다. 책상 앞에 앉아 창밖을 내다보면 멀리 산 아래 오종종한 농가와 텃밭이 보일 것이다. 하늘의 심기도 육안으로 파악할 수 있으리라. 내 존재는 그 방에서 좀 튼실해질 수 있을까?

남은 12년

미국의 보험회사들이 참고로 한다는 기대수명을 계산하는 프로그램에 내 자료를 입력해 보았더니 잔여 수명이 12년으로 나왔다. 78세까지 산다고 한다. 100세를 지향하는 요즘 서운하기는커녕 다행으로 여겨지니 기계적 통계치를 그대로 믿으려는 내가 얼척없다.

사실 잔여 수명은 자력으로 살아갈 수 있는 통장 잔고하고 의논하는 게 가장 현명하다. 이유야 어찌되었든 십수 년째 무주택자이고 아직도 생업에 매달리는 처지에서는 그렇지 않겠는가.

우리 부부는 '아슬아슬 어찌어찌' 짧지 않은 세월 가정을 지켜왔으나 가치관도 사뭇 다르며 생을 바라보는 시각에도 간극이 있다. 하지만 그것이 선택할 수 있는 것이라면 삶을 마감하고 싶은 방법에서는 묘한 일치를 이룬다. 특별한 건강상 이상이 없고 성인병 증세도 아직은 없는 걸 너무 믿어서인가. 연례행사처럼 종합검진 받는 것을 거부하고 흔한 암보험 하나 들어놓지 않았다고 자식들에게 지청구를 들으면서도 꿋꿋이 버텨내고 있으니 미련한 것인지 무대

책인지.

치열하게 평생을 살면서 명예와 부, 세간의 존경까지 받는 사람에게도 어김없이 죽음은 다가온다. 그들이 마지막 숨을 거두기까지의 과정은 이승에서 쌓아온 어떤 것으로도 인간으로의 존엄성을 지키기 어려운 것을 가까이에서 보았다. 그래서인가 심각한 질병이 발견되고 치료가 큰 의미가 없는 상황이 된다면 자연스러운 운명에 몸과 마음을 맡긴다는 생각에 우리 부부는 암묵적 일치를 이루고 있다. 이는 40년에 가까운 세월을 통해 연애와 결혼으로 얽혀진 유대감(?)이 아닌가 하는 생각이 들기도 한다.

남은 12년을 어떻게 살고 싶은가 따위의 보랏빛 청사진은 사양하겠다. 머잖은 미래에 생업에서 물러나 거처의 위치를 마음대로 정할 수 있다면 강원도 어느 소도시에서 살고 싶다. 다리 근육에 힘이 빠졌을 터이니 엘리베이터 정도는 있는 곳이라야 하겠지. 평생 아웅다웅하던 '영감'과는 여전히 닭싸움도 하겠지만 투지는 지금만 못할 터이니 심심찮은 자극제는 될 것이다. 아, 누군가가 한 말이 생각난다. 늙을수록 큰 대학병원 가까이서 살아야 한다고. 글쎄올시다, 그건 우리의 잔여 수명 원칙에 위배되는 걸요?

사회가 인정하는 경쟁력에서 한발짝 물러서 있는 나, 그리고 남편. 초경쟁사회, 초물량, 초물신주의시대에 뭐 하나 경쟁력을 옳게 갖추지 못한 사람들이다. 경제적, 사회적 무능은 세상과 어울려 살아가기에는 아웃사이더에 불과하다. 이런 모습이 어제 오늘 새삼스런 일도 아닌데 개인의 최소한 자존감과 가치관마저 쓰레기통으로 내몰리는 세태가 오늘 따라 나를 괴롭힌다. 미친 듯 치솟는 부동산의 자산가치, 해답이 없어 보이는 신종 바이러스로 인한 심리적 위축과 불경기와 장기불황, 연이은 사회의 윤리기준이 붕괴하고 있는 뉴스 보도들 말이다.

뾰족해진 감정을 추스르지 못하고 자신과의 줄다리기 탓에 장에 탈이 나고 식욕이 갑자기 떨어져 옥수수차로 며칠을 지냈다. 급기야 눈앞이 팽팽 도는 어지럼증에 침내에서 일어나지도 못하는 상황이 벌어졌다. 내 개인적인 문제와 고민거리들, 2020년대를 사는 루저들는 정신줄을 꼭 붙잡고 있기에는 너무나도 급변하고 양극화되어가는 혼란에 마음만 부대낀다. 한 치 앞을, 내일을 설계하기엔 격랑 속에 흔들리는 일엽편주…. 불안하기 짝이 없다.

나는 어떻게 나 자신을 곧추세우며 남은 12년(?)을 살아가야 할지. 고백컨대 주어진 것에 감사하지도 못했지만 기울인 만큼의 소득과 안정도 보장받지 못한다는 자괴감 속에 살아왔다. 영혼을 깊이 쏟아부은 '나의 문학'은 누구의 가슴도 적시지 못하고 그와 함께 보낸 시간에 감사해야 했다. 소리 없는 전쟁과도 같은 형편없이 불투명한 현실이 다시 예전만큼이라도 회복되기 힘들 거라는 부정적인 생각이 드는 것을 어쩌면 좋을지…. 12년도 긴 것은 아닌지.

애면글면 살아온 날들, 노년기에 안정과 여유, 안온함을 기대하는 건 거친 물살에 떠밀리느라 온몸에 물 먹은 종이배 같은 것인가. 달관과 체념이 가장 현명한 덕목이 되어버린 것은 아닌가. 이 밤, 켜켜이 쌓인 불안이 잿빛 그림자 되어 나를 덮는다.

●

변명 또는 비겁함

앞마당의 고양이 울음소리가 집안에서도 크게 들린다. 고양이는 큰소리로 우는 일이 별로 없다. 뭔가 절박할 때 저렇게 운다. 영하 10도 강추위에 길거리에서 살아가는 저 고양이는 추위를 견디다 못해 분노에 찬 것일까. 창문을 열고 내다보니 낯이 익은 '누렁 얼룩이'가 야트막한 담 위에서 나를 쳐다본다.

"너희 집 고양이만 고양이냐? 나도 고양이다. 배도 고프고 얼어죽을 지경이다. 뭐라도 좀 주라."

우리 집에 고양이가 사는 것을 저 고양이도 안다. 저 누렁 얼룩이는 지난 여름에 우리 마당에 들어와 회양목 아래 그늘진 곳에서 늘어지게 낮잠을 즐기곤 했었다. 얼룩이는 수고양이려나? 우리 집 고양이 뉴비와는 거실 유리창을 사이에 두고 둘은 눈맞춤 꽤나 하던 사이다. 사람의 기척에 황급히 옆집 뒷마당으로 달아나는데 꼬리가 뭉툭 잘려져 있다. 멀쩡하던 꼬리는 언제 또 잘렸나. 손가락 길이만큼밖에 남아 있지 않다. 잘린 꼬리 끝은 멀리서 보기에도 빨갛게 피가 말라붙어 있다. 가만히 보면 길고양이들은 꼬리가 성한 놈이 별로 없다. 어디엔가 끼어 잘렸거나 꼬리 끝이 구부러져 있다. 힐끗 돌아다보는 눈빛에 무슨 감정이 실려 있겠냐마는 따뜻한 집안에서 내다보는 마음은 편치 않다. 어설픈 캣맘 노릇도 끝내 하지 못하는 내 마음에 그렇다는 것이다.

이 누렁 얼룩이는 뚱뚱하다. 우리 뉴비의 두세 배는 체중이 나갈 것이다. 길고양이들 대부분이 그렇듯이 소금기가 있는 음식물 쓰레기를 먹고 깨끗한 물을 마실 수 없으니 간과 신장에 무리가 가서 몸이 부은 것이다. 그래서 길고양이들은 오래 살지 못한다. 기껏 살아야 3년? 이 누렁 얼룩이도 그럴 것이다. 거리에서도 길고양이가 보이면 “야옹아, 야옹아” 하고 불러보다가 도망가면 곧 외면하고 만다. 고양이를 기르지 않는 사람들은 눈길을 돌리거나 쫓아버린다. 고양이집사들도 나처럼 마음 한구석이 좀 찝찝하지만 대부분 그냥 지나치고 말 것이다. 극소수의 캣맘들이 이들에게 먹이를 주고 보살피거나 입양하기도 한다. 동물보호단체나 구청 등에서는 이들의 지나친 번식을 막기 위해 포획Trap해서, 중성화수술Neuter을 한 후, 방사Return를 하는데 이 TNR을 거친 길고양이는 왼쪽 귀 끝이 조금 잘려져 있다.

얼마 전의 일이다. 가게 건물 복도를 지나가는데 어디선가 고양이 울음소리가 꽤 다부지게 들렸다. 상가건물 안에서 고양이 울음소리라니. 소리를 따라가니 경비실에 한 두어 달쯤 되어보이는 새끼 고양이 한 마리가 경비 아저씨한테 매달려서 울고 있다가 나를 보더니 내 발등으로 달려들며 기어오른다. 나도 모르게 새끼 고양이를 안아들었다. 앙상하게 마른 요놈이 내 가슴팍을 파고드는데 바들바들 떨고 있다. 아무 생각 없이 가게로 안고 갔다가 퇴근하면서 집으로 데리고 왔다. 뉴비가 다니는 동물병원에 가서 간단한 건강검진을 하고 급한 예방주사를 맞히고 목욕도 시키고…. 아이들은 정말 기를 거냐고 묻는다. 도리어 우리 뉴비가 저보다 어리고 덩치도 작은 침입자에 뒷걸음을 치며 겁을 낸다. 이 어린 고양이는 사료를 주자 게 눈 감추듯 먹어치우고는 이리저리 집안을 탐색하듯 돌아다닌다.

일단 첫날 밤은 뉴비와 다른 방에서 재웠다. 밤새 어찌 시끄럽게 울어대는지 배가 고픈가 하고 먹을 것을 주면 허겁지겁 다 먹어버리고 내 무릎으로 파고든다. 식구들 모두 잠을 설치고 말았다. 기를 것인가 어쩔 것인가 새삼스레 고민이 시작되었다. 덥석 저질러 목욕까지 시켰는데 두 마리를 기르기에는 자신이 없다. 게다가 극진한 보살핌 속에서 자란 뉴비가 저보다 어린 침입자한테 치이는 것을 보고 아이들도 모두 저어한다. 무슨 핑계가 있으면 되돌려보낼 기세다. 새끼 고양이를 마당에 데리고 나가 풀어놓아 보았다. 그런데 이 새끼 고양이가 겁을 먹고 뒷걸음질치며 주춤거리는 것을 보고 아이들은 아마도 이 녀석은 어미와 같이 살았을 거라며 어미한테 보내는 게 좋겠다는 해결책을 내놓는다. 기르다가 파양하면 그건 더 못할 짓이 아니냐고.

●

나는 무슨 마음으로 저 새끼 고양이를 데리고 왔을까. 내 가슴에 안겨서 파고들며 바들바들 떨던 것을 보고 따뜻하고 안정된 보금자리를 만들어주고 싶었지만, 그건 순간적인 동정심에 불과한 것이었나? 끝까지 책임지고 키울 수 없다면 진즉에 돌려보내는 게 낫지 않을까? 아니 그냥 길러보자. 조그만 놈이 극성맞아 보이는데 어쩐다? 다시 놓아준다면 어떻게, 어디다?

고양이를 내치는 것에 한참을 망설이니 결국 아이들이 나서서 너석을 처음 본 경비실 근처에 어미가 있을 거라며 새끼 고양이를 데리고 나갔다. 가게가 있는 건물로 가서 새끼 고양이를 경비실 옆 마당에 내려놓으니 주차되어 있는 자동차 아래로 쏜살같이 달려가더란다. 하지만 내가 그 새끼 고양이에게 못할 짓을 한 걸 얼마나 후회했는지. 기를 것처럼 목욕까지 시키고 하룻밤 만에 파양했으니. 낯선 냄새가 난 것을 안 어미는 새끼를 돌보지 않고 해치기까지 한다는 것이다. 얼마 후 상가건물 근처에 사는 아이가 그 새끼 고양이를 입양해갔다는 얘기를 경비 아저씨에게서 듣고서야 마음이 좀 가벼워졌다. 나는 이렇게 내 비겁함을 덮어버렸다.

엊그제 친구와 이런저런 얘기 끝에 길고양이의 개체 수를 줄여야 하고 먹이를 주어서도 안 된다며 사람에게 해로운 것은 세상에서 없어져야 한다고 열변을 토한다. 왜 그다지도 고양이가 싫은 것일까. 아마도 어떤 트라우마가 있겠지 싶으면서도 듣다못해 "지구는 사람만 사는 곳이 아닌데?"라는 말로 얘기를 막아버렸다. 내가 싫은 것은 존재 가치가 없다? 나와 다른 이념이나 생각은 발붙일 곳을 주어선 안 된다는 흑백논리에 두려움을 느낀다. 모든 생명체에게 생존권은 선택의 문제가 아님을 모르는 것은 아닐까? 차라리 독일이나 스위스, 오스트리아처럼 반려동물 세금제를 도입하면 반려동물을 기르는 문제로 야기되는 이웃 간의 불협화음도 줄이고 유기동물 보호의 재원도 마련되지 않을까?

유난히 추운 아침이다. 저 누렁 얼룩이는 이 겨울을 무사히 날 수 있을까? 하룻밤 해프닝으로 끝난 새끼 고양이 납치사건이 떠올라 누렁 얼룩이를 쳐다보는 마음이 편치 않다. 길고양이의 절박한 울음소리에 마음이 불편하다.

이미 처리되었습니다

출근길, 교통카드가 들어 있는 핸드폰을 손에 쥐고 마을버스가 오자 냉큼 올라탔다. 노란 덮개를 씌운 노약자석을 피해 뒷자리에 앉았다. 버스가 출발하면서 기사가 소리친다.

"저기, 카드 찍으세요!"

맞은편 좌석에 앉아 있는 내 또래 아주머니가 자기는 찍었다고 항변한다. 잠시 침묵이 흐른다. 운전석 위에 있는 버스 안을 비추는 거울에 기사의 시선이 얼핏 내쪽에 머무는 것 같다.

"저요? 제가 안 찍었어요?"

버스 안 승객들의 시선이 내게 꽂힌다. 멀쩡한 아주머니가 무임승차를?

문제는 창피하지도 않다는 거다. 전 같았으면 얼굴이 시뻘겋게 달아올라 다음 정류장에서 내려버렸을지도 모른다. 무슨 생각에 빠져 있다가 손에 쥐고 있던 핸드폰을 단말기에 태그하는 것을 잊은 것일까? 도무지 생각이 나질 않는다. 불과 2~3분 전의 일인데. 기억해내려고 끙끙대는 동안 내려야 할 정류장에 거의 다 왔다.

이번에는 미리 나가서 하차 태그를 했다. 초등학교가 있는 아파트 단지 내 간선도로라 과속방지턱을 넘느라 버스가 몇 차례 요동한다. 비틀대는 몸의 중심을 잡으려 출구 앞의 기둥을 단단히 잡고서 있는데 갑자기 하차 태그를 했는지가 아리송하다. 다시 핸드폰을 단말기에 댔다. 비프음이 세 번 울린다.

“이미 처리되었습니다.”

정신건강의학과 전문의 김기웅 교수의 말에 의하면, 나이가 들면서 기억력이 떨어지는 것은 전두엽을 비롯한 뇌 전반의 미만성 퇴행이 진행되는 것이 큰 요인인데, 이 때문에 분산집중력, 지속적 집중력, 정신운동 속도가 저하된다고 한다. 전문용어들이라 알 듯 모를 듯하다. 요즘 들어 부쩍 일상 대화에서도 적절한 어휘가 생각나지 않거나 방금 하려던 일을 ‘까먹는’ 경우가 많기는 했지만, 오늘 버스 태그 건은 내가 봐도 심각하다.

기억력 저하를 막는 방법은 수동적인 생활보다 사람도 만나고 취미생활도 하고 가벼운 유산소운동과 숙면을 하고 과음과 흡연은 피해야 한다. 또 주변의 빈축을 사더라도 ‘좋은 말씀’이나 나만의 ‘고급 정보’들을 열심히 단톡방이나 친구들에게 퍼나르는 것도 방법이라고 한다. 보통은 최근 통화 목록을 터치하지만 가끔은 기억을 더듬어 숫자로 전화번호를 눌러 친구를 불러내는 것도 좋겠다.

십수 년째 편의점 업무도 거뜬히 하고 있고, 유료 동영상 스트리

밍 서비스인 NETFLIX를 통해 영화나 드라마 등 미디어콘텐츠를 열렬히 즐기는 아직은 '현역'임을 자처하는 내 기억력 저하는 어디서 오는 것인지….

하루를 마치고 집으로 돌아오는 길, 버스에서 내리니 가로수 기둥 사이에 행정복지센터의 현수막이 걸려 있다.

"만 60세 이상 어르신, 기억력 검사 받으세요."

늦은 밤 나지막이

청명했던 오월의 하늘이 오후 늦게부터 비를 뿌린다. 주룩주룩 내리는 빗소리가 제법 구성지다. 엊그제 길을 지나다 담장 밖으로 얼굴을 내민 찔레꽃 가지를 꺾어다 책상 위에 놓았는데 그새 흰 꽃잎이 말라 하나둘 떨어진다. 한가하다. 편안함에 나를 맡겨보자. 그렇지, 빗소리에도 귀를 기울이자. 조바심내지 말고, 뭔가 꼭 해야 할 것을 잊고 있지는 않은지 자신을 닦달하지도 말고. 왜 이리 좋은 시간은 빨리 지나가는지 안달하지도 말고. 이 시간, 평화롭지 않은가.

지금, 평화로움을 인식한다. 그러나 사실은 두렵다. 그렇게 인식하는 순간 평온은 안정은 곧 깨짐을 보았으니까. 이 순간 남의 방에 들어와 편히 쉬고자 마음을 먹은 것은 아닐까, 타인의 침대에서의 휴식처럼 곧 일어날 준비를, 자리를 내어줄 채비를 해야 하는 것은 아닐까 두렵다. 그러니, 그러니까 너무 마음을 이완시키지 말아야 하는 것이다. 내 어깨의 짐이라 느끼는 것을 다 벗어던지고 싶지만 절실히 염원할수록 결코 그런 상태가 오지 않음을 나는 안다. 한 발짝 물러서서 일상에 충실할 때, 마음에서 원하지만 욕심내지 않고 갈구하지만 소리내어 기도하지 않을 때 어느덧 원하던 상태에 다가가 있는 것이다.

저녁 내내 비가 오더니 밖은 칠흑 같은 어둠이다. 어둠에 익숙해지면 그 어둠이 도리어 다정하다. '괜찮아, 괜찮아!' 하며 등을 쓸어내리면서 위로하는 손길처럼 어둠은 마음을 부드럽게 가라앉혀준다. 불행하게도 이런 따스함을 주는 곁의 사람을 갖지 못했다. 내게 다정하기를 원하는 주변의 어떤 이도 이처럼 다정한 손길로 쓸어내려주지 않는다. 나는 아직도 타인에게 의존해야만 하는 유아적인 사고에서 벗어나지 못한 것일까? 어린 시절 엄마는 내게 다정하지 않다고 슬퍼했고, 우정을 나누었던 친구는 곁을 떠났다. 남편에게서 다정함을 기대하기에는 그의 자아가 너무 강하다. 옆집 강아지에게서 다정함을 기대하는 것이 낫다고 분노하기도 했다. 내가 지나쳤던 것일까?

아니다. 결코 아니다. 어차피 인간은 그런 거니까. 그러니 오늘 밤, 불행해하거나 슬퍼하지 않겠다. 오늘은 어둠이 다정하게 나를 감싸주니까. 포근한 이불처럼 나를 덮어주며 안심시켜주니까. 고요한 적막이 어루만져주니까. 지금의 평화스러움이 오늘 밤 동안은 지속되겠지? 아! 나는 지금 무슨 말을 하는 것인가?

식구들의 찬거리를 걱정하고 밀린 빨래를 하며 누렇게 찌든 내의를 락스 물에 담근다. 남편의 와이셔츠를 다린 적이 언제이던가? 식탁에 꽃을 꽂아본 것이 언제이던가? 내 삶이 이렇게 두서없어진 것이 언제부턴가.

양날의 칼이란 말이 있다. 평온하고 유복한 생활은 정서적 안정을 주겠지만 좋은 글을 쓸 수 있는 조건은 되지 못한다. 불행이 창조의 원천이라면 이는 너무 처절한가? 작가 박경리도 말하지 않았던가, 만약에 불행하지 않았더라면 소설을 쓰지 않았을 거라고. 불행과 시련을 붙잡고 자신을 일으켜 세우며 『토지』를 쓴 것이다. 그러고 보면 생이란 참 아이러니하다. 신은 모든 것을 다 주진 않는다는 말, 공평하다는 말을 싫어했지만 살아가면서 인정하지 않을 수 없는 말인 걸…. "시련이 없었더라면 어떻게 20여 년간 『토지』 한 작품에 매달렸겠느냐"고 작가는 말했다. 작가는 불행을 자양분 삼아 자기의 세계를 구축해나간 것이다. 불행과 시련이 인간적인 삶에는 고통이었을지라도 좋은 글을 쓸 수 있는 자아를 정립시키는 모태는 되지 않았겠는가.

혹시 인간은 원하는 삶을 살기에 알맞은 환경과 상황으로 무의식 중에 자기의 삶을 몰아가고 있는 것은 아닌가? 시련이 닥쳤을 때 그것을 피해가기보다는 시련을 관통하며 자신을 연단하고 극복하는 것도 삶을 살아가는 방법이리라. 그러나 어느 누가 의도적으로 자기의 삶이 그토록 치열하도록 몰고 간다는 말인가? 이는 어쩌면 본능적이란 생각이 든다. 본능이란 이렇게 하겠다, 또는 저렇게 하겠다는 의식이 지배하는 세계가 아닌, 의도와는 관계없는 결과론의 산물이 아닌가. 배고프면 먹는다, 그리우니 사랑한다, 졸리면 잔다,

자식의 입에 들어가는 밥을 보면 좋다, 이것은 이성이 시키는 것도 아니고 그래야지 하고 마음먹어서 되는 일도 아니고, 그저 그렇게 자연스럽게 되는 것이 아닌가? 고로 자신의 삶은 그 누구를 탓할 일이 아니다. 의식 속에 잠재된, 어쩔 수 없는 부분이 자기도 모르게 집행되어서 그리된 것일 뿐.

넘어야 할 산. 넘었다고 생각해도 아직 내 앞에 존재하고 있는 산. 넘고 넘어도 끝없이 가로막고 있는 산. 인생이란 아마도 이처럼 끝없이 가로놓인 산을 넘고 또 넘는 것인지도 모른다. 넘으면서 한숨도 쉬고 산들바람도 만나고 폭풍우 속을 내달리기도 하고, 그러다 보면 햇살에 옷을 말리는 순간도 잠시는 있는 것이지. 그러면서 짧은 행복을 맛보면 되는 것이지. 그 순간을 그냥 지나쳐버리면 삶은 신산할 뿐이고, 짧은 순간에 작은 행복이나마 놓치지 않으면 삶은 또 살 만한 것이고. 그러니 행불행은 내 맘속에 있는 것이니 늦은 밤 나지막이 읊조린다.

"그대, 사랑하는 그대. 잠시 반짝이는 행복이나마 놓쳐버리지 않기를…."

당산나무

아파트 정문에서 우리 동으로 돌아서는 어귀에 수령이 한 40~50년은 돼보이는 느티나무들이 길 양쪽으로 서 있다. 잔가지들이 사방으로 촘촘히 벋어 있어 그 밑을 지나다보면 무성한 잎사귀들이 하늘을 가린다. 나는 하루에도 수차례씩 이 나무들 아래로 지나다닌다. 한여름, 무성한 나뭇잎들이 비벼대는 바람 소리에 무더위를 잊고 갑작스러운 소나기도 이들 나무 아래에서는 곧잘 그을 수 있다. 늦은 밤 귀갓길에 나무 아래로 들어서면 '아, 이제 집에 다 왔구나!' 싶어 더없이 마음이 아늑해진다.

실은 나는 이 나무들에 많은 빚을 지고 있다. 그리도 많은 위안을 받고 기운을 얻으면서도 이들에 대해서 아는 것은 별로 없었다. 이 나무가 무슨 나무인지 그 이름을 알려하거나, 잎사귀나 가지가 퍼진 모습을 유심히 들여다본 적이 없었다. 흔히 보아온 나무들이라 그러려니 여기고 있었다. 그 자리에 서 있는 모습이 그저 좋을 뿐.

귀골스러운 자태는 아닐지라도 그 모습이 참 단정하다. 가지들이

한 쪽으로 무리하게 치우침 없이 마주 보며 서 있는 모습이 편안하다. 초봄에 피어나는 이른 꽃들에 마음을 빼앗기다보면 어느새 이 나무들의 가지 끝에도 초록 잎사귀가 무성하다. 꽃이 피는 것을 본 기억은 없으나, 4월 말이나 5월 초의 어느 날쯤 나무 아래를 지나면 좁쌀 같은 알갱이들이 땅바닥에 무수히 떨어져 있다. 혼자서 조용히 꽃을 피우고 꽃을 떨군 것이다. 며칠 전 경비 아저씨에게 "이 나무가 느티나무 맞지요?" 하고 물어보았다. "… 옛날 어렸을 때 우리 마을에서는 그저 당산나무라고 불렀지요"라고 한다.

'당산나무'.

근원 김용준은 「노시산방기老柿山房記」라는 수필에서 "교통이 불편하여 문전에 구루마 한 채도 들어오지 못했을 뿐 아니라, 집 뒤에는 꿩이랑 늑대가 가끔 내려오곤 하는" 그런 '무주구천동' 같은 곳으로 아내를 우격다짐하다시피 해서 이사를 한 것은 "진실로 진실로 내가 이 늙은 감나무 몇 그루를 사랑한 때문이었다"라고 쓰고 있다.

그러고 보니 벌써 5년의 세월이 흘렀다. 힘들게 장만해서 살던 집을 내어주고 내키지 않는 마음으로 이 좁고 낡은 아파트로 이사하기 전날 나는 남편의 손에 이끌려 처음 이 아파트에 와봤다. 그의 강권에 못이겨 따라오기는 했으나 애초에 별 기대도 관심도 없었다. 그러나 아파트 단지에 들어서자 느티나무 잎사귀들이 만들어준 터널이 한여름의 뜨거운 햇빛을 가리며 시원한 그늘을 만들고 있었다. 이사 올 동 바로 앞에도 하늘이 안 보이도록 아무렇게나 무성하게 서 있는 잡목들에 나도 모르게 편안해져서, '휴우…' 하고 긴 숨을 내쉬며 마음속에 지어졌던 어떤 매듭 같은 것이 느슨해짐을 느꼈다.

우리 동 앞뜰에는 벚나무도 한두 그루 있고, 목련, 산수유, 모과나무, 무궁화, 살구나무 등등의 나무들이 다투어 꽃을 피우고 싹을 틔우며 잎사귀들을 펼치고 있다. 한여름에는 매미들이 요란하게 우는 소리에 귀가 따갑고 새들도 곧잘 날아와 지저귄다. 다듬어진 정원수는 한 그루도 없다. 요염한 꽃을 피우는 장미 한 주 없어도 여름 지나 가을이 오도록 옥잠화, 금잔화, 벌개미취, 과꽃이 분주하게 조각 햇빛을 향해 얼굴을 내밀며 제 몫의 삶을 살아간다.

올 여름에는 무궁화나무가 웃자라 그 가지들이 유리창에 맞닿으며 집안 깊숙이 드리워서 1층인 우리 집은 한낮에도 불을 켜지 않고는 지낼 수가 없었다. 한동안 견뎌보다가 경비 아저씨께 부탁해서 창가 쪽으로 드리운 가지를 좀 쳐냈다. 그러나 웬걸? 거센 빗줄기와 바람에 안방 베란다 쪽의 나뭇가지가 부러지더니 그대로 말라죽지 않고 한껏 몸을 낮춘 자세로 장맛비에도 틈틈이 부러진 가지에서 꽃을 피우고 있었다. 강인한 생명력이다. 분수를 잃지 않으며 제 몫의 삶을 다하고 있다.

값비싼 정원수가 아니어서 좋다. 까탈스레 생장환경을 탓하지 않아서 좋다. 고난에 굴복하지 않고, 보아주지 않는다고 투정을 부리지 않아 대견하다. 그저 늘 내 곁에 있으니 좋다. 나는 나무들이 잘 보이는 거실 창가에 내 자리를 마련했다. 커다란 책상을 옮겨놓고 책들을 쌓아놓았다. 내가 다시 책을 읽고 글을 쓸 수 있기까지는 오랜 시간이 필요했지만, 책상 앞에 앉아서 창밖 나무들을 바라보는 것만으로도 마음이 편안해졌다. 그들이 펼쳐주는 그늘 사이로 가늘게 아른대는 햇살의 간지럼이 좋았다. 오후 무렵 그 햇살 속에 앉아 하루가 저물어가는 것을 바라보면 그들처럼 내 몸과 마음이 한껏 낮아졌다.

"당산나무라고 불렀지요"라는 아저씨의 말을 듣는 순간 '아, 이 나무들이 나를 지켜주고 있구나!' 하는 생각이 강하게 머릿속을 스쳐 지나갔다. 긴 세월 이 마을을 지켜온 고목은 아닐지라도 언제나 다가가 기댈 수 있는 그들 몇 그루의 느티나무와 앞마당에 무심히 서 있는 나무들이 나를 지켜주고 있었다. 그 자리에 있는 것만으로도 충분했다. 그 나무들이 자기의 삶을 살아가는 모습이 내게는 보이지 않는 응원이었다. 큰 위안이었다. 나를 지켜주는 내 마음의 당산나무이다.

근원 김용준은 처음에는 감나무를 무척 아끼고 열심히 돌보았으나 게으름 피우느라 가뭄에 물 한 방울 주지 않아 말라죽기에 이르자 정신이 번쩍 들어 감나무가 죽을까봐 노심초사했다고 한다. 그 역시 감나무에서 많은 위로를 받기만 하고 아무것도 갚지 못함을 뉘우친다. 그러나 근원은 「노시산방기」라는 훌륭한 글을 남김으로 감나무에 진 빚을 조금은 갚은 셈이다.

나는 당산나무에서 받은 위로를 갚을 길이 없다.

나는 이미 길을 떠났다

난데없는 새소리에 그만 자리에서 일어나고 말았다. 직박구리 한 쌍이 아침 소나무에 날아와 울고 있다. 듣기 좋은 음색으로 아름답게 운다. 처음에는 이 회색빛의 새들이 박새일 것이라고 짐작했다. 도심에 사는 텃새라 해봐야 고작 참새 아니면 까치, 박새일 텐데 참새도 까치도 아니니 박새일 것이다. 박완서의 수필에, 기다릴 사람 없는 쓸쓸한 식탁에 앉아 뜰의 산수유나무 붉은 열매를 찾아온 새들과의 겸상을 위해 창 쪽으로 난 커튼을 활짝 열어젖힌다는 구절이 있다. 작가의 창가로 날아든 새들은 박새일 것이고 지금 내 창가로 날아든 새들 역시 박새일 것이라고 내 멋대로 단정해버린 것이다. 그런데 이 한 쌍의 새는 박새가 아닌 직박구리였다.

직박구리도 도심으로 자주 날아드는 텃새인데 "길이가 27㎝ 정도의 몸 전체가 잿빛을 띤 어두운 갈색"의 새. 귀 근처에 밝은 밤색의 얼룩무늬가 있다는데 나뭇가지에 가려 얼룩무늬를 확인하지 못했지만, 사진을 보니 직박구리가 맞다. 박새보다는 몸집이 큰 새다. 겨울에 울음소리를 들을 수 있는 몇 안 되는 새라는데 그 음감이 정말 맑고 높고 풍부하다.

박새라도, 직박구리라도 상관없는 일이긴 하다. 두 마리가 번갈아 이 가지에서 저 가지로 날아다니며 운다. 살며시 창문을 열고 스마트폰 카메라로 새들의 모습을 찍었다. 직박구리는 암수가 한 쌍으로 다닌다니 이들도 부부임이 분명한데 서로 저만치 떨어져 앉아 있다. 한 앵글에 잡으려 기다려도 좀처럼 곁으로 붙어 앉질 않는다. 아마 저들도 이미 서로의 존재만으로 만족하는 노경에 들은 부부인지도 모른다.

글의 서두를 이렇게 시작하며 수필을 한 편 썼었다. 직업을 가진 사람의 주말 이틀간이 얼마나 꿀같이 달콤한 것이며, 아침에 눈을 떠서 창밖에 날아든 새소리를 즐기는 여유로 시작해서 누가 봐도 시시하기 그지없는 얘기들, 종일 빈둥대며 보내는 시간이 나에게 왜 필요한가를 말하고 싶었다. 그것은 무엇인가를 쓰기 위해선 백지 같은 시간이 필요하고 백지에 스며드는 생각을 가라앉혀 깊은 우물에서 물을 퍼올리듯 글을 쓰고 싶었다. 그런데 그 글에는 내가 쓰고자 하는 의도가 전혀 드러나지 않았다. 왜 그런 시간이 필요하며 어떤 자양분이 되는지가 드러나지 않았다. 사소한 일상의 기록만 도드라져 보였다. 나는 왜 글을 쓰며, 무엇을, 어떻게 써야 할지 이참에 몇 년 동안 해온 수필 쓰기를 다시 집어봐야겠다는 생각이

들었다.

혹자는 게으르다 흉볼지 몰라도 나는 마냥 빈둥대며 지낼 수 있는 생활을 꿈꾼다. 빈둥대기, 얼마나 바라는 것인지. 몸은 한껏 게을러도 되지만 마음까지도 그래서는 안 된다. 머리로는 끊임없이 생각을 굴려야 하며 탐색을 늦추어서는 안 된다. 목말라야 한다. 그러니 지루한 긴장의 상태? 숨을 고르며 '낯설게 보기'를 실천하는 것이 나에게서 뭔가를 끄집어내어 발아할 수 있는 시간이므로.

무엇을 탐색하고 무엇이 있기에 그것을 끌어내어서 발아하겠다는 것인가. 그러기엔 쌓아온 내공이 너무 허섭스럽다. 그것은 늘 마음속에서 들끓는 잡념들의 형상화라고 하면 어느 정도 맞는 말이 될 것 같다. 잡념이란 것들은 미래지향적이지 못하다. 이를테면, 네댓 살 적에 할머니가 마당에 심어놓고 가꾸던 화초들의 모가지를 똑똑 따곤 했다는데, 도대체 어린 계집아이의 마음속에 무엇이 있었기에 갓 피어난 꽃 모가지를 따댔을까. 실상 꽃을 땄던 기억은 없으면서도 심술궂다는 낙인을 지우기 위한 선행이 통하기엔 꽤 긴 시간을 보내야 했지. 그래서 나는 늘 칭찬에 목말라하는 '착한 아이 콤플렉스'가 심했었지. 꼬리를 무는 기억의 실체를 속 시원히 풀어내지 못하면, 꼬리가 꼬리를 무는 잡스러운 생각에 마음을 빼앗겨 현실에서는 명석함을 보이지 못했다. 머릿속에 그려지는 그림들은 사실관계도 형태도 모호하기만 했다.

고등학교 2학년 때 시인이었던 국어 선생님은 매주 제목을 정해주며 원고지 3장의 작문이나 시를 써오라는 숙제를 내셨다. 한 주도 거르지 않다가 학년이 바뀌자 작문 숙제 대신 일기 쓰기를 시작하면서 자연스레 글쓰기는 내 생활의 한 부분이 되었다. 일기 쓰기를 통해 표현한 마음의 풍경들은 하찮고 사소했다. 마음속에서 잘 지워지지 않는 상념들을 빼곡히 일기장에 적었고, 차곡차곡 책상 서랍 속에 쌓이는 걸로 만족했다.

그런데 참 알 수 없는 일이다. 일기장에 풀어놓곤 했던 사소한 마음의 풍경들과 엇비슷한 이야기들을 쓴 어느 작가의 소설들이 내 마음을 부드럽게 쓰다듬어주고 있었다. 『강물이 될 때까지』 『오래전 집을 떠날 때』, 씹히는 건더기가 별로 없어 그 맛이 밋밋하지만 한두 숟가락을 떠먹다가 그릇째 들고 천천히 마시고 싶어지는 것이다. 그런 하찮은 마음의 풍경들도 글이 되는 것이다. 소설이 되는 것이다. 위로를 느꼈다. 조금씩 "아냐, 괜찮아"로 변하면서 나도 그런 위로를 나에게 주고 싶었다.

쓸쓸한 식탁에 홀로 앉아 밥알을 세고 있었을 노 작가가 결국 창밖의 새들을 밥상으로 끌어들이는 것은 결핍을 채우려는 작가다운 트릭이다. 나는 결핍을 채우려는 마음에서 글이 나온다고 생각한다. 이 집으로 이사 오기 전에 살던 아파트에서 산 7년 간은 물질적 결핍 속으로 자신을 몰아넣으려는 시도였었다. 그럭저럭 중산층으로 불리던 생활에서 밀려나게 되면서 "그래, 이참에 갈 수 있는 저 밑바닥까지 가보자. 그러면 거기서 다시 시작할 무엇을 찾을 거다"라고 생각했었다. 그러나 그런 어쭙잖은 상황에서 나를 힘들게 한 것은 헤어날 수 없는 정신적 열패감이었고 나는 끝없이 위축되었다. 그때 내가 붙잡은 것이 글쓰기, 수필 공부였다. 노트에 깨알같이 써넣던 것들을 '원고지'에 써보면 어떨까.

좁고 낡은 아파트에서 나를 붙잡을 것들을 찾고 있었다. 어렸을 때의 현실인지 몽상인지 모를 기억들, 아파트 앞뜰에 어지럽게 심어진 늘 목말라 보이던 잡목에서도 붙잡을 끈을 찾았다. 그 허기진 나무들에 자신을 접목하며 글의 소재를 찾았다. 비가 오면 땅이 젖으며 빗물을 담아 거두는 소리, 그 마음의 소리를 들으며 몸이 땅속으로 한 자쯤 서서히 가라앉는 듯 안온한 느낌은 위축되어가는 자신을 숨기려 늘 뾰족한 가시처럼 곤두서 있던 마음을 조금은 순하게, 부드럽게 풀어주곤 했다.

마음 깊이 좋아하는 글 선배가 있다. 수필가 윤상근은 대학에서 국문학을 전공했고 40대 중반까지도 소설 습작을 멈추지 않았다고 한다. 그가 쓰는 수필은 밋밋하고 싱겁다. 별 서사도 가슴을 찌르는 정곡도 없다. 그러나 그는 나처럼 서푼짜리 감성에만 의존해 글을 쓰지 않는다. 그가 오래 전에 쓴 수필 중 「국어대사전을 사다」라는 글이 있다. '금강초롱'이란 꽃에 대한 글을 쓰다가 일제 때 금강산에서 이 꽃을 처음 발견했다는 일본인의 이름을 딴 학명을 알 길이 없어서 "백과사전 같은 국어사전"을 찾게 되었다. 서점에서 찾아낸 이희승 편저 『국어대사전』에서 궁금하던 '금강초롱꽃', 하나부사야 아시아티카 나카이Hanabusaya asiatica NAKAI라는 학명을 보는 순간 너무나 감격해서 두께가 13㎝나 되는 사전을 서슴없이 샀다고 한다. 식탁에 펼쳐놓고 이것저것 찾아보다가 저녁을 짓기 위해 그 사전을 옮겨야 했는데 그 책은 책상에 펴놓은 채 찾아보는 것이지 필요할 때마다 책꽂이에서 꺼내 보기엔 너무 두껍고 무겁다는 것을 깨달았단다. "잊고 있었던 아쉬움이 살아났다. 내 방이 있었으면, 내 책상이 있었으면." 백과사전 같은 국어사전이 필요했던 이유, 방이 여럿이지만 식탁에서 글을 쓸 수밖에 없었던 아쉬움을 아주 간결하게 처리한다.

그의 글은 대부분 짧은 문장으로 되어 있다. 수식어도 별로 없고 쓰는 어휘도 현란하지 않다. 그러니 읽고 나면 뒷맛이 개운하다. 지나침이 없는 그의 인품처럼 담백하고 수수하다. 큰소리로 주장하지 않지만 독자가 마음으로 느끼도록 감정을 잘 조절하면서 글을 쓴다. 그의 수필처럼 「이지적 인간 감성적 인간」이 지향하는 모습이라면 이미 많이 다가가 있다고 생각한다.

나는 때때로 감성에 기대어 글을 쓴다. 직박구리는 암수가 함께 다니는 습성이 있다고 하지만 창가로 날아든 두 마리의 새들을 부부라고 섣불리 단정짓고 감정을 이입한다. 정확하지 않은 기억과 느낌에 색을 입히고 이야기를 입혀 곧잘 자기화한다. 그 과정에서 감정과잉이 나온다. 마음을 다스려가며 글을 쓰지 못하는 것이다. 이럴 때 나에게 주문하는 것은 감정의 완급을 어휘 선택을 통해 조절하는 것이다. 되도록 단순하고 간결하게 쓰려고 한다. 군더더기 없이 명징한 한마디를 원하는데 그 길은 멀기만 하다.

그러나 무엇을, 어떻게 쓰겠다는 것이 정해졌어도 왜 쓰는가에 대한 답이 나오지 않으면 숱한 원고지만 메울 뿐 한 편의 글이 완성되지 않는다.

지난해 연초부터 공중파 방송을 타기도 했고 포털사이트에 오르내렸던 '맥도날드 할머니'가 여름에 이미 돌아가셨더라는 소식이 뒤늦게 알려졌다. 서울 정동의 맥도날드 매장에서 매일 밤을 꼿꼿이 앉은 채로 지새우는 할머니는 한국외대 불문학과를 나오고 젊은 시절 외무부에 근무했었다고 한다. 그 할머니가 돌아가셨다는 얘기가 전해지며 포털은 또다시 시시콜콜 뒷이야기들을 쏟아냈다.

할머니는 노숙생활을 하면서도 돈이 생기면 포도주 대신 포도 주스라도 마시며 '품격'을 지키려 했다. 소식을 듣고 찾아온 옛 지인이 식사에 초대하면 지하층은 싫고 호텔 레스토랑에서 스테이크를 썰고 싶어했다는 할머니는 거의 무릎에 닿을 만큼 은발의 머리카락을 기르고 있었다. 미혼인 자기를 구원해줄 '백마 탄 그분'을 기다린다는 것이다. '그분'에 걸맞게 우아함을 유지하려고 머리를 기르고, 우아하고 고상하게 자신의 방식대로 살고 있다는 것이다. '우아함'이란 말에 생각나는 것이 있었다.

『고슴도치의 우아함』은 철학교사를 지낸 프랑스 여류작가의 소설이다. 소설의 주인공 '르네'는 파리 부유층 아파트의 수위다. "수위에게는 수위들의 화법이 있고, 공작 부인에게는 공작 부인에 걸맞은 화법이 있다"라는 편견에 맞게 50대 후반의 못생기고 뚱뚱한, "수위라는 직업에 걸맞은 외모를 한" 입에서는 음식 냄새를 풍기며 종일 텔레비전에 코를 박고 사는 여인이다. 이 여인의 외모에서 우아함을 연상하기는 힘들다. 그러나 르네의 내면은 현상학을 이해할 만큼 박식하고, 지극히 문학적이고 사유적이라고 설정한 역발상의 소설이다.

'맥도날드 할머니'가 고집하는 우아한 삶과 '르네'가 가꾸어온 정신세계의 우아함을 소재로 글을 한 편 쓰고 싶었다. 진정한 우아함이란 무엇인지, 내 삶은 우아한지, 내 삶도 한번 돌아보사. 그런데 글을 써가면서 내가 인식하는 진정한 '우아함'이란 무엇인지를 설정할 수 없었다. 우아함의 사전적 정의야 알 수 있겠지만 내가 진정 우아해지기를 원하는지는 의문이다. 이 글을 '왜' 쓰는지 모호했다. 직접 겪고 부대끼며 느낀 것이 아닌 다분히 관념적이고 허망한, 포털에서 주워들은 것들과 오래 전에 읽은 소설을 엮어서 쓰는 글이니 계속 써지지 않았다. 쓰고자 하는 것에 대한 견고한 믿음이 없으니 글의 주제를 드러내기가 힘들었다. 이 글의 파일이 다시 숨을 쉴 수 있을지 모를 일이다.

간절한 마음에서 쓰는 글에는 그 간절함이 묻어난다. 연중 제일 눈이 많이 내린다는 1월, 아들이 입대한 며칠 후에 폭설이 왔다. 그림처럼 소복소복 탐스럽게 눈이 내렸다. 남자라면 누구나 다녀와야 하는 군대인데 저라고 못이겨낼까, 하며 애써 눌러오던 걱정스럽고 애틋한 마음이 그만 무너져버렸다.

지난 밤새 눈이 왔다. 창밖은 은세계, 온 세상이 아름다운 은세계. 베란다 앞뜰의 나무들도 가지가 휘도록 눈짐을 지고도 무거운 기색도 없이 '헤헤헤' 웃고 있다. 박새 한 마리 날아와 눈 묻은 산수유나무 빨간 열매를 쪼아먹고는 날아가버린다. 이럴 때 아파트 1층에 산다는 건 축복이다. 마치 깊은 산속 오두막에서 밤새 눈 내린 아침을 맞은 듯, 마음에 아련한 그리움이 피어난다.

들뜨고 설레는 마음도 잠시, 열흘 전 입대한 아들 생각에 가슴이 저리다. 50사단이 있는 대구에도 이렇게 눈이 많이 왔을까? 그 넓은 연병장의 눈을 다 치우려면, 제설작업에 힘들 텐데…. 집에선 눈이 와도 눈으로만 신이 나 했지, 빗자루 들고 눈 한번 쓸어보지 않았는데, 어쩌나….

급히 대구지방 날씨를 확인한다. 다행이다. 대구에는 눈이 오지 않았단다. 이젠 하얗게 변한 세상을 맘껏 즐거워해도 되겠지. 추우면 추울까봐 마음이 에이고, 눈이 오면 눈이 와서 가슴이 싸하고….

어젯밤에 써놓은 편지를 들고 눈길을 나선다. 아직 아무도 밟지 않은 눈길을 걸어서 혹시나 하는 마음으로 우체국을 향한다. 예상한 대로 '토요일은 휴무'라는 안내 팻말이 나를 맞는다. 내 발자국을 밟으며 되돌아오는 마음에 구멍이 뚫린다. 가느다란 눈발이 '휘이' 하며 바람에 날린다.

낮 동안 그쳤던 눈이 밤이 이슥하니 다시 내린다. 그리움마저 덮어버릴 듯 소리 없이 차곡차곡 세상을 자신의 색으로 바꾸어버린다. 세상을 순백으로 덮어버린다. 모든 사물을 둥글게, 둥글게 변하도록 마술을 부린다. 그러나 어찌 그리움이 눈으로 덮어지겠는가.

원고지 5장 수필을 단숨에 썼다. 이 글에서 간절함과 애틋함이 느껴지는지 모를 일이다. 나는 이미 길을 떠났다. 터벅터벅 걷는 걸음에 발자국은 남길 수 있을지….

감자

나는 감자꽃이 노란지 흰지 모른다. 감자밭에 가본 적이 없기 때문이다. 간혹 텔레비전의 농촌체험 프로그램에서 출연자들이 탐스럽게 줄줄이 딸려나오는 감자를 캐내는 장면을 보고 대리만족을 느끼는 것이 고작인 별 수 없는 도시인이다.

인터넷 검색 창에 들어가 서너 번 클릭하면 감자에 대한 모든 것을 선명하게 알려준다. 원산지는 어디이고, 심는 시기며 수확하는 시기는 물론 감자꽃이 노랑이 아니라 흰색이나 연보라색이라는 것에서부터, 감자 요리도 당장에 몇 가지는 해낼 수 있을 만큼 상세한 정보를 준다. 뿐만 아니라 최초의 근대적인 단편소설인 김동인의 「감자」를 더불어 감상할 수 있을 만큼 친절하기도 하다.

그러나 정작 감자의 맛에 대한 설명은 어디에도 없다. 어쩌면 감자의 맛은 활자로 표현되기에는 너무 담백하고 특색 없는 맛이기 때문인지도 모른다. 밋밋하고 아무 자극이 없는 맛, 그래서 어떤 음식과도 잘 어울릴 수 있으니 너그럽고 친근하다. 늘 질리지 않는 것은 감자의 그 질박함과 무미함 때문이 아닐까?

시장에 벌써 햇감자가 나왔다. 하긴 감자뿐 아니라 거의 모든 농산물에 시기가 따로 없는 것이 어제오늘의 일이 아니긴 하다. 하지만 여름철로 접어드는 요즈음 햇감자의 맛은 각별하다. 겉에 묻은 흙을 털어내고 박박 솔로 문질러 씻어서 압력솥에 쪄내면 금방 포슬포슬한 햇감자의 맛을 즐길 수 있다. 그러나 내가 좋아하는 감자의 맛은 껍질을 벗겨 소금물에 삶은 감자이다. 우선 너무 크지도 잘지도 않은 고만고만한 크기의 감자를 골라 껍질을 벗긴다. 칼끝으로 오목한 감자의 눈을 말끔히 파내고, 우윳빛보다 조금 노란 빛이 도는 감자의 뽀얀 속살 빛을 눈으로 즐긴다. 냄비에 소금물을 넣고 가운데 주먹만 한 종지를 엎어놓는다. 껍질을 벗긴 감자를 종지 둘레에 빙 둘려놓고 불에 올린다. 물이 끓기 시작해 몇 분이 지나면 딸깍딸깍, 끓는 물에 종지가 들썩이는 소리가 난다. 감자가 익기를 기다리며 딸깍이는 소리를 듣는 즐거움, 거의 다 익어가면 슬슬 구수한 냄새가 난다. 이때쯤 불을 약하게 줄이면 졸아든 물이 종지 안에서 끓으며 감자의 뜸이 들여진다. 신문이라도 집어들면 좋다. 아니 짤막한 콩트라도 읽으며 마음의 뜸도 함께 들이면 더욱 좋다.

비 오는 초여름 오후는 한가하다. 문득 학창시절, 지방에 집을 둔 친구가 비가 오는 날 학교 파하고 집에 돌아가보면, 늘 엄마가 감자를 쪄놓고 기다리고 있었다며 쓸쓸해하던 기억이 난다. 추억 속의 음식은 메마른 우리의 정서를 촉촉이 적셔주곤 한다. 어린 시절 할머니나 어머니가 해주시던 소박한 먹거리가 새삼 그립다. '슬로푸드'는 마음까지도 순화시켜주는 힘이 있다. 단지 공복을 채우기 위해서가 아니라 먹는 것 자체를 즐기고, 먹는 것의 소중함을 실천하기 위함이다. 식습관을 보면 그 집의 문화 수준을 가늠할 수 있다. 순식간에 먹어치우고 곧바로 다음 행동으로 돌입하는 속전속결의 시대에, 이젠 먹는 것에 공을 들이고 여유를 부려 봄직도 하다. 꼭 값비싸고 기름진 음식이 아니더라도.

왜 그리 종종걸음을 치며 옆도 뒤도 돌아보지 않고 앞으로만 내달리는가? 기다림에 인색하다. 여러 단계를 거쳐서 얻는 것에 짜증을 느끼고 가장 빠른 길, 가장 손쉽고 간단한 길만 찾아가는 것이 능력으로 평가되는 세상을 살아가고 있다. 더 편해야 하고 더 자극적이어야 하고 더 화려해야 한다고 스스로에 최면이라도 걸고 있다.

복잡한 조리법도 진한 양념도 첨가되지 않은 감자 그 자체의 맛 때문에 나는 삶은 감자를 좋아한다. 감자의 순수한 살빛을 보는 것이 즐거워서 감자 껍질을 까는 수고를 아끼지 않는다. 다소 귀찮은 과정을 거쳐서 얻어지는 순수하고 담백한 맛을 즐기기 위해서다. 삶은 감자는 열무김치와 잘 어울린다. 금방 내린 한 잔 커피를 함께 마셔도 감자의 담백한 맛을 즐길 수 있으니 너그럽다. 그러나 삶은 감자와 가장 잘 어울리는 건 오이지이다. 통통하고 짤막한 조선오이를 젖은 행주로 닦아 물기 없이 말려 항아리에 차곡차곡 담고, 납작하고 묵직한 돌로 잘 지질러 놓고 소금물을 팔팔 끓여 붓는다. 사나흘 후 오이가 노랗게 변하면 소금물을 따라서 다시 팔팔 끓여 이

번엔 차게 식혀서 항아리에 붓는다. 이렇게 한번 더 되풀이하며 일주일 정도 숙성시키면 짭짜름하고 아삭아삭한 오이지가 되는데 장마철 밑반찬으로도 그만이다. 지루한 장마철 까실까실한 돗자리에 배를 깔고 엎드려 삶은 감자에 오이지를 간해서 먹으며 대하소설이라도 옆에 쌓아놓고 읽는다면 이거야말로 웰빙이고 느리게 살기의 실천이 아닐까?

한 발짝 뒤로 물러서 자신을 보자. 조금 더 단순하게, 조금 더 느리게, 조금 더 여유롭게, 그리고 조금 더 심심하게 세상을 살자.

제2장
직진하는 남자

마크 로스코를 경배함

로스코의 작업실을 재현한 예술의 전당 소극장의 무대는 동굴 같은 어둠 속에서 붉은 색이 칠해진 거대한 캔버스만이 빛을 낸다. 연극 〈레드〉는 로스코가 뉴욕 파크 애비뉴에 있는 포시즌즈 레스토랑의 벽화를 제작하기로 한 계약을 일방적으로 파기하는 사건을 다룬 연극이다.

마크 로스코Mark Rothko(1903~1970)는 러시아 드빈스크(현 리투아니아)에서 마르쿠스 로트코비치라는 이름으로 유대인 아버지에게서 태어났다. 아버지가 먼저 미국으로 건너갔고 1913년 오리건주 포틀랜드로 가족 모두가 이주했다. 링컨고등학교에 재학 중 로스코는 미술보다 음악에 관심이 많았고, 그 열정은 꽤 오래도록 지속되었다. 예일대학에 진학해서 인문학을 전공했지만 더 이상 장학금을 받을 수 없게 되자 2학년을 마치고 중퇴했다. 1923년 뉴욕으로 간 로스코는 아트 스튜던츠 리그에서 우연히 학생들이 누드모델을 드로잉하는 것을 보게 되었다. 후에 그는 "나는 그때 이것이 나의 인생이 될 거라는 사실을 알았다"라고 말한다. 화가 막스 웨버 Max Weber를 통해 앙리 마티스를 알게 되었고, 마티스의 〈붉은 화실 The Red Studio〉은 로스코의 '색면추상'에 지대한 영향을 미친다.

1938년에 합법적인 미국인이 되어 마크 로스코로 개명하며 작품세계에 큰 변화를 보이기 시작한다. 오래 전 내가 두꺼운 화집 끄트머리에 있는 그의 그림을 처음 보았을 때는 자칫 그냥 지나칠 뻔했었다. 그가 속해 있던 추상표현주의자들의 그림은 거칠고 역동적이고 왜곡되어 있었다. 뜨겁거나 차가웠다. 뉴욕이 새로운 미술의 중심지로 부상되며 그들, 뉴욕의 화가들은 거칠 것이 없어 보였다. 그러나 로스코의 그림들은 따스하고 몽롱한 색덩이들이 화면을 채우고 있었다. 그 단순함이 도리어 생경했다.

다다이즘과 초현실주의, 입체파를 건너온 화가들은 이제 그림이 표현할 것의 끝은 무엇일까에 절망하고 있는 듯 보였다. 그들에게는 '주의'도 '이즘'도 무의미해 보였다. 사각의 공간인 캔버스에 신화도 전설도 종교도 아닌 독립적 인간인 내 영혼이 추구하는 것을, 내 마음의 울림을 표현해야 한다! 색채의 파사칼리아, 색의 반복과 변주를 통해 인간 내면의 상처를 치유하고 위로하는 것이 회화가 추구하는 것이다! 로스코는 캔버스에 재현적인 요소들을 배제하며 색면추상의 길을 연다.

1960년에는 뉴욕 근대미술관에서 대규모 전시회를 열며 당대 최고 작가로 부상하게 되지만 로스코는 도리어 자신의 사회적 명성을 부담스러워하며 작품세계의 향방을 고민하게 된다. 또한 예술이 자본의 논리에 종속되는 것에 민감하게 반응하는데 연극 〈레드〉는 바로 이런 작가로서의 고민을 적나라하게 드러낸 사건인 레스토랑의 벽화 계약 파기 사건을 다룬다.

"그 방에서 식사하는 빌어먹을 자식들의 입맛을 떨어지게 만드는 그림을 그리고 싶었네. 식당 측에서 내 그림을 거부했다면 그야말로 최고의 찬사가 되었을 테지만 그들은 그러지 않았지. 현대인들은 무엇이든지 다 참을 수 있게 되었어."

그는 부자들이 드나드는 레스토랑 벽면에 걸릴 작품 40여 점을 제작한다는 계약서에 서명했지만, 마음 한편으로 고급 레스토랑을 '장식'하는 것이 내키지 않아 벽화 작업을 잠시 중단하고 가족과 함께 유럽 여행을 떠난다. 이탈리아를 여행하던 중 피렌체에서 미켈란젤로가 설계한 산 로렌초의 도서관을 방문하게 된다. 도서관에서 본 미켈란젤로의 벽화가 주는 공간감은 '갇힌 느낌을 주는 것과 동시에 닿을 수 없는 세상 저편을 보여주기도 한다'는 데 로스코는 전율한다. "이곳은 방문객에게 마치 문과 창문, 벽으로 밀폐된 공간에 갇힌 것 같은 느낌을 주는데, 이는 내가 꼭 원하던 그런 느낌이다."

여행에서 돌아온 어느 날 저녁 부인과 함께 포시즌즈 레스토랑에 식사하러 간다. 졸부들의 거들먹대는 분위기에 화가 난 로스코는 이미 'No'라는 말은 하지 못하고 속물적인 가치만을 추구하는 대중에게 주는 정신적 메시지는 무의미하다는 것을 깨닫고 계약을 파기

하고 만다.

그림 〈레드〉(원제는 무제, 1970년)는 마크 로스코가 자살로 생을 마감하기 바로 전에 남긴 마지막 작품이다. 예술의 전당 한가람미술관에서 대규모의 마크 로스코전(2015. 3. 23~6. 28)이 열렸다. 초기 작품인 '지하철 판타지'로 불리는 〈무제〉(지하철)부터 그리스 신화를 모티브로 한 〈안디고네〉, '멀티폼'시대의 작품들, 그리고 점차 단순화되는 색면 추상과 포시즌즈 레스토랑에 걸기 위해 제작했던 벽화들을 총망라한 50여 점이 전시되었다.

나는 그의 작품 중 〈무제〉(341.6×183.2㎝, 1963년, oil, 아크릴 혼합재료, on canvas) 앞에서 절벽 앞에 선 듯한 절망감을 느꼈다. 전시실 천정에 닿을 만한 높이의 이 그림은 짙은 암갈색과 검게 침전된 자줏빛이 마치 화면 뒤에 또 다른 세상이 있어 그곳에서의 울림이 들리는 듯, 아주 깊고도 멀었다. "아!"라고 탄식하며 작품 앞에 한동안 주저앉아 있었다. 그는 자기 작품 안으로 들어오라고 손짓하지만, 그의 세계는 너무도 확고하고 작품관은 단호해서 그 누구와의 타협도 거부하는 것처럼 보이기도 했다.

그 누가 그의 내면 안으로 성큼 들어갈 수 있단 말인가. 그러나 그의 유작 〈레드〉는 나를 따뜻하게 품어주고 있었다. 전시 주체들이 설명하는 〈레드〉의 붉은 색은 면도칼로 동맥을 긋고 자살을 한 것을 암시한다는 작품에 얽힌 일화들은, 그의 작가정신을 폄하시키는 것이 아닌가 싶을 정도로 무의미해 보였다. 작가는 화폭이라는 절대 공간에 투신할 뿐이다. 자신의 사유세계, 레드라는 색으로 표현할 수 있는, 그 속에서 자신이 느끼는 감성, 사유, 감각의 정수를 끌어내어 표현할 뿐이다, 그것도 극도로 절제해서. 그러니 로스코의 그림에 '이야기'는 없다. 자신 앞에 있는 사각의 화면에서 레드의 절대치를 끌어낼 뿐이다. '절대'라는 말은 존재하는 것일까? 적어도 로스코, 그는 '절대'를 추구한 작가라고 믿는다.

그는 그림은 감상자의 무지에 의해 상처받을 수 있고, 자신의 그림을 모든 감상자가 이해할 수 있으리라 보지 않는다고 했다. 그럼에도 불구하고 미국 휴스턴에 있는 로스코 채플, 이곳은 내 버킷 리스트 1번이다.

> "한 가지 분명히 말하건대, 나는 추상주의자가 아닙니다. … 나는 색과 형태의 관계 따위에는 관심이 없습니다. 비극, 황홀경, 운명같이 근본적인 인간의 감정을 표현하는데 관심이 있을 뿐입니다. 많은 이들이 나의 그림을 보고 울며 주저앉는 것은, 내가 이러한 근본적인 인간적 감정들을 전달할 수 있다는 것을 보여줍니다. … 내 그림 앞에서 눈물 흘리는 사람들은 내가 그리면서 겪었던 종교적 체험을 똑같이 경험하고 있는 것입니다. 만일 당신이 작품의 색채들 간의 관계만 가지고 감동받았다고 한다면 제대로 작품을 감상했다고 할 수 없습니다."
>
> —『마크 로스코』 마로니에북스, 57쪽

직진하는 남자

영국 드라마 〈닥터 마틴〉의 주인공 마틴 엘링엄은 런던에서 잘나가는 외과의surgeon였다. 하지만 그는 수술 중 느닷없이 혈액공포증이 와서 외과의 생활을 할 수 없게 되자 연고가 있는 바닷가 마을 포트웬에 공중 보건의로 부임한다. 드라마는 마을 주민들과 닥터 마틴 사이의 크고 작은 에피소드를 다룬 시리즈물로 편당 6~8회씩 시즌 9까지 제작되었다.

루이자 글래슨과의 인연은 이렇게 시작됐다. 마틴은 포트웬으로 향하는 비행기 안에서 맞은편에 앉은 루이자의 눈을 뚫어져라 쳐다본다. 그의 신분을 모르는 루이자는 불쾌감을 느끼고 다른 자리로 피한다. 마을에 새로 부임하는 마틴을 맞는 자리에서 만난 그녀에게 급성 녹내장이라며 당장 치료받으라고 권한다. 루이자는 그의 상대를 배려하지 않는 언행에 사사건건 부딪치며 악연을 쌓아가지만 마을을 이끄는 두 사람은 엎치락뒤치락 끝에 결혼한다.

자신의 분야에서 능력이 있고 사명감도 있고 게다가 다감하며 공감 능력까지 갖췄다면 더할 나위가 없을 것이다. 하지만 마틴의 직설은 눈치가 없고 무례하다. 립서비스를 그에게서 기대하는 것은 무리다. 하지만 환자가 있는 곳이라면 지체하지 않고 왕진 가방을 들고 달려간다. 진단을 내리고 자신이 할 수 있는 처치를 해주고 처방을 할 뿐 그 이후는 환자의 의지에 맡긴다. 제때 치료받지 않을 때 가능한 최악의 경우를 알려주는 협박(?)성 조언을 곁들이면서. 마을 사람들은 차츰 마틴의 진가를 인정하고 그를 믿고 따른다.

'~답다'가 무색하고 말만 앞서는 사람이 득세하는 세상, 그럴싸한 포장에 능한 사람 등 별별 사람들이 있지만 이 드라마를 보면서 마틴에게 점점 빠져드는 이유가 여기에 있다. 그는 누구에게나 같은 태도로 일관한다. 마을 유지이든 마을 주변을 떠도는 걸인이든 '썸'을 타고 있는 여자이든. 드라마에서 설정한 인물이지만 요즘 우리 사회에서 참 보기 힘든 캐릭터임은 분명하다. 그의 걸음은 그래서 늘 꼿꼿한 직립 자세로 환자를 향해 달린다. 그는 사회성이나 공감 능력의 부족에도 불구하고 의사로서의 본분을 다한다. 이런 유형이 사람들로부터 인정받기까지는 시간이 좀 걸린다.

우리는 살아가면서 어떤 사물이나 현상의 본질보다는 부차적인 것들에 먼저 눈이 간다. 마틴을 통해 '본질', '본분'이란 말의 의미에 대해서 생각한다. 중세 철학자들은 본질이란 '어떤 것을 다른 것이 아니라 바로 그것이게 만드는 것'이라고 했다. 즉 의사가 자신의 본분을 다하면 의사로서의 본질에 충실한 것이다.

좀 생뚱맞은 비유가 될까? 소고기를 스테이크로 살짝 익혀서 먹느냐와 양념해서 숯불에 구워 먹느냐의 차이는 기호성의 차이라 하겠지만 고기 본연의 맛이 나는 것은 소금 간을 해서 겉만 슬쩍 익힌 미디엄 레어 정도가 아닐까. 대중 음식 맛내기의 대가 백 모 씨가 한국의 대표 음식인 불고기는 참기름과 설탕 맛이라고 어느 TV 요리 프로그램에서 말했다. 실제로 고기를 양념할 때 그의 조언대로 평소 넣던 참기름과 설탕의 양을 두 배로 늘려서 넣었더니 놀랍게도 감칠맛이 나고 부드럽고 살살 녹는 불고기 양념이 됐다. 하지만 고기 맛은 어디로 간 걸까. 소고기의 약간 비릿한 피 냄새와 혀와 적당한 '밀당'을 하는 고기의 육질은 참기름의 고소함과 미각마저 마비시키는 설탕의 달콤한 한방에 그만 뒷전으로 물러선 것일까.

사람과 사람의 관계에서도 '참기름'과 '설탕'은 중요하다. 나는 늘 이 둘을 적당히 활용하지 못해서 관계의 껄끄러움과 스스로 고립을 자초하기도 한다. 그래서 '직진'하는 사람들은 외로움이란 친구를 얻는다.

의사라는 직업은 질환을 알아내어 병소를 도려내고 사람을 살리는 일이다. 환자의 마음도 치유하는 섬세함이 있다면 더욱 좋겠지만 닥터 마틴은 그의 독특한 성격으로 인해 드라마 후반에 한 환자의 제소로 정직停職된다. 하지만 위기에서 그를 구해낸 것은 자신의 불친절과 비타협적인 대인관계에 대한 후회나 변명, 제소자에 대한 사과가 아닌 단 한 가지, 의사로서의 분명한 사명감과 자신의 안위를 뒤로 하고 환자를 살려내는 투철한 의사로서의 '본분'에 따랐기 때문이다.

비슷한 사람들끼리 만난다고 했던가? 그에게서 낯익은 어떤 이의 모습이 빙의된다. 내가 아는 그 사람도 참기름을 싫어한다.

내 외삼촌 雅能 조용만

색동저고리에 빨간 비단 치마 차려입고 외가에 세배를 갔던 기억은 설만 되면 봄날 아지랑이처럼 피어난다. 세배 가는 길은 1년에 단 한번 택시를 타보는 가슴 두근대는 외출이었다. 안국동 로터리에서 풍문여고 옆길로 들어서서 경기고등학교(현 시립 정독도서관)를 지나 꽤 한참 올라가면 삼청동 외가가 나왔다. 허리가 동그랗게 굽으신 외할머니는 한쪽 무릎을 세우고 따뜻한 아랫목에 앉아 세배 받으며 오랜만에 온 외손들이 떡국 먹는 모습을 지켜보셨다. 곁에서 "하하하핫!" 유쾌한 웃음을 터트리면서 아버지의 오랜 외유로 엄마와 세배를 와서 뻘쭘해 있는 생질과 생질녀들의 긴장을 풀어주는 건 외삼촌의 몫이었다. "화용이 수염 났어, 하하하. 남자처럼 수염이 났어, 하하하 핫" 하고 놀리곤 하셨다.

외삼촌은 여러 생질녀 중 나를 각별하게 생각하셨다고, 나는 믿는다. 그렇게 믿고 싶은 건 내가 그로부터 조금의 문재文才라도 물려받았기를 소망하기 때문이리라. 고등학교 시절 국어 시간에 외삼촌의 이름이 거론되었을 때 난 화들짝 놀랐다. 대학의 영문학 교수인 외삼촌이 예전에는 언론인이었고 소설가였다는 것은 익히 들어 알고 있었지만 1930년대 순수문학단체인 '구인회' 일원이라는 것은 놀라운 사실이었다. 더욱이 이효석, 이상, 유치진, 이태준 등 당대의 문인들과 교유하던 분이 내 외삼촌이란 사실은 내가 자부심을 느끼기에 충분했다.

내 외삼촌 雅能 조용만趙容萬(1909~1995)은 서울 종로구 장사동에서 출생했다. 구한말 한성영어학교를 수학한 외조부의 영향을 받아 경성제국대학 영문과를 졸업하고 1930년『비판』지에 단편소설「사랑과 행랑」,『동광』지에 희곡「가보세」등을 발표하며 문단에 데뷔했다. 매일신보 기자, 코리아타임즈 주필을 걸쳐 1953년부터 퇴임 때까지 20여 년간 고려대학교 영문과 교수로 재직하셨다.

병약했던 외숙모를 일찍 떠나보내고 수유리 4·19 묘지 근처로 이사를 한 외삼촌은 퇴임 후 왕성하게 창작활동을 하셨다. 어렸을 때 세배를 다녔던 삼청동 집은 도로보다 낮은 지대에 지은, 시멘트를 덮은 좁은 마당에 사방으로 방들이 빙 둘러 있는 구조였으나 수유리 집은 넓지는 않아도 터가 좀 있었고 마당 뒤켠에 후박나무 한 그루가 서 있었다. 엄마는 설날이 되면 혼자 지내는 외삼촌 댁에 드실 만한 음식을 좀 챙겨서 세배를 보냈다. 서재는 늘 추웠다. 세배를 올린 후에는 다시 코트를 입어야 견딜 정도였지만 외삼촌은 앉은뱅이책상 앞에 꼿꼿이 앉아서 소장하고 계신 옛 서화를 꺼내 보이며 당대에 얽힌 얘기를 들려주시곤 했다. 그 '하하하 핫' 하는 웃음소리는 여전하셨다. 외삼촌의 「냉돌에서만 재운 외아들」이란 글 속에 이런 대목이 나온다.

> 어머님께서는 성질이 곱고 인자하셔서 남에게 싫은 소리 한마디 못하시는 어른이었지만 자식을 가르치는 데 있어서는 냉정하고 엄격하셨다. (중략) 사내자식이 세상을 살아가려면 어떤 고생을 할는지 모른다 하시며, 어릴 때부터 나를 더운 방 아랫목에서 재우지 않고 꼭 맨 윗목 냉돌에서 자게 하셨다. (중략) 어릴 때부터 차게 자왔기 때문에 추운 것은 얼마든지 견디어나갈 자신이 생겼지만, 더운 방에서는 갑갑하고 숨이 막혀서 잘 잘 수가 없게 되었다. 거처하는 방이 차다고 냉장고 속에 들어앉았다고 흉보는 사람이 많았지만 그래야 머릿속이 깨끗한 것을 어떻게 하랴.

외삼촌은 막내 여동생인 엄마를 유독 아끼셨다고 한다. 남편을 유학보내고 시어머니 모시며 4남매를 홀로 키우고 있는 누이에게 느끼는 애틋함을 어느 여성잡지에 발표된 「막내 누이 B에게」라는 글로 남기셨다. 어릴 적 엄마 모습을 많이 닮은 내가 미술대학에 진학해서 그림을 그리는 것을 외삼촌은 대견해하셨는데 졸업 후 작가로서의 입성을 꿈꾸는 첫 전시회에 오셔서는 화랑 문을 들어서면서부터 "좋아, 좋아"를 연발하며 격려해주시던 그 모습을 잊을 수 없다.

자신을 늘 가난한 서생이라 하셨던 외삼촌은 단편소설 「고향에 돌아와도」를 대학에서 퇴임하던 해 발표했고, 1930년대를 풍미하던 문인들의 이야기로 실명을 등장시킨 「구인회 만들 무렵」, 구한말에서 광복, 한국전쟁에 이르는 기간의 서울의 풍습과 외관을 그린 「경성 야화」 등을 발표하기도 했는데 이 일련의 작품들은 일제하의 문화운동사에 대한 귀중한 증언으로 평가받고 있다. 단편집 『북경의 기억』 『고향에 돌아와도』, 수필집 『청빈의 서』 『세월의 너울을 벗고』, 번역서 『두시선역杜詩選譯』 『인간의 굴레』 『포 단편소설』, 기타 저서로는 『문학개론』 『육당 최남선』 『일제하 한국신문화운동사』 등이 있는데 『신神에의 송가頌歌』(타고르 시선) 『당시선唐詩選』 등의 문고판 책자를 나는 아직도 간직하고 있다.

나도 이제 한 사람의 인생을 객관적으로 조명해볼 만큼의 세월을 산 것일까. 수필에 입문한 후 이미 고인이 된 외삼촌을 향한 관심이 자연스레 높아졌다. 어느 인터넷 블로그에서 「조용만의 남기고 싶은 이야기들 —30년대의 문화계」를 흥미롭게 보며 외삼촌의 이름을 검색창에 써넣었는데 나는 충격적인 글 한 편을 발견했다. 외국어대학교의 김 모 교수가 쓴 짧은 논문이었다. 그 글은 1930년대에 총독부 기관지인 매일신보 기자로 있을 때의 언론인 조용만의 친일행적과 친일문학단체인 '조선문인협회'에서의 활동, 일련의 친일작품 발표 등을 조목조목 낱낱이 파헤친 글이었다. 내가 아는 낙천적이고 담백한 성품의 만년 서생, 어떤 이가 칭한 '이 시대에 마지막 남은 선비'라는 칭송에 딱 걸맞은 내 외삼촌에 대한 환상이 깨지는 순간이었다.

나는 그 글을 출력해놓고 연로하신 엄마에게 충격이 될까봐 보여야 할지 말지를 망설였다. 해가 지나고 2009년 말에 『친일인명사전』이 역사바로세우기 일환으로 세상에 나오고, 외삼촌의 과거 친일행적은 이제 세상에 드러나고 있었다. 엄마에게 조심스레 이야기를 꺼냈을 때 엄마의 반응은 의외로 담담했다. 그렇게 평가되리라 짐작했다며 외삼촌의 입장을 옹호하는 별다른 얘기를 하지 않으셨다. 아마도 그 시절의 지식층들이 체세에 순응할 수밖에 없었던 선택에서 외삼촌도 벗어나지 못했던 것은 아니었을까? 언론인이 아닌 소설가와 대학의 영문학 교수로서의 삶을 사셨더라면 후세에 어떤 평가를 받았을지는 모를 일이다.

대선에서 승리한 박근혜정부가 들어서면서 국무총리를 비롯한 새로운 내각과 대통령을 보필할 비서실, 경호처 인사들의 인선으로 연일 여러 이름이 매스컴에 오르내린다. 각고 끝에 천거한 인사가 세간의 좋은 평가와 대통령 당선인의 전폭적인 신뢰와는 달리 일반 국민의 눈높이에 실망을 줄 만한 일들이 속속 드러나고 말았다. 그런데 그 사실보다 국회 인사청문회에 상정되기도 전에 들끓는 여론에 밀려 자진사퇴를 하며 내놓은 변이 너무도 의외였다. 언론을 향해 사실에 입각한 보도를 요구하며 자신에 대한 왜곡된 평가 때문에 자신과 아들들의 가정이 파탄날 지경이고 인격살인을 당했다는 항변은 놀라움과 실망 그 자체였다.

외삼촌은 평생을 학계와 문단의 원로로 살다가 돌아가셨다. 생전에 과거 언론인으로서의 친일행적으로 인해 어떤 공개적인 비판을 받았었는지 지금의 나로서는 알 길이 없다. 다만 친일문제를 정면으로 다룬 「이 두 사람」이란 소설을 통해 당시 지식인이 겪은 시대적인 아픔을 어느 정도 표현했다고 생각한다. 그러나 가령 『친일인명사전』의 출간 같은 상황이 외삼촌 생전의 일이었다면 과연 어떤 처신을 하셨을까 생각해본다. 외삼촌은 좀 난감한 얘기를 들으시면 가부좌하고 앉아서 발바닥을 두드리며 "허, 망할"을 연발하곤 했다. 아마도 그러지 않으셨을까. 적어도 자신의 과거 행적에 대해 구차한 변명은 하지 않았으리라 믿고 싶다.

내일은 계사년 설날, 입춘도 지났건만 연일 영하 10도를 밑도는 날씨가 춥기만 하다. 색동옷 꺼내 입고 그 옛날 삼청동 외가를 찾아 나섰던 길이 그만 너무도 멀리 와버렸다. 만약 외삼촌이 이 글을 보면 뭐라고 하셨을까? 냉기가 도는 방에 가부좌 틀고 앉아서 "허, 망할, 하하 핫" 하시는 소리가 들려올 것만 같다.

●

늪인가, 마르지 않는 영감의 샘인가?

그 여자를 모델로 그린 그림만 384점. 그 여자 마르트 부르쟁이 죽고 나서야 보나르는 비로소 풍경화 몇 점과 자화상을 남겼다.

그림은 쏟아지는 빛과 색으로 충만하다. 찬란한 빛은 살아서 방안을 구석구석까지 섬세하게 비추고 있는데 벌거벗은 여자가 등을 보이고 무심하게 서 있다. 살짝 드러난 옆얼굴은 자세하게 묘사되어 있지는 않지만 동그스름한 것이 앳된 모습이다. 그림 속의 그녀는 결코 나이가 들지 않는다. 피에르 보나르Pierre Bonnard(1867~1947)가 1893년 16세의 마르트 드 멜리니Marthe de Meligny(1869~1942)를 처음 만났을 때의 젊고 가녀린 모습 그대로다.

파리 근교에서 국방부 관료의 아들로 태어난 보나르는 아버지의 뜻에 따라 법을 공부했고 잠시 변호사로 일했으나 그림에 뜻을 두고 에콜 데 보자르와 나비Les Nabis파의 결성지인 아카데미 쥘리앙에서 미술을 공부했다. 보나르는 파리의 오스망 거리에서 우연히 한 여자를 만났다. 그녀는 장례용 조화를 만드는 가게에서 일했는데 자질구레한 일도 마다치 않는 미천한 계급의 여자였다. 이름에 드de를 붙이는 당시의 사회 분위기에 따라서 신분 상승을 꾀하기도 했다. 두 사람은 만나자마자 동거에 들어갔다. 그녀의 이름이 마르트 드 멜리니가 아니고 마리아 부르쟁Maria Boursin이며, 보나르보다 2살 아래인 24세였음을 동거한 지 32년 만에 혼인 신고를 하면서 알게 됐다.

부르쟁이라는 성에 가명인 마르트를 붙여서 마르트 부르쟁이라고 불리는 것도, 연보랏빛 눈동자를 가진 그녀의 석연치 않은 과거와 함께 신비감을 자아내는 요소였을까. 가족이나 주변의 친구들은 마르트 부르쟁이 별로 탐탁지 않아 두 사람 사이를 반대했지만 보나르는 그녀의 숨겨진 본 모습이 전혀 궁금하지도 의심스러운 마음을 갖지도 않았다. 마르트 부르쟁은 심신이 병든 여자였다. 부르쟁은 폐질환 외에 신경쇠약과 강박증, 자폐증 같은 정신적 질환을 앓고 있었다. 게다가 대인기피증도 심해서 보나르 이외의 사람들과 마주치는 것을 싫어했다. 외출하는 것도 친구들의 방문도 극도로 제한하자 보나르는 강아지 산책을 핑계로 친구들을 만나러 나가기도 했다.

병들고 수수께끼 같은 여자, 오로지 자신에게만 몰입하는 이 여인은 화가에게 어떤 환상을 갖게 함으로써 창작욕구를 끊임없이 건드렸던 것은 아닐까. 화가에게 영감을 주는 여자는 팜므파탈의 상징 유디트, 라파엘 전파 화가들의 뮤즈였던 중성적 매력의 제인 모리스 같은 흡인력이 넘치는 여자만은 아닌가보다. 마치 시들어가는 꽃송이 같은 병적인 아름다움에 천착하는 보나르의 여성 취향에는 가히 관음증적인 일면이 있었다고 할까.

그녀의 강박증은 점차 심해져서 종일 방안의 목욕통 안에서 살다시피 했다. 보나르가 부르주아 계층에 속했다고는 해도 그 당시에 독립된 목욕실을 갖기는 어려웠다. 후에 새 집으로 이사해서 부르쟁을 위해 물을 맘대로 쓸 수 있는 근사한 욕실을 마련해주기도 했다. 보나르는 부르쟁을 그리고 또 그렸다. 모델로서 포즈를 취한 모습을 그리는 것뿐 아니라 부르쟁의 일상생활을 마치 스토커처럼 엿보며 그렸다. 수많은 화가가 아내를 모델로 그림을 그린다지만 보나르는 어찌보면 그 도가 지나쳤다고 할까? 인물화가 아닌 소박하고 사적인 정서가 지배하는 실내 정경을 표현한 앵티미즘Intimisme 경향의 그림에서도 어느 한구석에는 부르쟁의 모습이 보이곤 했다.

사실 보나르에게 단지 부르쟁 한 여자만 있었던 것은 아니었다. 오십대 중년의 보나르는 6년 동안이나 다른 여자에게 한눈을 팔았다. 자기의 모델이며 젊고 아름다운 르네 몽샤티와 약혼을 할 만큼 뜨거운 사이였으나 끝내 병든 부르쟁과의 관계를 정리하지 못하자 절망한 르네는 자살해버리고 말았다. 1921년에 그리기 시작해서 죽기 전 해까지 다시 고치기를 계속 한 〈정원 속의 두 여인〉이란 작품에서 르네 몽샤티는 그림 중앙 테이블 앞에 정면으로 앉아 있는 모습으로, 부르쟁은 화면의 오른쪽 아래에 옆모습만 거의 잘려나가다시피 그린 것을 볼 수 있다.

르네 몽샤티가 자살하고 난 후 그들은 혼인 신고를 하고 법적으로도 부부가 되었다. 그때부터 보나르는 마르트의 나체 그림에 더욱 집착한다. 늙어가는 여인을 20대 처음 만났을 때의 젊고 풋풋한 여인의 몸으로 그렸다. 목욕하려고 옷을 벗는 모습, 욕조에 들어서는 순간, 욕조에 몸을 담그고 부유하듯 길게 누워 있는 모습, 몸을 씻고 난 후 거울 앞에서 몸단장하는 여인의 나신을 몽환적인 이미지로 표현했다. 마르트 부르쟁이란 마약에 중독되기라도 한 것인가. 보나르는 평생 자신을 옭아매는 부르쟁이라는 또 하나의 자신에 갇혀서 살았다. 그것이 사랑을 가장한 연민인지 거역할 수 없는 운명인지는 알 수 없지만, 그녀가 결핵성 후두염으로 죽은 후에 그린 넋이 빠져나간 듯 상실감에 젖은 눈을 한 자화상을 보면 그렇다.

둘 사이에 자녀를 남겼다는 기록은 없다. 항상 수동적이었고 자기 자신에게만 몰두해 있었던 여자였다. 단지 보나르와 한 공간에서 숨쉬며 남자를 자신의 늪에서 영원히 헤어나지 못하게 옭아맨 시든 꽃, 시든 꽃에서 존재감을 느낀다는 보나르라는 가지에서 영원히 떨어지지 않는 요부였다.

피에르 보나르는 폴 고갱, 에두아르 뷔야르와 함께 인상파 이후 격변하는 회화사에서 나비파를 대표하는 화가로 당시 대중의 사랑을 받기도 했지만, 그 재능만큼 미술사에 뚜렷한 발자취를 남기지는 못했다. 미술사가들은 마르트 부르쟁에 그토록 집착하지 않았더라면 보나르의 재능은 훨씬 더 다양하게 꽃이 폈을 것이라고 아쉬워한다. 하지만 보나르가 이룩한 신비스런 색감의 독자적인 그림들은 어떤 명성보다도 아름답고 처연하다.

적극적인 악행을 저지르지 않은 마르트 부르쟁이 악처였는지 영감의 샘이며 영원한 뮤즈였는지는 두 사람만이 알 일이다. 아마도 땅속의 보나르는 불쌍한 마르트의 등이라도 밀어주며 호사가들의 입방아를 비웃고 있을지도 모른다. 부르쟁이 없었다면 '색채의 마술사' 보나르도 없었음이 분명하니까.

그의 아내/ 40년 동안 그는 그녀를 그렸다/ 그리고 또 그렸다/ 마지막으로 그린 그녀의 누드는 처음 그렸던 젊은 몸과 똑 같았다/ 그의 아내// 그가 기억하는 젊은 날의 그녀. 그 모습 그대로/ 목욕통 속에 있는 그녀/ 거울에 비친 그녀의 모습/ 나부// 두 손으로 가슴을 떠안고 그녀는 정원을 바라보고 있다/ 햇살은 따스함과 찬란한 색으로 빛나고 있다// 그곳에서는 살아 있는 모든 것이 꽃처럼 활짝 피어난다/ 그녀는 젊고, 전율하고, 욕망을 자아낸다/ 그녀가 죽은 후 그는 얼마 동안 그림을 그렸다// 풍경화 몇 점을 그렸다 그리고 죽어/ 땅에 묻혔다 그의 젊은 아내 곁에.

— 레이먼드 카버 「보나르의 나부」

윌렘 드 쿠닝의 〈여인〉들

윌렘 드 쿠닝Willem de Kooning은 빈센트 반 고흐(1853~1890)의 나라 네덜란드에서 그보다 50여 년 후인 1904년에 태어나 1997년에 타계한 대표적인 추상표현주의 화가이다. 고향인 로테르담 미술아카데미에서 순수미술과 응용미술을 공부했으며 22세 때 고국을 떠나 미국으로 밀항하였다. 처음 도착한 뉴저지에서 그는 페인트공으로 연명했다. 그러면서도 밤이면 자기 작품에 대한 불만과 어느 순간 창작 의지나 재능이 날아가버리지 않을까 하는 초조함에 술을 마시고 새벽까지 거리를 쏘다니곤 했다.

불법체류자 신분이었던 드 쿠닝은 1936년 이후부터 오로지 그림에만 전념하며 전업작가의 길을 갔다. 초기에는 구상적인 인물이나 풍경을 주로 그렸는데 작가 자신이 파기한 탓에 그 흔적을 찾기는 어렵다. 추상화가의 길로 들어선 그는 "어떤 화집을 열어도 내게 영향을 줄 만한 그림은 있게 마련이다"라며 한때 입체주의와 파블로 피카소를 연상할 만한 작품들을 선보이기도 했다.

이후 잭슨 폴록Jackson Pollock(1912~1956)과 함께 에너지 넘치는 액션 페인팅 작품을 하며 미국화단의 추상표현주의 운동을 이끌었다. 그러나 액션 페인팅의 가시적인 형상이 없고 위아래를 딱히 구분하지 않고 감상해도 무관할 만큼 화면 전체를 균질하게 메운all over painting 작품들과 달리 드 쿠닝의 그림에는 차츰 형상이 보이기 시작한다. 구체적으로 식별되지는 않지만, 작품 〈발굴〉에서 보여주듯이 화면에 형상이 드러나며 그의 작품세계에 일대 선환섬이 되었다.

1953년 3월, 뉴욕의 시드니 재니스갤러리에 걸린 〈여인〉(I ~VI) 연작은 세상을 깜짝 놀라게 했다. 크게 부릅뜬 눈, 이빨을 통째로 드러낸 큰 입, 풍선처럼 터질 듯 부풀어진 유방을 가진 괴물 같은 여인, 거칠고 난폭한 붓질로 표현된 여인의 모습이 대형 화면(〈여인 I 〉 192.7×147.3㎝, 〈여인Ⅲ〉 172.7×123.2㎝)에 꽉 차게 그려져 있다.

그는 지금껏 어느 누구도 그렸던 적이 없는 괴이한 모습을 한 여성의 형상을 지웠다 그렸다 하기기를 50여 차례나 반복했건만 결국 실패작으로 여기고 작업대에서 화폭을 떼어냈다고 한다. 그러나 마침 화가의 작업실은 찾은 미술사학자 마이어 샤피로Meyer Schapiro의 호평을 받으며 수정의 수정을 거듭한 후 그의 출세작이 된 〈여인 I 〉로 태어났다.

감상자들은 그림에서 무언가 읽기를 원한다. 추상적인 그림에서도 수긍할 수 있는 이야기를 읽을 수 있어야 작품을 제대로 이해했다고 생각한다. 그의 화폭 전체를 차지한 도발적인 모습의 여인에게서도 어김없이 이야기를 듣고 싶어한다. 작가는 이에 대해, "아름다운 여인으로 그림을 시작해도 계속 그리다보면 어느새 그 여인이 엄마의 인상으로 변해버린다. 그러나 그림의 여인들은 사실은 내 무의식에 잠재해 있던 신화적, 역사적 여성의 총체, 그 원형이다"라고 했다. 고향인 로테르담 부둣가에서 뱃사람을 상대로 주막을 열었던 거센 여장부인 어머니가 모델이라는 말도 있지만 이 그로테스크한 여인들을 처음 접한 대중들은 모욕감을 느꼈고, 뉴욕 평단은 추상화의 구상적인 이미지를 어떻게 수용해야 할지 짜증스러운 반응을 보였다고 한다.

사실 드 쿠닝 자신은 추상화와 구상화의 개념을 명확히 구분하는 것을 거부했을 것이다. "요즘 어떤 화가들은 구상으로 되돌아가야 한다고도 하지만, 그 구상이라는 단어는 너무도 바보 같은 조짐이 되어버렸다. 물감과 붓을 들고 누군가의 코를 그리면서 그것을 이론적이거나 철학적으로 생각한다는 것은 웃기는 일이다. … 그러니 아무래도 내가 하고 싶은 쪽을 따라야 할 것 같다"라고 말한 그의 작품은 모방, 그 모방의 파괴, 재구성, 재창조 이런 과정의 연속으로 점철되어 있다. 〈여인〉 연작은 단지 기괴한 모습을 한 '여인'의 그림이 아니라 그의 조형의식이 이끄는 색채와 붓질의 변주, 형체와 평면성에 대한 작가의 열정적인 탐구이다.

살찐[大] 양羊이 곧 미美인 것을 보면, 시각적인 아름다움만을 의미하는 것이 아니란 생각이 든다. 심리적 만족감을 느낄 수 있는 심리 상태 또는 내적 쾌감을 주는 감성적 대상이란 해석도 유효한 것이다. 윌렘 드 쿠닝의 〈여인〉 연작에서 내가 느꼈던 '심리적 쾌감'은 감상자가 예술작품을 통해 얻는 기쁨 중 하나였을 거라고 짐작해본다. 드 쿠닝의 〈여인〉이 보여주는 거친 붓질, 비웃는 듯 보이는 여인의 표정은 시원하다 못해 통쾌하다. 답습에 사로잡혀 있던 기존의 여인상을 보기 좋게 깨부순 그에게 박수갈채를 보낸다. 페미니스트 미술사학자 린다 노클린Linda Nochlin의 "나는 〈여인〉 연작의 성별 표현에 대한 긍정적이거나 부정적인 평가에 동의할 수 없다. '긍정적'이거나 '부정적'이라는 용어에 담긴 뜻은 대체 무엇일까?"에 전적으로 동의하는 것일까. 그것은 여인은 아름답게 그려져야 하고 요염한 모습이거나, 아니면 팜므파탈의 여인상이어야 한다는 시각에 대한 반란이기도 하다.

단지 몇 시간 동안 붓을 휘둘러 그린 듯 보이는 화면들은 실제로는 몇 달, 또는 몇 년에 걸친 자신과의 싸움의 결과물이다. 그는 작품이 전시장으로 떠나는 순간까지 불안한 눈으로 보고 또 보다가 마지막 순간이 되어서야 서명했다고 한다. 1962년 미국 국적을 획득한 드 쿠닝의 치열한 작가정신과 이에 따른 강박과 집념은 그의 노년까지 계속되었다. 때때로 불안증이 극심해지면 경련을 일으키며 쓰러지기도 했다고 한다. 그럴 때마다 마시는 술의 양이 점차 늘어서 길거리나 병원에서 깨어난 적도 많았다.

1970년대 말, 칠순이 넘은 그의 알코올중독 증세는 절정에 달하고 급기야 치매증세까지 시작되었지만, 결코 창작열이 시들지는 않았다. 보다 못한 전 부인 일레인 드 쿠닝Elaine de Kooning(화가, 평론가)이 옆집으로 이사와서 돌봐주기 시작했다. 그녀는 젊은 화가들을 고용하여 24시간 그의 옆에서 건강관리와 함께 맘껏 작품을 제작할 수 있는 분위기와 의욕을 북돋아주도록 했다.

다시 시적이고 여유로운 추상 계열의 작품으로 돌아온 1981년부터 1987년 사이에 제작한 40점의 회화작품이 뉴욕 현대미술관MoMA에서 전시 중이던 1997년 3월, 드 쿠닝은 92세로 세상을 떠났다. 〈여인〉 시리즈는 비평가로부터 피카소를 능가한다는 호평을 받았고, 그의 사후 10년인 2006년 11월에 〈여인 III〉은 1억3,750만 달러를 주고 아트 컬랙터 스티븐 코헨이 구매했다고 한다. 그는 이제 편히 잠들었을까?

감자를 삶으며

뚝뚝 빗물을 떨구는 나무 그늘이 짙다 못해 검푸르다. 이른 새벽부터 소나기가 오락가락하더니 지금도 한바탕 퍼붓고는 금세 또 잠잠해졌다. 거센 빗줄기가 들이칠세라 창문을 모두 닫아놓은 채 가스 불에 조리하니 집안이 찜통처럼 후끈하다. 주방 쪽에서 내뿜는 김이 유리창에 서려 으스스한 기분까지 든다.

알감자가 삶아지고 있다. 옆에선 멸치 육수가 우러나는 냄새가 구수하다. 오후 귀갓길에 소나기를 피해 마트에 들어갔다가 보라색 감자가 눈에 띄기에 사다가 껍질째 삶고 있는데 익어갈수록 색이 진해진다. 저녁에는 삶은 감자와 된장국, 열무김치, 고구마줄기볶음을 상에 올리겠다. 저녁 메뉴로는 마땅치 않은 듯도 하지만 가볍다 싶게 먹어야 몸도 가뜬하고 계속되는 열대야도 견디기 쉬울 것이다.

이제 8월 초이니 아직 한참이나 남아 있을 무더위를 겪어야 할 일이 걱정스럽다. 이리 더울 때는 세 끼 끼니를 먹는 것도 먹거리를 준비하는 것도 다 고역이다. 먹거리를 준비해서 밥상을 차려내는 것은 평생 짐 지워진 아내의 숙명 같은 것. 오죽하면 가사노동이라고 했을까. 때론 소홀한 밥상을 대해도 늘 웃는 낯으로 기꺼이 먹어주는 남편이기에 군말 없이 책임을 완수해야 할까보다. 실은 이런 책임감 때문에 대부분 아내의 수명이 남편보다 길고 늙어갈수록 아내들이 더 강해지는 것일지도 모르겠다.

집요한 더위와 잦은 비를 이겨내면서 인내를 배우고 인간이 지닌 한계, 그 어쩔 수 없는 낮춤을 배우고 견뎌내야 하는 지혜를 배워간다. 힘든 일도 좋은 일도 모든 것은 지나가게 마련, 지나가도록 마음을 비워야 하는 것. 사람이 할 수 있는 것은 참 미약하다. 더운 여름, 끼니를 준비하면서 이런 생각에 빠져본다.

감자가 알맞게 익기를 기다리는데 고흐의 잘 알려진 그림인 〈감자 먹는 사람들〉이 떠오른다. 하필이면 그들은 '감자'를 먹고 있다. 그들의 식탁도 지금처럼 어둠이 깔린 저녁이다. 하루 일을 마친 그들, 농부들의 초라한 식탁에는 접시에 수북한 알감자와 목을 축일 차 한 잔뿐이다. 자신들이 수확한 감자를 집어든 농부들의 손마디는 마르고 거칠지만 그들의 눈빛에는 욕심이 없다. 고흐는 동생 테오에게 보낸 편지에 "나는 램프 불빛 아래에서 감자를 먹고 있는 사람들이 접시로 내밀고 있는 손, 자신을 닮은 바로 그 손으로 땅을 팠다는 점을 분명히 보여주려고 했다. 그 손은, 손으로 하는 노동과 정직하게 노력해서 얻은 식사를 암시하고 있다"라고 쓰고 있다.

나는 감자를 좋아한다. 그 무미함이 좋다. 별다른 맛이 없는 것 같지만 은근하고 질박하다. 거칠고 못생겼지만 동글동글 정겨워서 좋다. 햇감자가 나는 철이면 혼자 먹는 점심은 가끔 삶은 감자로 한 끼를 대신하기도 한다. 따로 차리지 않아 간편하기도 하지만 되도록 생활을 단순하게 하고 싶어서다. 감자는 익혀서 소금만 찍어 먹어도 한 끼 식사가 된다, 그것이 단지 배고픔만을 면하는 것일지라도. 더하려고만 하는 세상, 보태려고만 하는 세상. 왜 나는 가지지 못한 것만 쳐다보며 살고 있는지, 왜 그리 밥상에 많은 것을 올리려 욕심을 냈는지. 열심히 몸을 움직여 일하고, 자신이 흘린 정직한 땀을 먹는 것은 아름답다. 그저 삶아서 그릇에 담아놓은 알감자, 생각해보면 삶은 이리 단순한 것인데….

감자를 삶으며, 나도 감자처럼 단순하고 소박한 삶을 살 수 있으면 좋겠다. 고구마처럼 달콤하지도, 늙은 호박처럼 특유의 진한 향이 아니라도 좋다. 덧칠해가며 색을 입히지 않아도 갖은양념으로 맛을 내지 않아도 내 본연의 모습에서 우러나는 질박한 맛이 있으면 싶다. 그리고 그 맛이 더 깊어질 수 있는 그런 삶이면 좋겠다. 그러나 아직은 멀었음이 분명하다. 이만한 더위도 참지 못하고, 올여름이 근래 들어 가장 심한 된더위란 말에 지레 지쳐버리는 나약하기 그지없는 인간이니….

빚 멍에

소설가 신경숙의 표절 논란으로 문단 안팎이 시끄럽다. 포털은 흥분했고 네티즌들의 댓글에 욕설과 비방, 분풀이가 난무한다. 신경숙의 문학과 더불어 그녀의 유명세에 대한 사람들의 실망과 분노 때문이었다.

그다지 영민해보이지 않던 시골집 외양간의 소를 닮은 그녀가 폭발적으로 누린 명성이 '한 방에 훅 가버린' 것에 대한 허탈감 때문일까. 단편소설 「전설」의 표절 논란이 된 그 구절, '기쁨을 아는 몸'을 읽었을 때 가슴이 쿵 하고 내려앉았다. 놀랍기도 했고 어이없기도 했다. 한편 뜻하지 않은 봉변을 당한 듯 오금이 저리기도 했다. 그렇게 눈에 띄게 한두 마디도 아닌 몇 어절을 표절하다니 그럴 리가, 아니 솔직히 믿고 싶지 않았다.

무력감과 혼란, 게으름이 한데 버무려져 난 무능의 끝에 있다. 가뜩이나 비좁은 냉장고에 자리를 차지한다고 눈총을 보내왔던 복분자 반 병을 이참에 비웠다. 한 줄의 글도 쓸 수 없으니 취기를 빌려 일기장에 넋두리 몇 줄이라도 끼적거릴 수 있을까 하는 기대도 있었다. 그러면 조금은 명쾌해지지 않을까. 그러나 단 한 줄도 쓰지 못했다. 졸렬한 짓이었다. 며칠 동안의 혼돈이 머릿속에 그대로 엉킨 채 있음이 분명하다.

내 혼돈의 정체는 무엇일까.

묻어놓았던 기억이 새삼 내게 왔다.

S여대 대학원에 판화과가 생기면서 연구과정으로 등록하고 동판화에 한참 몰두해 있던 때의 일이다. 동판화, 에칭은 동판에 뷰린이 낸 흠집을 질산에 부식시켜서 그 홈에 잉크를 밀어넣어 찍어내는 판화기법이다. 입문 과정에서는 동판보다 무른 아연판을 주로 쓴다. 쭉 해오던 캔버스 작업의 연장선에 있는 작업을 아연판에 완성해서 소규모 동인전에 출품한 후인데 무심코 뒤적이던 일본 현대판화집에서 그 기법이 거의 흡사한, 아니 빼다박은 듯한 판화 작품을 봤다. 알고서야 어찌 그렇게 거의 똑같은 기법과 이미지의 작품을 할 수 있었겠는가. 난 꼼짝없이 남의 작품을 도용한 입장이 된 것이다. 그때의 놀라움과 당혹스러움이라니. 작품을 파기할 용기도 그렇다고 무시할 배짱도 없으니 가슴앓이를 할 수밖에. 내가 좀 더 알려진 작가였더라면, 아니 그 일본 작가가 조금만 더 지명도가 높았더라도 나는 꼼짝없이 표절작가로 낙인이 찍혀서 구설에 오르내리고 말았으리라.

오래된 기억을 끄집어내면서까지 그녀를 두둔하고픈 것은 내가 신경숙 작가에게 빚이 있다고 생각하기 때문이리라.

언제쯤이었을까, 처음 읽은 작가의 소설은 무엇이었을까.

그때까지 움켜쥐고 있던 그림에 대한 미련을 접어야만 했을 때, 현실이 보잘것없는, 그러니 미래도 역시 그럴 것 같아 절망할 때 아마 그때쯤 신 작가의 소설을 읽었을 것이다.

그녀의 표절사건으로 내가 오금이 저렸던 이유는 또 있다. 글을 쓰면서 '표절'이란 말에 자유로울 수 없다는 양심의 소리가 내 내부에서 꾸역꾸역 나오고 있었다.

"거기까지 말했을 때, 휴대폰의 배터리가 끊어졌다. 휴대폰은 꼬르륵 꼬르륵… 소리를 내며 죽었다. 휴대폰이 죽자 나는 아내의 죽음이나, 오늘부터 치러야 할 장례 절차와도 단절되는 것 같았다. 휴대폰이 죽는 소리는 사소했다. 새벽에 맥박이 0으로 떨어지면서 아내가 숨을 거둘 때도 심전도 계기판에서 그런 하찮은 소리가 났었다."

김훈의 단편소설 「화장」의 일부분이다. '사소했다'와 '하찮은'이라는 단어에서 내 숨이 멎었다. '하찮다'와 '사소하다'라는 형용사의 쓰임의 의외성, 그런데 어찌 그리 몸에 맞춘 듯 딱 들어맞는지.

내 수필, 「나는 이미 길을 떠났다」의 한 부분이다.

"일기 쓰기를 통해 표현한 마음의 풍경들은 **하찮고 사소했다**."

"그런 **하찮은** 마음의 풍경들도 글이 되는 것이다. 소설이 되는 것이다. 위로를 느꼈다. 조금씩 "아냐, 괜찮아"로 변하면서 나도 그런 위로를 나에게 주고 싶었다."

나 역시 김훈 작가에게 빚 멍에를 지고 있었다.

그녀의 소설에 투영된 작가의 모습에서 민낯의 나를 봤다. 소설 속의 영민하지도 다부지지도 못하게 그려진 그녀 모습은 하찮았다. 어눌한 듯 느릿느릿 풀어내는 서툰 목소리에는 널 가진 자, 가려진 곳에서 꿈을 꾸는 자의 억눌린 소망이 있었다. 그러나 소망하는 자의 마음 한편에 뚫려 있는 구멍, 그 구멍을 메우려는 노력은 결코 하찮은 것이 아니었다. 비로소 지우고 싶었던 내 모습을 힘껏 껴안아 줄 수 있었다.

속속 다른 글에서도 표절했다는 구절들이 드러나고 있다. 철옹성이라 여겼던 구조물이 한순간에 와르르 무너질 때의 경악과 배반감도, 알고 보니 그럴 수밖에 없었다는 비난에서 어찌 자유로울 수 있을까. 문학적 자산이 될 만한 체험의 부족이야, 작가로서의 윤리의식의 부재야, 어쩌면 창작자로서의 축적된 미의식, 우리가 잊고 있는 '예술'이란 말이 주는 무게감의 변질에서 오는 것인지도 모른다. 문학도 산업이 된 것이 현실이니까.

내가 창작이란 이름으로 저지른 빚 멍에를 피할 수 없듯이 작가도 역시 면할 수도 피할 수도 없는 일이다. 그녀는 애매한 태도를 보이며 표절의 인정인지 변명인지 모를 아리송한 말을 남긴 채 대중의 시야에서 숨어버렸다. 작가로서의 부풀어진 허명에 자신도 속고 있었던 것일까. 자신을 똑바로 바라볼 용기가 없었던 것일까.

그러나 신경숙은 돌아올 것이다. 돌팔매질에 맞은 퍼런 멍을 그대로 가슴에 싸안고 어눌했던 청년의 얼굴을 되찾아서 다시 내 앞에 설 것이다. 그녀의 모습이 신기루 같은 허상에 불과했다 할지라도 그것이 자신의 문학에 진 빚을 갚는 길이니까. 그리고 내가 바라는 일이니까.

琴兒 피천득 내 맘대로 읽기

"아침 여섯 시 반이 되어도 깨지를 않았다. 산에 안겨서 잠든 호수와 같이 서영이의 숨결에는 아무 불안이 없다. (중략) 오후 다섯 시에 집에 돌아오니 서영이가 아직도 학교에서 아니 와 있다. (중략) 바깥은 벌써 캄캄하여 온다. 나는 버스 정류장으로 나갔다. 버스에서 내리는 작은 여학생은 다 서영이 같았다. (중략) 자는 것을 가만히 들여다보니 서영이의 얼굴에는 아무 불안이 없다." (수필 「어느 날」 중에서)

일어날 시간이 지나도록 잠자고 있는 딸의 모습을 바라보며 금아는 '아무 불안이 없다'며 안도한다. 3시 반에 학교에서 파한 서영이 5시가 넘도록 집에 돌아오지 않자 불안해진 금아는 학교로 가서 데리고 오지 않고 그 시간에 다방에서 잡담이나 하고 있었던 것을 후회한다. 서영이 무사히 귀가해 잠든 모습을 바라보며 "서영의 얼굴에는 아무 불안도 없다"며 또 안심한다. 어려서 부모를 잃은 금아는 불안이 마치 몸의 일부처럼 되어버린 것이다. 그래서 늘 딸 서영의 곁에 있으면서 사랑을 쏟아부었고, 해외에 나가 있던 1년 간을 제외하고는 유치원에서 초등학교를 졸업할 때까지 거의 매일 데려다주고 데려왔다. 어쩌다 마중 나가는 것을 놓친 날은 딸이 하교 시간에서 조금만 늦어도 안절부절못하는 모습이 보는 이의 마음을 아프게 한다.

"엄마가 나의 엄마였다는 것은 내가 타고난 영광이었다"라는 금아 피천득의 수필집 『인연』을 펼치면, '엄마께'라는 헌정의 말이 우선 눈에 띈다. 아흔일곱의 수를 누리고 영면할 때까지 열 살 소년 시절에 사별한 엄마에게서 끝내 분리되지 못한 사람. 고아콤플렉스는 평생을 통해 극복하지 못한 아픔이며 상실이었다. 이것이 피천득 문학의 본령이 아닌가 싶다. 엄마가 서영이로 부활하여서 자신에게 찾아왔다고 금아는 생각했다. 서영은 "딸이 육신의 분신이자, 영적인 분신"이라는 아빠의 사랑을 넘치도록 받는 것이 때론 부담되기도 했으리라. 이런 지고한 아빠의 사랑을 받는 것이 기껍기만 했을까, 라는 생각에서 '딸바보' 피천득을 한번 비틀어본다.

서영은 물리학 교수가 되어 미국에서 살고 있다. 한국에서 대학을 마친 후 처음 미국 유학 가서는 혼자서 못 살겠다고 되돌아오기를 세 번이나 반복할 만큼 분리불안이 심했다고 한다. 아버지 금아도 서영이가 어릴 때 가지고 놀던 인형인 난영을 딸 대신 돌보는 것으로 보고 싶은 마음을 달랬다. 눈꺼풀이 감겼다 떴다 하는 돌쟁이만 한 서양 인형을 안고 천진하게 웃고 있는 노인의 사진에서 애틋함이 물씬 묻어나지만 한편 좀 괴기스럽기도 하다.

늘 목말라 했던 엄마의 정을 오직 딸 서영에게 쏟았다. 절제된 아빠의 사랑이 아닌 엄마의 무한한 사랑을 주고 싶어했다는 해석이 나온다. "난영의 낯을 씻겨주고 목욕을 씻기고 계절에 따라 옷을 갈이 입히고 음악을 들려주고…." 딸을 유학 보낸 후에는 딸의 체취가 남아 있는 난영에게 딸한테 하던 그대로의 사랑을 베풀면서 마음의 평화를 얻었다. "난영의 얼굴에는 아무 불안도 없다"며 딸과 동일시하며 교감했으니 딸이 창작의 추동력인 뮤즈이며 구원의 여인인 셈이다.

"나는 엄마 같은 애인을 갖고 싶었다. 엄마 같은 아내를 얻고 싶었다. 이제 와서는 서영이가 아빠의 엄마 같은 여성이 되길 바랄 뿐이다. 그리고 또 하나 나의 간절한 희망은 엄마의 아들로 다시 태어나는 것이다."

금아는 「엄마」라는 글에서 이렇게 고백한다. 문득 피천득의 아내는 어떤 여인이었을까? 라는 궁금증이 인다. 하지만 아내에 대한 글은 많지 않다. 수필 「가든파티」에서 영국대사관의 부부동반 파티에 아내를 데려가지 않은 이유를, "사교성 없는 여자가 사교적인 여자들 사이에 놓여지면, 공연히 쭈뼛쭈뼛해질 것을 동정하여 나만 가기로 하였다"라고 아내를 언급한다. 또 아내의 닷 돈쭝 금반지를 두 돈쭝 금반지를 바꿔 '야미'쌀을 사먹고, 다시 두 돈쭝 금반지를 두 돈쭝 은반지로 바꾸면서 "15년이나 갖은 고생을 같이한 조강지처의 사랑이 반지 빛깔이나 그 물질적 가치로 좌우되지는 않을 것이라는 굳은 신념을 가지고 이 교환을 감행하였던 것이다"라고 「금반지」라는 수필에 쓰고 있다.

엄마 같은 아내를 얻고 싶었다지만 아내 임진호 여사는 남편의 마음속 빈자리를 채우지 못했나보다. 그렇게 사랑하는 서영이 역시 죽은 엄마를 대신하거나 지우지는 못했다. 그 결핍을 피천득은 수필 창작으로 채운다. 수필 「꿈」을 보면, 꿈길에서 만난 엄마는 죽어 있었다. 언젠가 엄마한테서 들은 대로 꽃 한 송이를 꺾어다 엄마 얼굴에 대고 "뼈야 살아라!" "피야 살아라!"라며 엄마를 살려내려고 한다. 엄마는 마치 잠에서 깨어나듯이 눈을 떴으나 금세 학이 되어 날아가버린다. 그 무엇으로도 엄마의 자리는 채워지지 않았다.

나는 매사를 한번쯤 비틀어 달리 해석해보려는 악취미가 있음을 고백한다. 나는 왜 피와 살처럼 근원적인 딸에 대한 부성과 어려서 잃은 어머니에 대한 그리움을 긍정의 눈으로 옹호하고 찬양하지 못하는 것일까. 부부에게는 서영 외에도 두 아들이 있었으니 뭔가 왜곡되어 있고 드러나지 않은 가족 간의 갈등도 있지 않았을까, 라는 도발적인 의심도 해본다. "엄마-금아-딸의 삼각관계는 신비스러운 삼위일체가 되어 피천득 문학의 계보학이 되었다"라고 『피천득 평전』에서 저자 정정호 교수는 말하지만, 편집적이라 할 만치 보편에서 벗어난 사랑이 문학적 장치로서의 큰 성과를 이뤘을까?라는 의심이 그것이다.

엄마 노릇을 해보지 못함을 서운하게 여긴 금아가 아내 또한 자기가 낳은 삼남매의 엄마인데, 아내에게서 모성의 아름다움을 느낀다는 글을 보지 못한 것이 안타깝다. 아내에게서 모성을 느낀다는 설정이 금아에게는 비문학적이고 상투적이었을까?

금아 피천득의 마음에 파문을 일으킨 한 여인에 대한 추억은 시간이 흐른 후까지도 남아 있다. 수필 「보스턴 심포니」에는 미국 유학 시절에 만난 여성에 대한 연모의 마음이 가을 호수처럼 잔잔하게 그려진다. 가을에서 이듬해 봄 시즌에 이르는 매주 금요일마다 보스턴심포니 홀에 갔었다고 한다. 이 심포니 홀에서 하버드대학 현대시 세미나에서 보았던 크고 맑은 눈의 여성을 다시 만나게 된다. 아마도 그 여인을 보기 위해 매주 심포니 홀에 갔었을까? 귀국한 후 금아는 AFKN 다이얼을 돌리다 보스턴심포니 75주년 기념 연주 중계방송에서 그 여인을 추억한다.

"그는 이 가을도 와이드나 연구실에서 책을 읽고 벌써 단풍이 들었을 야드에서 다람쥐와 장난을 하고, 이 순간은 심포니 홀 삼층 갤러리에 앉아 음악을 듣고 있을 것이다. 꿈 같은 이태 전 어느 날 밤 도서관 층계에서 그와 내가 마주쳤다. 그는 나를 보고 웃었다. 그 미소는 나의 마음 고요한 호수에 작은 파문을 일으키고 음향과 같이 사라졌다. 중계방송이 끊어졌다. 7천 마일 거리가 우리를 다시 딴 세상 사람으로 만들었다. 하이든 심포니 제1악장은 무지개와도 같다."

나는 금아의 문학 자체를 비판할 의도는 전혀 없다. 아니 피천득의 문학을 논한 평전 저자의 글에 백 배 공감한다.

"삶이라는 '운명'과 수필이라는 '형식'이 만나는 금아의 글에는 무엇보다, 우리를 윽박지르는 억압이 없다. 이념적 강권도 없다. 어떤 도덕적 꾸짖음이나 윤리적 책임 추궁도 없다. 어떤 인식론적 강요도 없다. 우리를 필요 없이 죄의식이나 열등감에 빠지게 하지도 않는다. 선부른 '비판'이 많지 않다. '풍자'도 아낀다. '아이러니'도 즐기지 않는다. 그는 다만 자연과 인간에 대한 무한한 경외와 공경의 마음으로 우리와 함께 공감과 동정을 느끼며 '염려'하고 '돌보고' '사랑'하고자 할 뿐이다."

기를 쓰고 금아를 비틀어 보아도 역시 판정패의 결과임은 분명하다.

무소유, 참소유

'소유하지 않음으로써 비로소 소유함.'

법정 스님의 수필 「무소유」, 한 편의 짧은 글이 시대를 아우르는 정신의 아이콘으로 떠오른다. 어느 정도의 쏠림현상도 있겠지만 '무소유' 정신에 대한 목마름이 물신주의가 휩쓰는 세상을 살아가고 있는 모두의 가슴에 내재해 있었을 것이다. 다만 스님의 입적으로 평생을 통해 실천한 '무소유' 정신이 화두로 떠올려지면서 스펀지가 물을 빨아들이듯 모두의 가슴에 스며들어 스님의 일관된 삶에 존경을 표하며 애도하고 있다.

그러나 사실 '무소유', 그 뜻에 깊이 들어가보면 말처럼 쉬운 얘기는 아니다. 수필집 『무소유』의 초판본이 나온 것은 내가 20대 초반이었던 1976년이다. 어찌어찌해서 이 책을 읽게 되었는지는 너무 오래된 일이라 기억이 나지 않지만 수록된 글들을 정독했고 읽고 또 읽었다. 산 속 오두막에서의 스님의 '맑고 향기로운' 삶은 다분히 관념적인 성향이었던 내가 지향하는 삶의 모습인 '자유로운 삶'의

한 표상처럼 다가왔었다. 그 '자유로운 삶'에는 얼마나 많은 절제와 자기 극복과 버림이 있어야 하는지 그때, 20년 삶의 두께로는 알 수가 없었다.

그러면서도 나는 법정 스님의 다른 저서들을 구해서 읽었다. 소유라든가, 물질이라든가 하는 의미를 피상적으로 밖에는 인식하지 못하던 시절의 이야기다. 물질보다는 정신을 우위에 두어야 한다는 것, 삶의 진실은 작고 사소하고, 너무 근원적이어서 그냥 지나치기 쉬운 것에 있다는 것은 '보들레르'를 책가방에 넣고 다니고 '김수영'을 암송하듯, 청년인 나의 정신적 사치 또는 허영심의 한 방편이었는지도 모르겠다.

성인이 되어 삶의 주체가 나 자신이 되었을 때 생활이 관념이 아니라 곧 현실이고 거듭되는 실패와 좌절로 정신이 피폐해져가고 있을 때, 나는 지난 날의 추억을 찾아 사진첩을 뒤지듯 「무소유」를 다시 꺼냈다. 그곳에서 평온과 위로를 얻고 싶었다. 그러나 읽을 수가 없었다. 정신의 유토피아쯤으로 여겼던 스님의 오두막에서 안식을 느낄 수가 없었다. 뒤엉켜 있는 마음속을 훤히 들여다보는 듯 날카로운 구절구절에 참담해졌다. 이미 혼탁해진 구정물에 맑은 샘물 한 바가지를 붓는다고 물이 맑아지지는 않았다. 나는 책장을 덮어버리고 말았다. 그러나 몇 차례씩 묵은 책들을 정리하고 안 보는 책들은 내다버리곤 했으나 무슨 이유에선지 스님의 저서들은 세월이 많이 지나버린 지금까지도 내 책장에 누렇게 변한 모습으로 꽂혀 있다.

스님의 입적 소식을 듣고 다시 「무소유」를 읽어본다. 사실 수필 「무소유」를 보면 참 단순하게 이야기를 풀어나간다. 스님은 지인에게서 얻은 난초 두 분을 아주 정성스레 기르다가 그로 인해 외출에서조차 자유롭지 못하자 그것이 집착이었음을 깨닫고, 마침 난초처럼 말이 없는 친구가 놀러 왔기에 선뜻 그의 품에 안겨주었다는 이야기.

스님이 난초에 기울였던 정성과 집착은 무엇에서 나온 것이었을까? 그것은 물욕도, 명예욕도, 소유욕도 아니다. 순수, 무구한 것에 대한 사랑. 생명 가진 것의 소중함에 대한 경도. 스님은 그 사랑조차 집착이라 한다. 그래서 그 사랑조차 내려놓았다. 내려놓음으로써 자유로워지고, 소유하거나 집착하지 않음으로써 그 사랑을 지킬 수 있었다.

출가자가 아닌 생활인인 나는 스님처럼 가사 한 벌에 바랑 하나 짊어진 채 살아갈 수는 없었겠지만 소유하지 않고도 소유할 수 있는 순수하고 무구한 정신마저 올바로 가누지 못하고 집착과 미움 속에서 잠을 이루지 못하는 밤이 얼마나 많았던가. 자존심을 지키려는 아집, 불신으로 몰아넣는 인간관계에서 느끼는 서운함. 가장 가까운 이들로부터도 이해받지 못한다는 슬픔과 단절감 때문에 얼마나 많이 괴로워했던가.

차를 몹시 즐기셨던 스님은 "다른 것에 대한 집착은 어지간히 다 버렸는데, 마음에 드는 다기는 아직…" 하면서 껄껄 웃는 모습을 어느 동영상을 통해 본 적이 있다. "이제 이들에 대한 집착도 내려놓아야지….” 아끼고 즐기고 사랑하되 소유하려 하지 말아라. 그런데 우리는 무소유 정신은 외면한 채, 『무소유』라는 유형의 책 한 권을 소유하려 법석을 떨고 있다.

나는 ‘무소유’로 인한 참소유의 그 깊은 뜻을 아직은 잘 모른다. 그러나 삶의 지향점이 돼야 한다는 사실은 어렴풋이나마 깨닫고 있다. 상대적인 물질의 결핍, 덜 가진 것에 민감함에서 오는 정신의 피폐함을 ‘버림, 버리기’로 상쇄하려 했다. 나에게 ‘버림, 버리기’란 자기 극복의 한 수단에 불과했다. 참소유는 그런 소극적인 버림이 아닐 것이다. 그것은 물질에 욕심이 없음을 말하는 것이 아니다. 소유와 구속으로부터 자유로워지는 것, 살아가면서 얽혀드는 모든 관계에서 자신을 바르게 자리매김함으로써 진정 자기 삶의 주체가 되는 것. 그래서 ‘가지고, 가지지 않음’으로부터 자유로워져서 소유와 무소유의 경계가 허물어지는 것. 그것을 스님처럼 일관되게 삶을 통해 실천하는 것이 무소유, 즉 참소유가 아닐까.

제3장
검은 개는 잘못이 없다

검은 개는 잘못이 없다
행복이란 없는 것일까?
밥
두 사람, K 노인과 이 선생
눈물을 흘릴 수 없는 자
대박 날 거야!

검은 개는 잘못이 없다

“손님, 강아지는 안고 들어오세요.”

한창 바쁜 시각이다. 여자 손님을 뒤따라 강아지 목줄을 잡고 들어오는 젊은 남자는 ‘강아지를 안아달라’는 말을 못 들은 척, 뒤쪽에 있겠다며 계산대 반대편으로 물러선다. 진열대에 가려 잘 보이지 않았었는데 잠시 후 물건을 고르는 여자 옆으로 다가선 남자의 손에 쥔 목줄에는 족히 5㎏이 넘어보이는 온통 새까만 털의 푸들 두 마리가 각각의 줄에 묶여 있다. 유독 새카만 털 색깔에 멈칫한다.

가게 안은 야식거리를 사러온 손님들로 복잡하다. 강아지들은 서로 반대쪽으로 가려고 ‘핵핵’거리며 숨을 몰아쉬거나 매대나 바닥에 코를 킁킁거리며 부산스레 구는데 견주는 별 아랑곳이 없어 보인다.

고양이집사가 된 후부터는 또래 아기 엄마들끼리 친해지는 것처럼 소형견이나 고양이 케이지를 안고 들어오는 손님에게는 관심을 보이며 친근한 말 한두 마디를 나누곤 했다. 하지만 진열된 상품의 냄새를 맡고 몸을 부르르 털며 침까지 흘리는 검은 '개'를 두 마리나 끌고 들어오다니. 두 마리를 다 안고 있을 수가 없다며 태연스레 상품들을 이것저것 집었다놨다 하는 손님의 무신경함에 그만 속이 부글부글 끓기 시작한다.

상품의 70% 이상이 식품을 취급하는 영업장인데 애완동물 출입금지는 상식이 아니던가? 그러나 그 견주는 막무가내다. 자기는 애들을 데리고 산책을 나왔다가 이 매장에 자주 들렀지만 여태까지 한번도 제지받은 적이 없는데 유별나게 왜 그러느냐며,

"이 아주머니 참 별스럽게 구네, 주인이세요?"

따지듯 물으며 정 그러면 출입문에 '강아지 출입금지'라고 써붙이란다.

젊은 견주의 몰상식에 나도 지지 않았다.

"제가 근무자들 교육을 다시 하겠습니다. 두 마리를 다 안을 수는 없을 테니 같이 오신 분이 물건을 고르는 동안 잠시 밖에서 기다리시면 안 될까요?"

"에이씨! 그냥 가자, 재수 없어."

물건을 고르다 말고 같이 온 여자도 뒤따라 나가버린다.

노 키즈 존no kids zone에 대한 찬반 문제를 다루는 기사를 볼 때마다 장사하면서 저렇게까지 해야 하냐고 생각했었는데 나도 이제는 출입문에 '애완동물 출입금지' 스티커라도 붙여야 할까보다. 대중음식점이나 공공장소에서 눈에 거슬리는 행동을 하는 소위 '맘충'들이 잘못이지 아기에게는 잘못이 없듯이, 영업장에 애완동물 출입금지

는 당연한 사회적인 약속으로 알았는데 어떤 이들에게는 상식이 통하지 않는가보다. '왕'인 고객의 당연한 권리쯤으로 아는 것일까?

얼마 전에 새로 취임한 대통령이 털 색깔을 이유로 입양이 기피되는 검은 유기견 '토리'를 입양해서 화제가 됐지만, 혹시 그 개들의 털 색깔 때문에 내가 더 예민했던 것은 아닌지. 'all black' 패션은 즐겨하면서도 '검은 개'에 대한 편견이 내게도 있었던 것인가? 이 막연한 편견은 동서양을 막론하고 그 역사(?)가 꽤 오래된 것으로 보인다. 옛 영국의 민담에서 유래했다는데, 검은 개의 출현은 악마 또는 지옥 견과 관련이 있으며 죽음의 징조로 여겨졌다나? 영국 총리였던 윈스턴 처칠은 "나는 평생 블랙독과 함께 살았다"라고 자신을 괴롭혀온 우울증을 검은 개에 비유했다고 하니 말 못 하는 검은 개는 얼마나 억울했을까.

사람들이 지어낸 편견은 편견에 불과하다는 듯 검은 푸들들의 눈은 유난히 초롱초롱했다.

행복이란 없는 것일까?

그 누가 '행복이란 이런 상태이다'라고 규정지어 말할 수 있을까? 나 또한 그렇다. 위키백과Wikipedia는 '행복이란 어디까지나 당사자의 주관적인 가치관에 의해 만족감이 성취된 상태'라고 한다. 그러나 이어서 '사람의 욕구는 어느 단계를 달성하게 되면 계속하여 더 높은 단계를 기준으로 삼기 때문에 절대적인 행복이란 존재하지 않는다'라고 행복의 의미를 기술한다. 그렇다면 행복한 상태에는 좀처럼 이르기 힘든 것일까?

지난 토요일 아침 9시가 좀 넘어서다. 출근한 지 얼마 안 됐는데 노무현 전 대통령의 유고를 알리는 남편의 전화가 걸려 왔다. Daum의 검색창은 아직 그의 죽음을 단정하지는 않았다. 우공이산愚公移山, 어리석은 자가 산을 옮긴다는 그의 신념은 이렇게 꺾이고 말았는가. 그가 죽음을 택할 수밖에 없었던 심경을 이해할 수 있을 것 같았다. 이틀 동안 나는 아무것도 할 수가 없었다. 충격과 슬픔, 헤어날 길 없는 허망함의 정체는 무엇이었을까.

돈, 명예, 권력 흔히들 생을 통해 추구하는 것들이다.

퇴임 후 자신을 후원해온 인물에게서 돈을 받은 것이 화근이 되었다지만 그는 가난하지는 않다. 재임 시 많은 정책적인 오류로 끊임없이 갈등을 조성하고 그로 인해 보수적인 성향의 언론과 국민에게 질타와 조롱의 대상이 되기도 했었지만, 그는 최고 권력자의 자리에 있지 않았던가? 그러나 그가 택한 최후는 참혹한 죽음이었다. 사랑하는 가족에게 그리고 그를 지지해온 국민들에게 그의 죽음은 얼마나 큰 충격이고 아픔이며, 도저히 씻어지지 않는 상처인가? 그러나 그는 스스로 죽어야만 했다. 결국 부와 명예와 권력도 그를 행복으로 이끌지는 못했고, 자신이 추구하는 가치를 지키기 위해서는 바위산에서 몸을 던지는 극단적인 방법을 택해야만 했다.

그는 1975년에 독학으로 사법고시에 합격했던 그 순간만큼 행복하고 성취감을 느꼈던 적은 없었다고 한다. 대통령이 된 후에 고향집을 찾아와, 형의 무릎을 베고 누워서 "형, 나 대통령 됐어"라며 어린아이처럼 행복해했었다는 일화도 전해지고 있다. 꿈을 키우고 그 꿈을 성취하는 순간만은 그도 행복했었다. 아니 우리 모두 꿈을 키우며 살고 작은 성취나마 이루면 그 순간 행복을 맛본다. 그러나 그 행복한 순간은 그리 오래 가지 않는다. 어느새 또 다른 만족과 가치를 향해 눈을 돌리기 때문이다.

그렇다면 행복이란 무엇인가? 다가서면 도망가고, 또 잡으려 다가서면 어디론가 모습을 감추어버리는 구름이나 연기 같은 것인가. 어떻게 사는 것이 잘 사는 것인가? 일생을 통해 추구해야 하는 가치는 무엇인가?

나는 많은 돈도 명예도 권력 따위는 꿈꾸지 않는 개미 같은, 수많은 나무 잎새 중의 하나같은 존재인데. 길가의 작은 돌멩이 같은 존재인데. 그러나 나는 행복을 추구한다. 세상의 기준으로는 부질없는 것일지라도 나 스스로 의미 있다고 생각하는 것을 위해 노력한다. 과분한 것을 탐하지 않는 나는 어떻게 살아야 하는가? 내가 원하는 행복은 무의미한 것일까? 행복이란 없는 것일까?

"노 전 대통령의 죽음 앞에서 사람들이 충격을 받는 이유는 어쩌면 적자생존의 정글 속에서 기어코 살아남은 동류의 비주류 정치인이 종국에는 파멸을 선택하는 것을 보고 느꼈을 정체 모를 좌절감 때문인지 모른다"라고 쓴 어느 기자의 블로그에서 본 글에 깊이 공감한다. 그러나 이 좌절감을 딛고 일어서서 작은 성취를 이루는 과정 과정이 행복임을 깨우쳐야 한다. 인간은 늘 행복을 좇기만 했지, 자신에게 온 행복을 제대로 느끼지 못하는 어리석은 존재이다.

묵묵히 자신의 길을 따라 바보처럼 한 걸음씩 한 걸음씩 걸어가면 된다. 바보 노무현으로 불리기를 좋아했었다지만, 진정한 바보는 서두르지도 쉽게 좌절하지도 않는 법이다. 그가 진정한 바보였더라면, 서거하기 며칠 전 거실에서 떼어버렸다는 우공이산의 글귀를 더욱 가슴에 깊이 새겼어야 했다. 그래야만 그는 진정 '행복한 바보'인 것이고 자신이 옳다고 믿었던 가치를 실현하고 마지막까지 웃을 수 있는 사람이 되었을 것이다.

●

행복이란 없는 것일까? 아니, 행복이란 그 진정한 의미를 아는 사람만 누릴 수 있는 것이다.

밥

밥의 격려

그리 오래된 일은 아니다. 잊지 못할 밥 한 끼가 내게도 있다.

편의점을 시작하던 때의 일인데 물류센터에서 발주한 상품들이 입고되는 것을 확인하고 새벽 한두 시가 넘어서 퇴근하곤 했다. 서너 시간 자고 일어나 식구들 아침밥을 짓고 저녁 먹을 준비까지 해 놓고 집을 나서면서도 나는 정작 집에서 제대로 밥 한 숟가락 먹을 수가 없었다. 모든 것이 서툴렀고 잘 알지 못하는 일을 해야 하는 데서 오는 긴장감이 나를 짓눌렀다. 잠시 쉬려고 해도 조바심이 나고 불안해서 집안 일을 끝내면 늘 허둥대며 나가기에 바빴다.

일이 좀 익숙해지면서 수월하게 일 처리를 끝낸 어느 날 심한 허기를 느끼며 집밥 한 끼가 간절히 먹고 싶었다. 그렇다고 밥을 먹으러 집에 다녀올 수는 없었고 조금 떨어진 상가의 지하 재래시장에 밥집이 있는 것이 생각났다. 김치찌개가 금방 된다고 한다. 다 쭈그러진 양은냄비에 바글바글 끓고 있는 찌개가 나왔다. 멸치 두어 마리에 흔한 두부 한 점 들어가지 않은 김치찌개와 콩나물무침 몇 젓가락, 어묵조림 몇 점. 그리고 스텐 주발에 밥 한 공기. 소박하다 못해 허름하기 짝이 없는 밥 한 끼를 어찌 그리 달게 먹었던지. 뜨겁고 매운 음식을 잘 못 먹는 나는 눈물에 콧물까지 줄줄 흘려가며 허겁지겁 찌개 냄비를 비웠다.

맛있게 먹은 밥 한 끼를 꼽는다면, 가장 잊지 못할 밥 한 끼를 대라면 나는 주저 없이 그날 밥집에서 먹은 김치찌개 한 상을 꼽을 것이다. 나는 밥으로 힘을 얻고 다시 밥을 벌기 위해 내 일터로 돌아왔다. 그리고 조금씩 마음의 안정을 얻고 가게 운영을 배워나갔다.

내 기억에 남는 밥이 고급 식탁에 차려진 화려하고 값비싼 음식이 아닌 것을 보면, 밥의 귀함은 맛있고 진귀한 요리에 있지 않은 게 분명하다. 그날의 김치찌개가 왜 아직도 마음에서 지워지지 않았을까. 그것은 밥이 뭇 생명체에게 하는 역할을 한 치의 어김도 없이 해냈기 때문은 아니었을까. 육신의 허기를 채우기 위해 밥을 먹었으나 밥은 곤고한 마음까지도 채워준 것이다. 밥은 허기진 마음에 청하는 악수이고 격려였다.

밥을 버는 일들

정끝별의 밥 시 이야기 『밥』. 이편 저편 산책하다 이 시에서 멈췄다.

외로워서 밥을 많이 먹는다던 너에게/ 권태로워 잠을 많이 잔다던 너에게/ 슬퍼서 많이 운다던 너에게/ 나는 쓴다./ 궁지에 몰린 마음을 밥처럼 씹어라./ 어차피 삶은 너가 소화해야 할 것이니까.

—「밥」 천양희

시간의 흐름을 느끼지 못하며 지내고 있었다. 깊고 긴 잠에 빠진 듯 보냈지만 실은 많은 부대낌이 있었다. 생각이 거칠어지고 극단적으로 되어가고, 심성이 나쁘게 변하고 있다는 것을 깨닫는다. 다만 겉으로 드러내지 않을 뿐이다.

하루도 거르지 않고 비틀거리며 들어와서 소주를 서너 병씩 사는 노인, 그새 다 마셨는지 몇 시간 지나서 또 온전치 못한 걸음으로 들어선다. 손님의 행색은 이미 삶을 포기한 사람처럼 보인다. 지병이 있을 테고 게다가 알코올중독일 거다. 아마도 술이 밥인가보다. 가족들도 포기하고 만 것인가. 말없이 떨리는 손으로 계산을 하는 이 노인의 모습을 곧 볼 수 없게 될지도 모른다.

저렇게 매일 소주를 몇 병씩 사가다가 어느 날 발길이 뚝 끊어졌던 사람들을 여럿 봐왔다. 나는 술 때문에 곧 죽을 것이라는 생각을 하면서도 그들이 원하는 소주를 판다. 담배를, 커피를, 카페인이 넘쳐나는 에너지 음료를 판다. 그것들을 팔아서 밥을 먹는다.

"아저씨, 그렇게 술을 매일 드시면 안 돼요, 그러다가 죽어요." 이 말을 입 안으로만 씹었지 밖으로 뱉어내지 못했다. 계산대에 선 내 모습은 무표정한 방관자. 그들의 삶이 지금에 이른 과정을 알고 싶지 않다. 절망이 얼마나 깊어서 지금에 이른 것인지. 아니다 그건 내 감상일 뿐이다. 사회에서도 가정에서도 버려진 알코올중독자 그 이상도 이하도 아닐 것이다. 그들도 예전에는 밥을 벌기 위해 목에 넥타이를 조르고 고군분투했겠지.

추위 속을 뚫고 걸어서 출근한다. 몹시 추운 날에는 버스 타도 되련만 나는 그러지 않는다. 쉼 없이 뛰지만 늘 제자리인 일상. 뒤로 밀려서 궤도에서 이탈 당하지 않으려면 '좀 더, 좀 더' 하면서 쉼 없이 뛰어야 한다.

얼마 전 젊은 작가 한 사람이 굶어서 죽었다. 옆집 아줌마에게 먹다 남은 밥과 김치가 있으면 자기 집 문을 두드려 달라고 했다지만 결국 주검으로 발견됐다. 작가의 스승이라는 한 소설가는 그녀는 결코 굶어죽은 것이 아니라고 했다. 지병과 스스로 선택해서 죽은 거라는 뉘앙스의 말을 했다. 그러면서 미안해했다. 어쨌든 그녀는 자기의 밥그릇을 챙기지 못하고 죽어서 세인의 입에 오르내리는, 죽어서도 편히 쉬지 못하는 신세가 된 것이다.

내가 사는 이 시대에도 여전히 '굶어죽는 것'은 순전히 자기 몫의 비극이다. 사회적인 책임을 물어도, 예술가에 대한 사회적인 지원이 아쉽다는 얘기를 아무리 해대도, 그 여자의 죽음은 그녀 자신의 책임이다. 목숨을 지탱할 밥이란 것이 그리 하찮은 게 아니다. 밥이란 어떤 무엇과 바꿀 수 있는 것이 아니다. 밥을 문학이 앞서진 못한다. 그렇다고 밥 앞에 문학이 굴복해서도 안 된다. 밥을 벌기 위해 내려놓아야 할 것들, 그것을 어떻게 극복하고 조율해야 하는지.

나는 신물 내며 밥을 번다. 식은 밥덩이를 입으로 처넣으며 밥을 번다. 얻어먹는 밥과 내가 벌어서 먹는 밥은 다르다.

아침엔 라면을 맛있게들 먹었지/ 엄만 장사를 잘할 줄 모르는 행상이란다// 너희들 오늘도 나와 있구나 저물어가는 산허리에// 내일은 꼭 하나님의 은혜로/ 엄마의 지혜로 먹을거랑 입을거랑 가지고 오마// 엄만 죽지 않는 계단

—「엄마」 김송삼

밥은 평등하다

그가 가게 주변을 맴돈 지는 꽤 됐다. 봄 여름 가을 겨울을 다 몸뚱이 하나에, 한여름에도 두꺼운 겨울 외투까지 껴입고 다니는 몰골은 측은함보다는 비장함을 느끼게 했다. 게다가 어디서 났는지 고물 트랜지스터라디오를 소중하게 들고 다니며 흘러간 가요를 틀어놓기도 하고 때로 뉴스를 듣기도 한다. 어깨까지 자란 머리카락은 서로 뒤엉켜 산발했고, 아무렇게나 막 자란 수염이 얼굴을 덮었다. 수염 사이로 드러난 싯누런 앞니 하나는 빠져 있다. 지나가는 사람에게 구걸하거나 치근거리는 것을 보지 못했으니 엄밀히 말해 걸인은 아니다.

자유스러운 영혼? 자유인이라 해둘까? 하지만 저만치서 마주 오면 슬슬 피하는 게 상책인 것이 그의 몸에서 풍겨 나오는 지독한 악취 때문이다. 그런 몰골로 서현역 주변 백화점 앞을 어슬렁거리는데 무슨 사건을 일으키지 않는 한 공권력으로 보호시설에 수용할

법적 근거가 없다고 한다. 그러니 한 개인의 사는 '스타일'로 치부할 수밖에.

어느 날 출근해서 가게로 들어서는데 쾨쾨한 냄새가 코를 찌른다. 무심코 계산대에 있는 알바 학생에게 물었다.

"이게 무슨 냄새야? 아유 지독하네."

사무실로 들어가서 유니폼을 갈아입는데, 들어올 때 미처 보지 못했던 남자가 입에 담지 못할 욕설을 내뱉으며 시식대 앞에서 씩씩거리며 식사하고 있다. 그 사계절을 한 몸에 다 걸치고 다니는 '자유인'이 컵라면을 먹고 있었다. 아마도 '냄새'라는 말이 자신을 두고 한 말이라 생각하고 화가 났나보다. 아차, 싶었지만 그건 그의 자격지심!

"손님 보고 한 말이 아니에요, 거기 있는지도 몰랐어요"라고 변명을 할 수도 없고 난감했지만 어쩔 도리가 없었다. 요란한 소리를 내며 배를 채우고는 유유히 나가는 손님을 향해,

"감사합니다, 안녕히 가세요."

평소보다 큰소리로 인사를 해서 그를 보냈다. 알바 학생은 돈을 내밀며 컵라면을 달라는데 어쩔 도리가 없었다고 자기 탓이 아니라고 항변한다. 그렇지. 행색에 따라서 물건을 안 팔 수는 없지. 밥은 누구에게나 평등하니까. 누구든 돈을 내고 한 끼 식사할 권리가 있다.

문제는 그 후부터다. 이 '자유인'이 걸핏하면 당당히 들어와서 꼬깃꼬깃 천 원 지폐를 내밀며 컵라면을 먹겠단다. 마침 가게에 손님

이 없으면 나도 크게 개의치 않지만 다른 손님이 있으면 난감하다. 씻지 않아 냄새가 진동하고 누더기 같은 옷을 몇 겹씩 걸친 혐오스러운 몰골의 남자와 나란히 서서 식사하고 싶은 사람은 없지 않은가. 하지만 그는 자신이 먹은 자리를 말끔히 정리하고는 꾸벅 절을 하며 만족한 얼굴로 나간다.

간혹 여학생들은 그가 라면을 먹고 있는 모습을 보면 혼비백산하며,

"아줌마, 어떻게 해요?" 울상을 짓는다.

계산대 옆에 학생들이 먹을 자리를 마련해주고 '자유인'이 빨리 먹고 나가기만을 바랄 뿐이다. 그럴 때일수록 그는 태연스레 라면 국물에 포장 밥을 말아먹고 캔커피로 입가심까지 한 후에 트림을 '꺼억~' 하며 아주 만족한 얼굴로 '잘 먹었습니다'를 외친다. 배도 부르겠다, 손님 대접도 받았다는 만족감에 어떤 때는 횡설수설하며 몇 마디 말을 건네기도 하는데 도무지 무슨 말인지 알아들을 도리는 없다.

그렇게 몇 번 더 와서 밥을 먹고 가더니 언제부턴가 자취를 감추었다. 모습이 보이지 않는다. 백화점 앞 화단의 돌의자에 벌렁 누워 햇볕을 쬐던 모습도 사라지고 없다. 어디로 간 것일까? 어디서 밥은 먹고 다니는지, 그의 안위가 궁금해지니 나도 참 대책이 없다.

몇 달이 지났다. 한가한 오전 시간이다. 분명 그 자유인이다. 기본 행색이야 크게 달라지지는 않았어도 입성은 계절에 맞게 간결해졌다. 긴 머리카락은 변함이 없지만 뒤엉킨 뭉치도 한결 차분해졌

다. 늘 들고 다니던 트랜지스터라디오도 보이지 않는다. 혼자 싱긋 웃는다. 이번에는 컵라면이 아닌 음료수 한 병을 가져와 값을 치른다. 묻지도 않았는데 말을 건넸다.

“열심히 살아야죠.”

나에게 한 말인지 혼잣말인지를 중얼거리며 가게 문을 밀고 나간다.

두 사람, K 노인과 이 선생

그를 K 노인이라고 부르겠다. 겉으로 드러난 행색만으로 그의 처지가 불우하다고 단정해도 좋을까? 한편으로는 맞을 수도 아닐 수도 있겠다. K 노인의 개인사에 대해 나는 아는 것이 별로 없으니까. 하지만 건강이 별로 좋아보이지는 않는다. 지병이 있는지 커다란 약봉지를 들고 다니는 것을 여러 번 봤다. 아직 일흔이 안 돼 보이는데 걸음걸이도 시원치 않다. 때로 지팡이에 의지하여 다리를 질질 끌며 걷기도 한다. 대부분 술 생각이 나서 입성 그대로 주머니에 지갑만 찔러넣고 겨우 외출한 몰골이다. 머리카락도 구겨져 있는 게 이불 속에서 바로 나온 것이 분명하다.

비틀대는 걸음으로 냉장고에 가서 빨간 뚜껑의 참이슬 소주 두 병, 중간 크기의 토마토 주스 한 병과 크림빵 한 봉지를 주섬주섬 챙겨 계산대 앞으로 다가온다. 지갑 안에는 지폐가 두툼하게 들어 있다. 일단 살림이 궁색하지는 않은 것 같다. 궂은일이라곤 한번도 해본 적 없어 보이는 여리여리한 손으로 만 원권 지폐를 한 장 꺼내는 것이 K 노인에겐 쉽지 않다. 나는 그가 성공적으로 지폐 한 장을 집어낼 때까지 기다린다. 뭐라고 한마디쯤 건네볼까 하다가 그만둔다.

언젠가 흘리듯이 자기도 미국에 있을 때 편의점을 했었다고 한 말이 생각난다. 아마도 역이민을 온 것 같은데 아내의 살뜰한 보살핌을 받는 것 같지는 않다. 그렇다고 독거노인 같지도 않고. 부질없는 궁금증을 꾹 눌러버린다. 얘기를 트기 시작하면 그 이후가 성가시기 때문이다. K 노인이란 익명성 뒤에 숨는 것이 그도 나도 편하다. 그는 눈치보지 않고 하루에도 몇 번씩 소주를 사가고, 나는 그의 엄청난 음주량에 겁이 나지만 "술을 너무 많이 드시는 거 아니에요? 그렇게 드시다간 큰일 나요!" 따위의 불필요한 말은 애써 꾹 참고 물건만 팔면 그뿐이니까. 나는 그의 인생에 개입하고 싶지 않다. 편의점이란 이 익명의 공간에선 무관심 또한 손님에 대한 배려이다. 어느 날 K 노인도 이 선생처럼 홀연히 자취를 감출지도 모른다.

오랜만에 나타난 이 선생을 금방 알아보지 못했다. 냉장고에서 소주 한 병을 꺼내 와서 값을 치르고도 계산대에서 비켜서지 않고 자신을 못 알아보겠냐는 듯 빙긋 웃고 서 있었다. 나는 그제야 그가 이 선생임을 알아봤다. 놀랄 정도로 수척해 있었다. 얼굴이 마치 타다 만 나뭇개비만큼 검다. 건너편 아파트 단지에 있는 그의 집에서 혼자 힘으로 걸어서 우리 편의점까지 왔다는 것이 믿기지 않을 만큼 병색이 깊다. '어디가 몹시 편찮으셨냐, 왜 그리 뜸했었냐'는 내 인사에 간신히 답을 한다.

"여기저기 죄다…, 성한 곳이 없이 다 망가져버렸네요."

이 선생과 먼저 얘기를 트기 시작한 건 남편이다. 불면증이 있는지 새벽 두 시고 세 시고 밤 근무 중인 가게에 와서 깡소주를 마시며 별다른 사회적 연결고리가 없는 남편에게 자신의 인생 상담을, 답답한 심사를 얘기하곤 했단다. 그러니 나도 남편을 통해 이 선생의 가정사를 조금은 엿봤다고 할 수 있겠다.

이 선생은 젊어서 무협소설을 써서 크게 '히트'를 시킨 적이 있었다지만 현직은 서울에 있는 실업계 고등학교 윤리 교사이다. 부인도 교직에 있는 부부 교사이며 대학생인 아들이 하나 있다. 분당 요지에 괜찮은 아파트도 소유했으니 사회적으로나 경제적으로 크게 아쉬울 게 없는 사람이다. 그런 그가 폭력적으로 몸속에 술을 들이부으며 결국은 저렇게 처참해지도록 자신을 학대한 까닭은 무엇일까? 술이 술을 부르고 급기야는 알코올중독이 되었는지 학기 중에도 서너 시께면 학교를 조퇴하고 와서 대낮부터 소주를 서너 병씩 사가곤 했다. 내키지 않았어도 밤에는 남편이 낮에는 내가 그의 얘기를 들어줘야 했다.

지방에 있는 본가의 부친에게 꽤 많은 부동산과 재산이 있었다고 한다. 이 선생이 우리 가게에 드나들기 얼마쯤 전에 동생이 부친의 부동산을 담보로 사업을 벌이다가 수억을 '말아먹고' 그 충격으로 자살했다고 한다. 이 선생은 급기야 부친을 설득해 남은 재산을 누이동생과 자신에게, 자신의 몫은 다시 대학생인 아들에게 증여해버렸다. 제수와 조카의 몫은 한 푼도 없이. 게다가 한집에 살며 부친을 모셔온 제수에게 분가해서 나가달라고 요구했다. 부친 사망 후의 일까지를 생각한 것이다. 이미 동생이 많은 돈을 탕진하고 죽었으니 마땅히 그들의 몫은 더 이상 없다는 것이 그의 생각이었다. 아마도 이 선생은 그런 자신의 행위의 정당성을 우리 부부에게 확인받고 싶었나보다. 마치 익명의 상담원에게 고민을 얘기하듯이 소상하게 자신의 가정사를 털어놓곤 했다.

하지만 남편도 나도 좋은 상담원이 못 되었다. 한밤중에 남의 일터에 와서 술을 물처럼 마셔대는 그가 곱지 않았다. 그만 마시라며 가게에서 쫓아내기도 했다. 내가 근무하는 낮 시간대에도 계산대 옆에 붙어 서서 물을 쏟아버린 빈 생수병에 소주를 가득 채우는 그에게 나도 눈총 꽤나 보내곤 했다. 당신이 아들에게 미리 재산을 증여해버린 것은 동생의 유가족에게는 한 푼도 주고 싶지 않아서가 아니냐, 지금까지 부모를 모셔온 제수를 갈 곳도 없이 쫓아내지 말고 살아갈 최소한의 배려는 해줘야 할 것 아니냐고 그를 다그치곤 했다. 내 지청구를 피하지 않고 묵묵히 듣고 서 있는 그에게 일부러라도 더 오금을 박았으니 나도 어지간히 얼척없는 여편네였다.

그렇게 밤낮으로 드나들던 이 선생이 어느 날부터 우리 시야에서 사라졌다. 그가 사라진 후에야 이 선생의 얼굴에서 떠나지 않던 덤덤하지만 쓸쓸해 보였던 미소가 사실은 마음속 깊은 회한이며 자신에 대한 모멸감이었다는 생각이 드는 것이다. 그런 그가 우리 부부에게서 듣고 싶었던 말은 무엇이었을까? 지난 일들을 털어놓으면서 자신을 치유하고 싶었던 것은 아닐까. 아니면 자책의 다른 얼굴이었을까. 가끔 우리 부부는 서로에게, 혹시 다녀갔냐고 이 선생의 안부를 확인해보지만 답을 듣지는 못했다.

이 선생은 우리에게 점점 잊혀갔다. 그리고 몇 달 만에 나타난 이 선생의 모습은 검게 마르다 못해 곧 부러져버릴 것 같았다. 그에게서 어떤 삶의 훈기도 느껴지지 않았다. 여전히 소주 한 병을 사서 병뚜껑을 따지만 잠시 머물다 힘겹게 왔던 길로 돌아서곤 했다. 그렇게 몇 번 더 모습을 보이고, 그리고 이 선생은 여태껏 오지 않는다.

K 노인이 가게에 들어선다. 아직은 쌀쌀한데 반팔의 면 티셔츠와 앙상하게 마른 다리에 휘휘 감기는 실내복 바지 차림이다. 참이슬 소주 두 병과 두유 한 병, 그리고 단팥빵 한 봉지를 계산대에 내려놓는다. 나는 얼른 온장고 속의 따뜻한 두유로 바꿔서 비닐봉지에 담아준다.

"왜 이렇게 얇게 입고 나오셨어요? 아직 추운데…."

"아무렇게나 살면 어때요? 그냥 대충대충 사는 거죠, 뭐."

"그러다가 감기라도 들면 어쩌시려고요."

K 노인에게서 이 선생의 모습이 겹쳐 보였다.

눈물을 흘릴 수 없는 자

세상이 소란하다. 하루가 멀다고 사고 소식이 신문 머리기사와 포털의 첫 줄을 장식한다. 늘 있어 온 사고들이 '세월호 침몰'이란 국가적 재난에 놀라서 덩달아 참사다, 재난이다, 굵은 고딕 활자로 조명을 받게 됐다. 그동안의 적폐들이 공교롭게도 하나하나 머리를 쳐드는 모양새다. 세상의 호사가들은 저마다 한마디씩 거든다. 만개한 꽃들도 기세에 눌려 머쓱해하고 4월의 향기로운 바람조차 천덕꾸러기 신세가 될 만큼 거대 여객선 침몰이 인재에 의한 참사가 된 진상은 기가 막히고 어이없고 참담할 뿐이었다.

국민의 눈과 귀와 마음은 침몰 사고 이후 한 달이 넘도록 오직 이 참사에 집중했다. 유가족들의 눈물이 말라붙을 즈음이 되어서야 대통령이 실종자 가족과 대책위원회 유가족들과의 면담 중에 눈물을 훔쳤다. 뒤늦게 몇 번 더 시도한 유감의 표현이 그래도 미흡하다 하니 대국민 담화를 하는 대통령의 얼굴이 눈물로 얼룩졌다. 이참에 아예 국가를 개조하겠다는 담화 내용의 단호함에 걸맞지 않게 대통령이 흘린 눈물의 진정성이 화두로 떠올랐다. 이 눈물의 사과가 진정성이 있느냐, 없느냐의 여론조사에서 59.1%의 국민이 진정성이 있다고 받아들였다.

대통령의 눈물이 얘깃거리를 재생산하고 있다. 감정이 격해져서 눈물이 나면 무의식적으로 닦아내는 법인데 흐르도록 그냥 내버려둔 것은 보여주기 위한 '악어의 눈물'이다. 한편에선 그토록 감정을 절제하던 대통령이 눈물을 흘렸으니 그 눈물에 감동했다. 이젠 우리가 대통령의 눈물을 닦아드리자고 나선다. 눈물 자체를 폄하하고 싶은 마음은 없다. 그 눈물이 시의적절하지 못하다는 것뿐이다. 국민은 사고 초기 어린 학생들을 포함한 300여 명의 생명을 살릴 수 있었던 골든타임을 어이없게 흘려보낸 데 대한 국정 책임자로서 진심 어린 '내 탓이요'를 원했을 뿐이다.

눈물은 98%의 물과 나머지 2%는 단백질, 식염 등으로 되어 있다. 그러니 짠맛을 내는 식염의 성분은 눈물의 영 점 몇 %에 불과하다. 그러나 눈물은 찝찔하다. 아니 뜨거운 눈물은 그 맛이 짜다. 함민복 시인의 말을 빌리지 않더라도 눈물은 왜 짠가? 눈물이 짠 이유는 눈물은 순정한 '정서발생'에 의해 분비되기 때문이다. 순도 높은 진심이 묻어 있다고 믿기 때문이다.

> "이마에 흐른 땀을 훔쳐내려 눈물을 땀인 양 만들어놓고 나서 아주 천천히 눈동자에서 난 땀을 씻어냈습니다."(「눈물은 왜 짠가」 중에서, 함민복)

●

자연스러운 정서발생을 본인이 제어할 수 없는 것이 눈물이며, 이 갑작스런 눈물의 출현은 대부분 반짝이기가 무섭게 눈물을 흘린 자의 의지에 따라 사라지는 것이 눈물의 운명이기 때문이다. 그렇기에 눈물은 짜고 뜨거운 것이다.

우리는 진정 자신을 향해, 또는 누군가의 불행이 마음 아파 진한 눈물을 흘려본 적이 있는가. 한 여인으로서 자신을 향한 눈물과 대통령의 눈물은 그 의미가 다르다. 여성으로서 대통령의 삶은 지난했다. 그녀의 눈물을 탓할 자는 없다. 그러나 대통령의 눈물, 그 눈물이 아름답지는 않았다. 끝까지 눈물을 참고 보이지 않았거나 참을 수 없어 눈물을 흘렸다면 주먹을 불끈 쥐고 황급히 닦았어야 한다. 눈물이 줄줄 흘러내리도록 하지는 않았어야 한다. 상처받고, 분노하고, 절망에 빠진 국민 앞에 눈물로 얼룩진 얼굴을 보이지 않았어야 했다. 책임이 뒤따르는 자가 눈물을 흘릴 수는 없는 것이다. 40.9%의 국민이 지켜보고 있기 때문이다.

대박 날 거야!

대박大一!

순 우리말인 '박'을 국어사전에서 찾아보니 "노름판에서, 여러 번 패를 잡고 물주 노릇을 하는 일. 또는 그런 사람"이라고 나와 있다.

지금은 5년차 직장인이 된 딸이 대학입시를 앞두고 동네에 있는 입시 단과학원에 등록하고 나서부터 말끝마다 "대박 선생님이, 대박 선생님이…" 했었다. 처음 한두 번은 흘려들었지만, 대박? 이름을 마구 부를 리는 없고, 알고 보니 그 선생님의 닉네임이었다. 친근감 있으라고, 또는 일종의 상술로 학원강사들이 닉네임으로 불리고 있었다.

대박 선생님은 수학 강사였다. 문과인 딸은 수학이 아킬레스건이었는데 수학에 대한 두려움을 조금씩 극복해가고 있었으니 당연히 대박 선생님 덕이었다. 연대 상대를 나왔다는 대박 선생님은 벤처사업을 하다가 쫄딱 망하고 한때는 원양어선을 타며 재기를 꿈꿨다고 한다. 결국은 동네 입시학원의 수학 강사가 되었으니 가르치는 학생들의 수능 대박과 더불어 본인 인생에서의 대박을 바라는 마음에서 닉네임을 '대박'이라고 했을 것이다.

딸도 나도 '수능 대박'이란 자기 최면을 입에 달고 살며 지루하고 힘든 입시지옥을 견뎠다. 2학기부터 모의고사 점수는 슬슬 상승세를 타기 시작했다. '수능 대박'이 눈앞에 보였다. 수능 시험장 앞에서 만난 담임선생님도 딸이 꾸준히 성적이 오르고 있으니 틀림없이 '대박이 날 것'을 장담하기도 했다.

큰 시험을 앞둔 수험생 엄마를 위로한다며 밥을 사준다고 만난 친구가 연신 대박을 입에 올리며 촐랑대는 내가 밉상이었던지, "대박인지 쪽박인지는 두고봐야 알지"라며 밥 사주는 값을 톡톡히 하더니 그녀의 입초시가 현실이 되었다. 결과는 쪽박이었다. 송파에 있는 대입종합반에서 재수하는 동안 대박 선생님은 자진해서 딸의 멘토가 되어주었고 딸은 대박은 아니지만 '중박' 정도는 나서 무난히 대학생이 되었다.

대박에 '거저'는 없다. 딸이 재수하는 1년 동안 나는 '대박'이란 말은 입에도 올리지 않고 딸이 다시 시작하는 모습을 지켜봤다. 자신의 목표에 집중하는 모습이 측은할 정도로 열심이었다. 지각대장이라 할 만큼 아침잠이 많았지만 깨우지 않아도 6시면 벌떡 일어나서 학원으로 향했다. 자신의 스무 살 1년을 오롯이 저당 잡히고 가족들이 숨죽이고 지켜보며 응원한 결과물인 셈이다. 물론 대박 선생님이 무상으로 보내는 응원도 큰 힘이 되었다.

새해 인사말로 "새해에는 대박 나세요!"라는 말을 들으면 난감해진다. 무엇으로 대박을 내야 할지. 문우들 사이에서도 "건필하세요"가 덕담으로 약했던지 "글 대박 나세요!"라고 통 크게 선심 써서 하는 말을 기껍게 받아들이지 못하는 내가 좀 깔끄러운 사람인가. 대박도 모자라 "됐박!!"을 외치는 세상에.

"통일은 대박이다." 대통령이 신년 기자회견에서 '통일은 대박'이라고 말한 뒤 대박이란 말은 새로운 조명을 받는다. 곧이어 스위스 다보스에서 열린 제44차 세계경제포럼에서의 기조연설 후에 가진 클라우스 슈밥 회장과의 질의응답에서 대통령은 대박이란 표현을 우리말로 "대박"이라 했고 통역은 이를 'breakthrough'(돌파구)라고 했지만, 정치권에서는 재빨리 '대박'의 영문 표기를 더 자극적 표현인 jackpot이라고 했다. 'Hit the jackpot'은 글자 그대로 '횡재하다' '땡잡다'의 의미로 도박장에서 흔히 쓰이는 말이다. 찝찝하던 차에 미국의 케리 국무장관이 청와대를 방문해서 통일 대박이 화제에 올랐을 때 'bonanza'라는 말을 쓰면서부터 '대박'의 영역이 깔끔하게 매듭지어졌다고 한다.

Bonanza는 무슨 뜻일까. 서부 개척시절 '금맥을 캐다'라는 뜻으로 횡재나 노다지의 발견이라는 의미로 통했다지만 영어권에서는 '갑작스러운 돈벌이나 횡재'의 뜻으로 간혹 쓰일 뿐이다.

애초에 왜 국가의 정책에 이런 '대박'이란 표현을 쓴 것일까. 사람들 사이에 만연해 있는 한탕주의 심리의 반증일 것이고 그만큼 센

표현, 자극적인 표현이 아니면 소위 '먹혀들지' 않기 때문일 것이다. 과연 통일이 그처럼 뜻하지 않은 횡재이기만 한 것인가는 차치하고 그 과정이 생략된 듯해서 불안하기 짝이 없다. 그러나 통일된 독일의 번성을 보니 통일이 대박임은 맞는가보다.

고백건대 '과연 통일 대박이 올까?'하고 미심쩍어하면서도 통일을 꿈꾸듯, 내 인생에서도 글이든 돈이든 jackpot처럼 박 터져서 대박 한번 나 봤으면 좋겠다. 1+1, 한 개 사면 한 개를 덤으로 더 줘야 겨우 작년 매출을 유지하는 편의점에서 돈으로 대박이 나기는 애초에 글렀으니 죽기 전에 글 대박이라도 한번 나 봤으면 한이 없겠다고 궁싯거리는 그렇고 그런 사람일 따름이다.

제4장
당신의 삶은 우아한가요?

11월의 기억

11월은…

벌써 이 집에서 맞는 두 번째 가을도 깊었다. 작년 여름 이 아파트 1층으로 이사를 왔을 때 네 식구가 살기엔 너무 비좁은 거실이었으나, 서남향의 유리창을 통해 보이는 무성한 나뭇잎들이 오후 햇살에 반짝이며 베란다 깊숙이 들어와 있었다. 주방 창밖의 우거진 나뭇잎들도 "짐 반 사람 반이네" 하며 참담해 있던 마음에 큰 위로가 되어주었다. "와, 우리 무슨 숲속 펜션에 와 있는 것 같지?" 짐을 풀기도 전에 과장된 탄성을 지르며 이 집을 마음에 들어하기로 한 것은 앞뒤 창으로 보이는 우거진 나뭇잎 때문이었다. 한 달 두 달, 시간이 흐르면서 노랗게 붉게 물들어 잎을 떨구는 이름 모를 나무들과 키 큰 모과나무, 계절의 흐름을 바로 내 눈앞에서 느끼게 하는 고마운 존재들이었다.

이제 곧 11월이다.

잿빛 우울은 11월이 우리에게 주는 아주 특별한 선물이다. 감성

쪽으로 저울 눈금이 치우친 이들의 숙명은 때 없이 찾아오는 우울과의 동거다. 이는 부족한 에스트로겐의 영향만은 아닐 것이다. 반복되는 일상의 쳇바퀴, 돋보기를 쓰지 않고는 인쇄된 글씨를 읽지 못할 때 느끼는 상실감, 늘 당연히 여겨왔어도 때론 숫자로 환산될 수 없는 가족들을 위한 수고가, 어쩔 수 없이 일탈을 꿈꾸기도 한다.

11월에는 일상적인 작은 원인조차 극대화되어 때아닌 마음의 병을 앓지만, 이런 병들은 찾아올 때의 우연처럼 어깨 위로 떨어지는 곱게 물든 단풍잎 하나에, 문득 들려오는 젊은 시절의 애창곡, 품속에 넣고 들어와 불쑥 내미는 아들놈의 철 이른 붕어빵 한 봉지 또는 "오늘 저녁엔 당신이 끓인 매운탕 찌개가 그리운데…"라는 남편의 문자 메시지로 깨끗이 치유되는 아주 신비스런 병이기도 하다.

그러나 11월은 잿빛 우울만을 주는 것은 아니다. 11월의 냄새, 그 달콤하고 농익은 모과 향. 김장 김치를 담그는 것보다 모과차를 만들어야 놓고서야 겨울 맞을 준비를 다 끝냈다고 안도하곤 했다. 못났다는 오명에 대항하듯 단단한 과육은 세로로 깊이 칼을 들이대 힘껏 내리누르면 말갛게 농축된 노랑에 어울리는 짙은 향이 난다. 쌀알보다 조금 더 크고 길쭉한, 짙은 갈색의 씨앗들을 털어내고 얇게 저며 유리병에 넣고 켜켜이 설탕에 재워놓는다. 모과청에 뜨거운 물을 붓고 실백을 띄워 마시면 이미 겨울이 내 곁에 바짝 다가와 있다. 다정한 이들에게 모과차를 한 병 선물하면서 내가 느끼는 만족감이 더 컸던 것은 아마도 1년의 결실을 함께 나누었다는 뿌듯함에서가 아니었을까?

●

11월은 계절의 내음이 가장 짙은 시기이다. 여름 동안 흘렸던 땀에 비례하는, 목표를 갖고 매진했던 사람의 몫인 빈 벌판 같은 허탈함이 자신을 되돌아보는 시간을 갖게 한다.

11월은 늘 그런 계절이었다. 지난 일 년을 되새김하며 내면 창고를 열고 보듬어둘 것과 폐기해야 할 것을 가려내는 그런 시간. 11월이 있기에 유한한 삶 속의 오늘을 돌아보고 내일을 꿈꿀 힘을 얻는다.

빈 벌판은 알 수 없는 힘으로 꿈틀댄다

11월의 해는 느지막이 뜬다. 잠에서 깨어나 베란다 커튼을 젖힌다. 어둠이 낮게 드리운 채 벌판은 아직 잠들어 있다. 건너편 먼 하늘은 벌겋게 달구어져서 곧 다가올 일출을 알린다. 고층 아파트 8층의 신혼집에서 내다보이는 광경은 허리춤까지 자란 잡초만이 우거진 허허벌판. 그 벌판 너머로 나지막한 동네가 있지만, 곧 대단위 아파트 단지가 들어설 수만 평의 터는 비어 있었다.

그해 11월에 나는 빈 벌판과 맞닿아 있는 서울 외곽의 한 아파트촌에서 신혼살림을 시작했다. 어둠이 벗겨지면서 아침밥의 뜸이 들 때쯤 뻘건 해가 저 멀리 야트막한 산 위로 조금씩 모습을 드러낸다. 사위는 푸르스름한 빛을 버리고 붉은 색을 띠기 시작한다. 드디어 뻘건 빛 덩어리가 잿빛 구릉 위로 둥실 올라앉는다. 욕실에서는 '어푸어푸' 새신랑의 물 튀기는 소리가 요란하다.

분주했던 출근 시간이 지나고, 혼자 식탁에 앉아 늦은 아침을 먹는다. 거실 안 깊숙이까지 들어온 아침 햇살로 눈이 부시다. 햇살은 집안 구석구석을 쑤시고 다닌다. 미세한 먼지 입자가 분주하게 아메바운동을 하는 햇살 너머로 신혼의 살림살이들이 새색시보다 더 얌전히 숨을 죽이고 있다. 결혼이 가져온 변화는 여유로운 시간이 생긴 것이다. 한껏 늦장을 부리며 서투른 집안 일을 끝내도 아직 점심 때가 되지 않은 시각이다. 음악을 들으며 차를 마신다. 책갈피를 넘기며 생각에 빠지기도 한다. 베란다 밖으로 보이는 누렇게 잡초가 우거진 빈 벌판에 시선이 멈춘다. 시선이 그 삭막한 풍경에 머무르는 것은, 언젠가부터 내 의식 속에 자리잡은 황량한 가을 벌판과 그 벌판이 주는 이미지 때문이다.

대학 시절, 11월 이때쯤이면 스케치 가방을 둘러메고 곧잘 가을걷이가 끝난 한적한 농가를 찾아나서곤 했다. 가을걷이가 끝난 벌판은 허허롭다. 벌판은 비어 있지만 아무것도 없는 것처럼 보이지는 않았다. 때로 벌판은 무엇인가로 꽉 찬 듯 보이기도 했다. 그 속에서는 알 수 없는 어떤 힘이 꿈틀대는 듯 보였다. 다 잃은 듯하지만, 아무것도 잃은 것이 없는 듯 보이기도 했고. 나는 화판에 점 하나 찍지 못하고 빈 벌판만 바라보다가 돌아서곤 했다.

결혼으로 새로운 인생을 시작하는 나에게 빈 벌판은 다시 수수께끼 같은 모습으로 바싹 다가왔다. 지금 눈앞에 보이는 모습은 결실을 걷은 '후'의 모습이다. 빈 벌판은 자신의 지력을 다해 낱알을 영글게 하고, 그 알맹이들을 남김없이 거두어낸 후의 모습이다. 그러나 저 빈 벌판이 비어 있다고 느껴지지 않는 것은, 저 벌판에는 새봄에 맞이할 또 다른 시작이 기다리고 있고, 새로운 무엇인가를 예비하고 있기 때문일 것이다. 무엇인가로 다시 채워지기 '전'의 모습. 결혼으로 인생의 새로운 전기를 맞이한 나의 모습 또한 그렇지 않은가?

결혼은 한 시절의 마무리이며 새로운 삶의 시작이다. 미혼의 시절에 내가 가졌던 꿈과 이상, 자유가 알곡같이 단단한 결실을 보지는 못했다 하더라도, 그것은 꿈을 실현하고자 노력했던 삼십 년 생의 열매이고 새로운 미래를 설계할 씨앗인 것은 분명하다. 나는 이 씨앗으로 결혼이라는 들판에서 새로운 싹을 틔워야 하는데….

이런 생각에 사로잡혀 있는데 아파트 거실 안까지 들어왔던 햇빛은 자취를 감추고 말았다. 곧 햇빛은 사라질 것이다. 붉은, 아니 금빛 눈부신 광채가 사라지고 작은 거실 안은 흔연히 제 색깔을 드러낼 것이다. 신혼의 설렘이 물러나고 결혼에 제 색깔이 드러나면 지금은 비어 있는 저 벌판에도 새로운 보금자리가 들어설 공사장의 삽질이 시작되겠지. 그리고 벌판은 새로운 희망으로 가득 채워질 것이다.

11월의 해는 서둘러서 진다. 벌써 해거름이다. 벌판은 다시 푸르스름한 빛을 띤다. 그리고 순식간에 빛은 사라지고 어둠이 깔린다. 바람에 떠밀려 이리저리 날리던 낙엽들은 제자리를 잡은 듯 숨을 죽이고 행인들의 발걸음은 바빠진다. 다시 저녁밥의 뜸은 들여지고 새신랑이 돌아올 거실에 어둠을 몰아내는 불빛을 밝힌다.

한해가 저물 듯 11월의 하루도 저문다. 벌판에는 조용히 어둠이 내린다.

11월은 그런 계절이었다

첫 딸 상아를 낳던 새벽에는 비에 섞여 눈이, 진눈깨비가 오고 있었다. 회복실로 옮겨온 나는 몸을 일으켜 창밖을 내다보았다. 낙엽이 바람에 쓸리어 담장 밑에 수북이 쌓여 있었다. 그 위로 추적추적 진눈깨비는 내리고 있었다. 나는 엄마가 되었음에 가슴이 벅차 처음 들여온 미역국을 먹지 못했다.

아기를 낳았다는 것이 너무도 감사했다. 그 신이 하느님인지는 분명치 않았지만, 신에게 감사했다. 아기 이름에 꼭 '실實' 자를 넣어 짓겠다고 생각했다. 그리고 '혜惠실', '은恩실' 이런 이름들을 입에 굴려보았다. 나는 비로소 한 '인간'으로 태어난 것 같았다. 새로 태어난 것은 내 아기가 아니라 바로 나 자신이었다. 11월이 나에게 준 최고의 선물이었다.

스물셋 이른 나이에 대학을 졸업하고 나는 그림그리기에 전념했다. 대학원 진학은 물론 직장도 갖지 않은, 제약받지 않고 완전히 자유로운 상태에서 그림만 그리는 환경을 절실히 원했다. 당시 정릉 집 지하실에 있던 탁구대를 치우고 내 화실로 썼다. 오전 열 시에 내려가서 종일을 지냈고, 새벽 두 시가 넘어서야 내 방으로 올라가 잠자리에 들었다. 그렇게 그림에 열중하면서 때론 내 그림에 도취해 한없이 붕붕 떠다니기도 했지만 그런 시간이 지나가고 순조로이 작업이 풀리지 않으면 한없이 절망하기도 했다. 밤새워 한 작업이 너무도 무의미하게 느껴질 때면 끝없는 나락으로 떨어지는 기분이었다. 자신만의 세계에 갇혀 타인을 받아들이고 세상과 교류하며 서로 사랑하는 마음을 갖지 못했다.

일 년에 10여 회가 넘는 전시회에 출품하며 작업에만 깊이 몰두해 있었다. 이렇게 내 이십대의 모든 것은 '그림그리기'였다. 다가오는 남자들은 선배이지 이성이 아니었다. 물론 실연의 상처도 없지는 않았다. 그러나 그것은 내가 그림을 그리는 데 일종의 활력소 역할쯤 되었을까? 어리석게도 그 아픔에 가슴이 시리지는 않았다.

11월이면 심한 허탈감에 젖었다. 11월의 거친 공기와 잿빛 대기는 몸속 깊숙이 스며들며 나를 철 이른 한기에 몸서리치게 했다. 여름 내내 땀 흘려 제작한 작품들은 몇몇 동료, 선배들의 격려와 공감만이 소득이었다. 더러 평론가의 호평도 있었지만 늘 전시회장은 한가했고 일반 관람객의 반응은 냉담했다. 대중과의 호흡이 아닌 극히 제한된 사람들 간의 소통이라는 한계점. 처음부터 짐작하지 않았던 것은 아니지만 그 상처가 숨겨지지는 않았다.

한 점도 팔리지 않고 집으로 고스란히 되돌아온 작품들을 바라보며 다음 작업의 방향을 구상하는 마음은 씁쓸했다. 그러나 그것은 내가 선택한 길이었다. 대중의 무관심에 절망하면서도 추구하는 세계를 그리고 싶은 마음이 꺾이지는 않았다. 더구나 대중과의 소통을 위해 그림을 통해 표현하고자 하는 것들을 타협하고 싶지는 않았다. 언젠가는 내 그림이 많은 사람의 사랑을 받을 수 있으리라 희망했다.

다시 작업을 시작하기에는 극복해야 할 마음의 빈 공간이 있었다. 새로 캔버스들을 장만하고 겨울이 되기를 기다렸다. 극기. 그렇다, 그것은 인생사와 흡사했다. 기다림이 필요했다. 긴 여름 무성했던 나뭇잎들이 떨어져 쌓인 낙엽들을 태우고 재를 땅에 묻어주었다. 재는 겨울 동안 땅을 기름지게 할 것이다.

11월이 되고 분만 예정일에서 일주일이 지났으나 아기가 세상에 나올 기미는 보이지 않았다. 다음 날 아침 일찍 유도분만을 하려고 입원했다. 그 밤, 아기는 이제 세상이 보고 싶어졌는지 스스로 산도를 뚫고 이튿날 새벽 4시 반에 첫 울음을 터뜨렸다. 어떤 작품보다도 경이에 찬, 생명력 넘치는 사랑스러운 내 작품이 탄생한 것이다, 이 11월에.

간밤에 제법 바람이 세찼는지 병원 담장 밑에서 뒹굴고 있던 낙엽들은 이제 부스럭거림을 잊고 조용히 아침을 맞고 있었다. 산고를 치른 빈 껍질 같은 육신으로 물끄러미 젖은 낙엽을 바라보았다. "저 낙엽은 이제 다시 제가 태어난 곳으로 돌아가지만, 사라지는 것은 아니지. 새봄에 다시 넘치는 모습으로 싹이 틀 테니까." 내 몸을 빌려 태어난 아기. 아기에게 자궁을 내어줬던 허탈한 육신을 아기가 기쁨으로 채워줄 것이다. 새 생명의 힘으로.

11월은 사색하는 계절이다. 그러면서 가슴에 새 희망을 품는 계절이다. 삶의 심연을 깨우쳐주는 스승인 셈이다.

그렇게 11월은 깊어간다

늦가을의 저무는 빛이 방안 깊숙이까지 들어왔다가 사라져버리며 그 잔광도 자취를 감췄다. 이렇게 잠깐씩이라도 햇빛이 마른 나뭇가지 사이로 집안까지 들어오는 날은 드물다. 대부분 종일 흐림. 그래서 한 장의 흑백 사진처럼 낮게 내려앉은 공기 입자를 진하게 느낄 수 있다. 공기에 입자가 있다면 11월의 공기는 그 입자가 가장 굵고 거칠다. 순백에서 검정에 이르는 명도표의 4쯤에 해당하는 잿빛. 11월의 거친 공기는 땅을 향해 무겁게 가라앉아 있다.

바람이 잠든 날, 홀연 집을 나선다. 공기 입자는 주변을 맴돌며 낙조의 순간을 함께 보내기를 청한다. 서쪽 하늘을 붉게 물들였던 빛의 여운이 서서히 사라지자 낮게 뜬 공기 입자가 누렇게 마른 잡초만이 무성한 땅속으로 순식간에 빨려들어간다. 조금 남아 있던 훈기마저 싸늘한 냉기로 바뀐다.

어둠이 깔린다.

그림자도 사라진다.

사물은 형태를 거둔다.

행인의 거친 발걸음에 이리저리 떼밀리던 낙엽들도, 부스럭대던 마른 풀들도 제자리를 잡은 듯 숨을 죽이고 이제 잠들 채비를 한다. 행인의 발걸음은 빨라진다. 잿빛 11월의 공기를 온몸으로 느낀다. 오소소 한기가 든다.

11월의 끝자락에 다가서자 오랜 가뭄 끝에 어젯밤에는 비가 좀 내렸다. 바람이 분다. 나뭇잎 비벼대는 소리가 파도처럼 밀려왔다가 갑자기 멈춘다. 다시 바람이 불면 나뭇잎들은 제 맨살을 서로 비벼댄다. 미처 물들지 못하고 아직 푸른 빛을 남긴 채 바싹 마른 나뭇잎들이 모처럼 내린 차가운 비에 생기를 찾은 듯 저들끼리 비벼대며 내는 소리이다. 그 소리가 즐거운 비명처럼 들린다.

"그럭저럭 다 해냈어요. 인제 그만 잎을 다 떨구고 한살이를 마치렵니다."

왜 곱게 물들지 못한 아쉬움이 없겠는가? 왜 좀 더 이 땅에 머무르고 싶지 않겠는가? 그러나 나무는 제 운명을 안다. 봄바람에 실려온 싱그러운 햇살을 제일 먼저 맞이하고, 가을바람이 떠밀어 밀어내면, "네, 그러지요. 내년에 다시 만나요" 하며 하나둘 잎을 떨구며 작별을 고한다.

차가운 보도에 떨어진 낙엽들은 쉬익! 소리를 내며 이리 밀리고 저리 밀리며 행인의 발자국에 밟혀 결국에는 형태도 없이 바스러져 가루가 된다. 무로 돌아간다. 아무런 불평도 없이 자신의 몫인 양 받아들인다. 다시 흙으로 돌아간다. 처음 태어났던 그곳으로.

나뭇잎, 저 작은 잎새도 왔다가 물러설 때를 아는데, 미련을 두지 말 일이다.

거울 속의 여자

자정을 넘겼으니 또 하루가 지나갔다. 여자는 아직 깨어 있다. 남편이 일 때문에 밤에 집을 비우는 요즘, 여자는 혼자서 밤을 보낸다. 얼마 전까지만 해도 이 시간이 되어야 식구들이 모두 집으로 돌아와 각자의 방에서 컴퓨터 자판을 두드리거나 아니면 늦은 밤참을 챙겨 먹느라 부산을 떨곤 했다. 아들이 입대한 빈자리를 딸아이가 곧잘 채워주곤 했지만, 딸이 취업이 되어 신입사원 연수를 간 며칠간은 완전히 여자 혼자인 셈이다. 늦은 밤, 여자는 쉽게 잠들지 못하고 홀로 앉아 있다.

혼자만의 시간을 여자는 어떤 모습으로 지내고 있을까? 불면의 밤에 무슨 생각을 하며 무엇을 하며 시간을 보내고 있는 것일까? 여자가 초저녁잠이 없는 것은 오래된 습관에서 비롯된 것이다. 여자는 아이들이 중학교에 들어간 후부터 십여 년이 넘는 시간을 쭉 늦게 잠드는 생활을 해왔으니 자정이 넘은 이 시각이 아직은 초저녁인 셈이다. 아이들도 다 자랐으니 얼마든지 일찍 잠들어도 되지만 여자는 일찍 자버리는 것에 무슨 죄책감마저 느끼는지, 할 일이 없으면 공연히 불을 다 꺼버린 빈 거실에 우두커니 앉아 있을지언정 자정이 넘고 한 시가 훨씬 넘어서야 자리 속으로 슬그머니 파고드는 것이다.

그러나 오늘 따라 쉬이 잠들 것 같지 않은 여자는 혹시나 수면에 도움이 될까 하고 가볍게 술 한 잔을 마셔본다. 팔다리가 느슨해지며 기분이 풀어짐을 느낀다. 여자는 주위를 돌아다본다. 휑하니 빈 거실을 본다. 혼자 있는 여자를 알은체하는 것은, 저 작은 구형 TV뿐이다. 여자는 혼자 있을 때면 언제나 저 TV를 켜놓는다. 볼륨을 죽여서 아무 소리도 들리지는 않지만 그래도 정적을 깨워주기에는 그만한 것이 없다. 한글 파일을 열어놓고 뭔가를 끼적거리거나, 정 할 일이 없어서 이곳저곳 인터넷 서핑을 할 때도 TV는 여자가 보거나 말거나 혼자서 벙긋벙긋 손짓발짓을 하며 혼자 떠들어댄다. 그저 혼자 있는 여자의 허전함을 그렇게라도 조금씩 메워주기만 하면 그 임무를 다하는 것이다.

여자는 쉽게 싫증을 느낀다. 신문이라도 좀 보려면 왜 눈꺼풀은 그리도 쉬이 무너지는가. 여자는 첫 장도 넘기지 못하고 고개를 외로 끄덕거린다. 신문은 여자의 수면을 유도하는 강력한 수면제이다. 그러나 여자는 깊이 잠들지 못한다. 그저 깜박 졸다가 무엇인가에 놀라 소스라치며 깨어난다. '휴! 꿈이었구나!' 여자는 안도한다.

풋잠에서 깨어난 여자는 시각을 잃어버리고 만다. 지금이 언제쯤인가. 아침인가? 너무 늦도록 잠을 잔 것은 아닌가? 내가 잠든 여기는 어디인가? 여자는 기억마저 잃는다. 안방? 거실? 아니면 아이들 방에서 깜박 잠든 것일까? 다행히 아침은 아니다. 주위가 어두우니 저녁 때인가? 이제 때맞춰 조반을 지어서 남편을 출근시키지도, 아이들을 학교에 보낼 일도 없건만, 여자는 풋잠에서 깨어날 때마다 늘 아침밥을 해야 할 시간에 늦도록 잠을 잔 건 아닌가, 늦잠을 자버려서 낭패가 아닌가 난감하다. 아침에 급히 나가느라 보지 못한 조간을 집어들고 몇 줄을 읽다가 소파에서 그만 잠든 것이다.

여자는 쉽게 다시 잠들 것 같지는 않지만, 그만 잠자리에 들려고 밤 세수를 한다. 방에는 이부자리가 한 채 달랑 깔려 있다. 잘 잠근 현관문을 다시 한번씩 만져보며 확인한다. 딸아이의 빈방 문을 하릴없이 열어본다. 벌써 일 년이 넘도록 비어 있는 아들 방의 문도 괜히 한번 열어보고는 다시 살그머니 닫는다.

여자는 지금 완벽하게 혼자임을 깨닫는다. 한참 일에 치여 아이들 뒷바라지에 치여 허덕대며 살던 때에는 어서어서 다들 키워서 떠나보내고 혼자 좀 있어 봤으면 좋겠다고 소원했지만, 요 며칠 막상 혼자가 되니 어찌할 바를 모르겠다. 여자는 아직 혼자 설 준비가 안 된 것이다. 여자는 지금 길을 잃은 것이다.

며칠 전 딸아이는 여자에게 분홍색 두툼한 봉투 하나를 내밀었다. 딸아이는 연수 기간 중에 첫 월급을 받아온 것이다. "… 지금까지는 늘 엄마가 뒷바라지를 해주셨지만, 이제는 제가 엄마를 든든

하게 지켜주는 믿음직한 딸이 될게요!"라는 편지와 함께 꽤 큰 액수의 돈이 들어 있었다.

이제 성인이 된 딸이 벌어온 돈을 받은 여자는 기쁘고 대견하지만 한편 뭔가를 탁 놓아버린 것 같은 상실감에 착잡해진다. 어느 날 산수를 넘기신 어머니의 손을 잡은 여자는 가슴이 찡했었다, 늙으신 어머니의 쭈글쭈글한 손이 너무 작고 앙상함에. 늘 어린 딸의 손을 잡고 다니던 젊고 기운찼던 여자는 이제 머지않아 딸의 손에 잡혀서 다니게 되어가는 것이다. 늘 여자의 손에 이끌려 다니던 어린 아이가 어느덧 여자의 손을 잡고 다니겠다는 것이다.

거울 속, 저 여자에게 다가오고 있는 것은 무엇일까?

여름날은 간다

햇빛이 하얗게 내리쬐는 마당에 백일홍이 피어 있다.

계집아이는 따가운 햇볕을 받으며 백일홍 꽃을 들여다본다. 백일 동안 낭군을 기다리던 처녀의 넋이 노랑, 빨강, 진홍, 자주, 색색의 꽃으로 피어났다. 처녀의 넋 따위는 일곱 살 계집아이에게는 알 수 없는 얘기였다. 다만 겹겹이 피어난 도톰한 꽃잎의 현란한 색 잔치가 계집아이의 눈길을 놓아주지 않는다. 저도 모르게 손이 갔다. 댕강댕강 꽃의 모가지를 딴다. 계집아이는 입고 있는 원피스 자락을 두 손으로 살며시 잡아올려 바구니를 만든다. 백일홍 꽃을 바구니에 담는다. 계집아이의 원피스는 금세 어여쁜 백일홍 꽃밭이 된다. 툇마루에 걸터앉아 계집아이의 하는 짓을 무심히 보고 있던 할머니가 날래게 달려와 계집아이의 뒤통수를 쥐어박는다.

"그 아까운 꽃을 왜 죄다 따누…."

매미 소리가 정적을 깬다.

어디선가 쓰르라미 소리도 들려온다.

다시 고요하다.

파랗게 이끼 낀 담 아래 봉숭아 꽃이 피었다. 빨간 꽃대에는 빨간 꽃이, 흰 꽃대에는 흰 꽃이 탐스럽다. 흰 꽃과 이파리를 따다 물을 들여도 빨갛게 물이 든다. 계집아이는 신기했다. 그래도 농부만큼 빨갛게 물이 들지 않으면 몇 번이고 다시, 손톱이 핏빛이 되도록 봉숭아 꽃물을 들인다.

흰 꽃, 빨간 꽃, 잎사귀를 따서 사발에 담고 다듬질 방망이로 찧는다. 하얀 백반의 결정도 콩콩콩콩 가루가 되도록 빻아 꽃사발에 넣는다. 첫눈이 올 때까지 봉숭아 꽃물이 남아 있으면 첫사랑이 이루어진다나? 계집아이에겐 역시 아랑곳없는 얘기였다. 다만 봉숭아 꽃물을 누구보다도 곱게 들이고 싶다. 꽃 이파리로 싸고 꽃물이 흘러 이부자리를 버릴세라 비닐로 다시 감싸 무명실로 동여맨 손가락이 불편할 뿐이다. 계집아이는 손가락을 쫙 편 채로 엉거주춤 잠이 든다. 새벽, 선잠에서 깨어나 꽃물 들인 손톱을 조심스레 풀어본다. 손톱은 빨갛게, 아주 빨갛게 물이 들었다. 계집아이는 뱅그래 웃으며 다시 잠을 청한다. 두 뺨에도 발그스레 봉숭아 꽃물이 들었다.

어느덧 나뭇잎 사이로 부는 살랑바람이 청량감을 더해준다. 구름 한 점 없는 파란 하늘에 햇살이 빛난다. 세월을, 시간을 잊고 살았다. 벌써 8월이라니, 벌써 그믐이 다 되어가다니…. 둥둥 떠가는 시간 속에 나를 맡겨놓고 함께 떠내려가도 좋으리. 졸리면 자고, 문득 꿈에서 깨어나 읽던 책을 주워들고 다시 읽다가, 또 잠이 오면 다시 잠이 들고….

이렇게 여름날은 간다.

고통의 의미 2

그 아이를 처음 본 순간 나는 아무 말도 할 수가 없었다. 팔다리엔 실핏줄이 터진 듯 거뭇거뭇한 반점들이 있었고 새로 난 솜털 같은 머리카락이 드문드문 자라고 있었다. 열여섯 살 소녀인 지현은 항암치료 중이었다. 아이는 수녀님의 주선으로 방문한 우리를 엷은 미소를 띠며 수줍게 바라만 보고 있었다. 급성 백혈병으로 투병 중인 지현의 얼굴은 더없이 해맑았다. 해맑다는 표현밖에 무엇이 있었을까?

이렇게 지현을 처음 만났고, 일 년여 시간을 아파트 몇 층을 사이에 두고 힘든 투병의 마지막을 지켜보게 되었다. 열 번이 넘는 항암치료와 동생으로부터 골수이식까지 받았지만 끝내 지현이는 가버리고 말았다. 그러나 죽기 직전까지도 아이의 얼굴에서는 고통의 그림자가 보이지 않았다. 그냥 자신에게 일어나는 모든 것들을 그대로 다 받아들이는 듯 보였다. 힘든 항암치료 중에 한번도 부모에게 자신의 병세를 묻거나, 아픔과 괴로움을 호소하지 않았다고 한다. 그러나 기도해주기 위해 들른 수녀님에겐 자신에게 곧 닥칠 죽음을 이미 알고 있다고 고백하고 짧은 생을 마감했다고 한다. 어린 소녀의 그 힘은 어디서 오는 것일까?

고통이란 말을 인식하고, 그 의미에 대해 생각해본 것은 스무 살 쯤이다. 여류화가 천경자의 수필집에서 서로 엉켜 있는 수십 마리의 실뱀을 그린 작품 〈생태生態〉(1950~1951, 종이에 채색, 서울시립미술관 소장)에 얽혀 있는 이야기를 읽은 후이다. 작가는 일상에서의 고뇌와 불행한 가족사를 겪으면서 그 고통을 꿈틀대는 수십 마리의 뱀으로 표현했다. 뱀이라는 상징을 통해 자신의 아픔을 표현했고 불행을 치유하려 한 것이다. 나도 그 여류화가처럼 훌륭한 작품을 남기기 위해 평온하지 못한 삶을 동경한 것은 아마도 젊은 시절의 치기였을 것이다. 이렇듯 젊은 시절 나에게 '고통'이란 단어는 추상적인 개념에 지나지 않았으나 반드시 거쳐야 할 통과의례인 것처럼 여겨졌었다.

어린 자식을 병으로 앞세운 지현 엄마는 슬픔을 겉을 드러내지 않았다. 지현이를 화장해서 묻고 온 다음 날 아침, 따끈한 국을 끓여서 지현네 집으로 내려갔다. 그분은 말없이 국 한 그릇을 다 비우고 어찌 위로해야 할 줄을 몰라 어정쩡해하는 나를 향해 그냥 희미하게 웃고 있었다. 그 후 몇 달이 지나도록 지현이의 책상에는 아이가 아프기 전에 남겨놓은 메모지 한 장까지 생전의 모습 그대로 남아 있었다. 방 한쪽에 있는 영정 속 지현이의 얼굴에 수도 없이 찍혀 있는 엄마의 뽀뽀 자국들. 지현 엄마는 눈물 대신 먼저 간 자식에 대한 원망 대신 수없는 입맞춤 자국을 영정 속 지현이의 얼굴에, 자기 가슴 속에 조각하고 있었다. 영원히 채워지지 않을 절절한 그리움을 담아서.

지현 엄마는 못 견디게 괴로우면 사람들이 북적대는 대형 마트 같은 곳에 가서 몇 시간이고 전 층을 오르락내리락하며 마음을 삭이고 돌아온다고 했다. 고통 앞에서 비명을 지르거나 맞서지 않고, 고통에 먹혀버리지도 않고 묵묵히 자신의 고통과 함께하고 있었다. 이렇게 지현 엄마의 실체가 있는 고통을 지켜보면서 내가 동경해온 고통의 추상성에 몸서리쳤다.

고통의 의미를 현실에서 알게 된 것은 불혹이라 일컫는 사십이 넘어서다. 그동안 남편이 주체가 되어왔던 가정경제에 위기가 오자 나도 적극적으로 돈을 벌어야 했다. 노동의 강도가 체력이 감당하기에 힘에 겨울 때에도 나를 가장 괴롭힌 것은 사실은 정체성의 혼란이었다. 내가 가진 알량한 지식과 전공을 팔아서 밥을 벌기보다는 차라리 단순노동을 통해서 밥을 먹겠다는, 내 색깔을 지키기 위해 선택한 밥벌이의 방식이 현실 생활에서 내는 파열음. 이런 것들에 아파하는 자신을 보는 것 또한 고통이었다. 나에게는 현실보다는 관념이, 배고픔보다는 정체성의 혼란이 더 큰 고통이었다. 처해 있는 상황에 질식했던 것인지도 모른다. 결국 마음속을 들여다보는 길밖에는 없었다.

서툰 고투에 조금씩 익숙해져가고 있을 때 나는 글쓰기를 시작했다. 글을 쓰면서 불쑥 튀어나와 나를 뒤흔들지 않도록 꼭꼭 눌러두었던 욕망, 혼란스럽기만 했던 정체성, 이런 것들이 가감 없이 수면 위로 떠올랐다. 글쓰기는 끝없이 나 자신을 들추어냈다. 자신을 파헤치는 것이 고통스러웠으나 탐색은 계속되었다. 내면을 성찰하니 숨겨진 상처와 만날 수 있었고, 그대로의 내 모습을 받아들이니 비틀려 있던 마음이 열리고 있었다. 조금씩 아픔이 치유되어가고 혼돈에서 모습을 찾아가고 있었다. 힘들었던 시간의 당위성을 깨닫게 되었다.

고통에 깊숙이 들어가면 의외로 마음은 비워진다. 그리고 고통을 상쇄하는 투명한 기쁨이 거기에는 있다. 그것은 그 상황을 '받아들임'에서 온다. 고통을 겪으면서 상처난 마음에 새 살이 돋게 되면 그 고통은 살아서 숨쉬는 생명력이 있는 고통이다. 파멸과 좌절로 이끄는 고통이 아니라 사람을 되살리는 고통이다. 비로소 고통은 추상성을 탈피하고 나의 일부가 된다. 고통은 청하지 않은 손님이 아닌 나의 일부이다.

사람의 모습이 각각 다르듯 그들에게 찾아오는 고통의 모습도 다르고 극복하는 모습도 다 다르다. 영원히 가슴에 묻어야 할 고통이 있지만 치유해서 딛고 일어서야 할 고통도 있다. 그러면 고통이란 인간에게 무엇을 주는가? 아니 고통이란 나에게 어떤 의미인가? 고통스러워하고, 고민하고, 성찰하고, 이겨내면서 사람은 강해진다. 깊어진다. 풀이 짓밟힌 그 뿌리에서 다시 태어나듯이. 더 깊이 뿌리를 박아서, 더 푸른 빛을 띠듯이. 고통은 성장통이다.

어느 날의 일기

— 나에게도 부활은 오는가

하루 일을 마치고 시원한 바람을 맞으며 집으로 돌아온다. 봄날의 밤은 알 수 없는 생기로 꿈틀댄다. 맑은 날은 더욱 그렇다. 깊은 울트라마린의 밤하늘을 향해 쭉쭉 뻗은 나뭇가지가 아우성을 한다. 땅속 깊은 곳으로부터 지표면을 뚫고 올라온 기운을 받아 물이 오를 대로 오른 나뭇가지는 어서 싹을 틔우려고 가쁜 숨을 몰아쉰다. 노곤한 내 육신도 어느덧 그 기운을 받았는지 집으로 향하는 발걸음에 힘이 솟는다.

하루를 마감하는 시각에 나의 하루는 다시 시작된다. 참을 수 없는 허기를 느낀다. 덜 익은 열무김치에 보리밥을 먹으며 지난 새벽에 배달된 신문을 본다. 조승우의 헤드윅, 오늘의 운세, 교황 선출을 알리는 시스티나성당 굴뚝의 흰 연기, 그리고 말을 하고 싶다. 서로 바라보며 웃고 싶다. 마음이 담긴 얘기를, 전달 수단이 아닌 마음을 표현하는 말을 하고 싶다. 자신을 들여다보는 이 시각, 쉽게 잠들지 못한다.

문득 며칠 전에 집어둔 전단지가 생각났다. 3일간의 설날 연휴가 지나자 그동안 전하지 못한 것까지 한꺼번에 보라는 듯 두툼한 광고 전단이 끼워진 신문이 배달되었다. 전단 더미를 폐지함에 넣으려는데 광고지 한 장이 갈피에서 떨어진다. 언뜻 보니 무슨 음식점 광고다. 깔끔한 디자인과 세련된 색채가 돋보이며 음식이 맛깔스러워 보였다. 언제 한번 가서 먹어보리라 생각하고 식탁 한 옆에 놓아두었다.

"저, 혹시 주방에서 일할 아줌마를 구하지 않으시나요?" 한번 와 보라는 대답이 돌아왔다. 하루에 12시간을 일해야 한다. 열흘 일하고 하루 쉰다. 주방 일을 배우고 싶은 내 바람과는 달리 홀에서 일하란다. 뜻밖이다. 서빙을 하는 아가씨들이 조선족 교포라서 좀 안정감 있는 사람이 필요하니 나이나 외모는 상관이 없단다.

기존의 거래선 이외의 새로 유럽시장을 개척하기 위해 프랑크푸르트에 머물던 남편은 독일 경제의 극심한 불황으로 체류한 지 6개월 만에 본사 대기 발령을 받고 짐을 싸 돌아왔으나, 이미 국내에서의 남편의 자리는 후임자가 근무하고 있었다. 휘몰아치는 구조조정의 바람이 드셀 대로 드센 시기였다. 쉰을 넘긴 사람이 새로운 직장을 얻는다는 것은 불가능에 가까웠다. 뭔가 새로운 길을 모색해야 했다. 이젠 남편에게만 모든 것을 떠맡길 상황이 아니라는 것이 몸으로 느껴졌다. 아무런 경험이 없었다. 작은 가게라도 내어 창업하려면 자신을 단련시켜야 한다는 생각이 들었다. 내 앞의 현실은 나에게 지금까지와는 다른 무엇을 요구했고, 나는 스스로 감당하지 않으면 안 될 막다른 지경에 이른 것이다. 고3이 되는 아들아이가 마음에 걸렸다. 마음이 여린 아이다. 막 대학에 들어간 딸을 보면 막상 고3이 되면 엄마가 해줄 수 있는 역할이 거의 없었다. 아침밥을 먹고 등교하면 거의 밤 11시가 지나서 집에 돌아오곤 했으니깐. 저희 걱정은 말고 엄마가 감당할 수 있겠느냐고 도리어 나를 걱정해주는 아이들을 보며 망설여지는 마음에 용기가 났다.

이불 홑청을 뜯어 빨았다. 비눗물에 삶아 묵은때 하나까지 모두 씻어냈다. 말갛게 다시 꾸며놓아야지. 깨끗한 이불을 덮고 편히 잠든 아이들의 모습을 보아야 마음이 놓이겠다. 다른 빨랫감이 있나 죄다 뒤져서 빨 것은 빨고, 정리할 건 정리하고, 버릴 것은 버리고…. 나는 42.195㎞의 대장정에 돌입했다. 던져보자, 나를 던져보는 거다. 평탄한 길도 있고, 오르막길도 있겠지. 힘들게 오르다보면 산들바람도 만날 것이고, 종착지에 다다르면 몸은 지쳤어도 마음엔 희열이 있지 않을까?

새로운 생활이 시작되었다. 내 집에 온 손님을 대하듯이 정성껏 편안하게 대하면 되리라 생각하며 시작했다. 그러나 난 집에 온 손님을 대접하는 안주인이 아니고 단지 식당 종업원이었다. 한번 해보겠다는 성급한 마음뿐이었지 손님들을 대하는 자세가 안 되어 있는 것이다. 다시 태어나야만 했다. 수도 없이 다짐한 "나는 섬김을 받기 위해 온 것이 아니라, 섬기기 위해 왔다"라는 말로 나를 재무장시켜야 했다. 그 섬김이란 비단 손님에게만은 아니었다. 같이 일하는 어린 선배 종업원도 내 섬김의 대상이고, 갖가지 식재료들을 납품하러 드나드는 업자들, 그리고 주방에서 일하는 같은 동포이지만 말조차 잘 안 통하는 연변, 길림, 또는 흑룡강성에서 단지 돈을 벌고자 가족들과 떨어져서 하루 열다섯 시간 이상을 일하며 주방과 숙소만을 오가는 사람들까지도. 그들은 이미 이 생활에 익숙해 있는 사람들이었으나 나는 마치 이방인 같은 존재였다. 난 이런 일을 할 사람이 아니라는 어리석은 미망에서 벗어나지 못하고 있었다. 그들과 쉽게 융화가 안 되는 것이다.

실상 살아오면서 최후의 보루라고 생각해왔던 것. 그렇다. 결혼 후 주부로서 가정생활만 해온 나나 내 주변의 친구들이 위기에 닥쳤을 때를 대비해 자조적으로 해왔던 말이 내겐 현실이 되어 있었다. "어디 식당에 가서 설거지라도 못하겠나?" 이렇게 쉽게 내뱉었던 말속에는 식당 일쯤이야 내가 마음만 먹으면 언제라도 할 수 있을 거라는 교만함, 또는 그들보다 우월함이 마음 한구석에 있었는지도 모른다.

그러나 노동이라는 것, 그것은 중노동이었다. 그 중노동이라는 것이 아무나 쉽게 할 수 있는 '만만한' 것은 결코 아니었다. 때론 노동의 강도보다 손님들의, 또는 피곤한 동료들이 내뱉는 거침없는 말 한마디에 자신의 정체성이 흔들리기도 했다. 여기서 견뎌내지 못하면 난 결코 아무것도 해내지 못하고 말 것이며, 이겨내야 할 대상은 나 자신이었다. 터졌던 손가락 끝에서 새 살이 돋아나듯 마음속에서도 조금씩 새 살이 돋아나고 있었다.

●

늘 몸은 고되고 마음은 바쁜 만큼 시간은 잘 흘러갔다. 만발한 벚꽃이 바람에 흩날려 보도를 하얗게 덮고 있었다. 테이블마다 말쑥하게 성장한 가족 단위의 손님들이 많았다. 주문한 음식이 나오자 일행 중 가장으로 보이는 사람의 기도가 시작되었다. 그날은 부활절이었다. 부활절 예배, 또는 미사를 드리고 예수 부활을 축하하는 조촐한 축배를 드는 그들의 얼굴에서는 마치 햇빛에 말갛게 씻어낸 듯한 환한 미소가 묻어났다. 그들은 서로 잔을 부딪치며 "주님의 부활을 축하합니다"라며 건배하고 있었다. "그래, 부활절이구나!" 순간 눈물이 쏟아져내렸다. 힘들 때마다 '나는 섬기려고 왔다'고 나를 일으켜 세웠지만, 부활절을 기념하여 식사하는 그들의 시중을 드는 일이 내 역할이란 것이 마음에 아픔으로 다가온 것이다.

"더 낮아져라,
더 낮아져라.
못 견디겠거든 나를 생각하라.
눈물을 보이지 마라, 대신 미소를.
마음에서 진정 웃을 때까지,
더 낮아져라."

유난히 거침없는 성격의 '설매'라는 조선족 처녀가 어느 날 잠적해버렸다. 숙소에 있는 짐을 싸서 사라져버린 것이다. 설매는 한국에 온 지 2년 남짓 되었다고 들었다. 성격이 아주 단순하고 직선적이다. 다듬어지지 않은 원석 같다고나 할까? 좋고 싫고를 꾸밈없이 표현하고 본능에 충실한, 그러나 부지런하고, 힘든 일 험한 일도 불평 없이 잘 해냈다. 굼뜬 내가 걸리적거리는 듯, "언니는 저리 비켜욧!!" 하고는 시원스레 저 혼자서 잘도 해내던 아이다. 며칠 후 인숙이라는 40대 중반의 역시 연변에서 온 여자가 새로 왔다. 말이 없으나 예의 바르고 사려 깊은 여자였다. 고3짜리 아들과 남편을 본국에 두고 왔다고 한다. 우선 비슷한 연배의 동료가 생긴 것이 기뻤다. 한 달쯤 지난 어느 날, 인숙은 "언니, 나 어제 월급 탔어요. 우리 남편이 중국에서 받는 월급의 일곱 배예요." 인숙의 얼굴에서는 내가 그곳에서 몇 달을 일하면서 단 한번도 지어보지 못한 자랑스러움과 기쁨의 미소가 번지고 있었다. 인숙의 미소는 내가 느끼지 못한 '일'의 소중함과 그 일의 대가로 자신이 받은 보수에 대한 만족의 미소였다. 그 후 인숙은 정말 기쁘게 일하는 게 드러나보였다. 내가 무거운 것을 들려고 하면 어디선가 보고 있다가 달려와서 빼앗듯이 가져가고, 새로 손님이 오면 뛰어가 자리를 안내하고….

차츰 식당 일이 익숙해지면서 나를 찾아오는 단골손님도 생겨났다. 그들은 식당 문을 들어서면서부터 반갑게 손을 잡으며 "나, 왔어. 자기 보려고 또 왔지" 하며 웃음을 건넨다. 오랜 친구처럼 대하는 분들 덕에 굳어져 있던 마음이 눈 녹듯 풀리고 그들이 내미는 손길에서 따스함을 느낀다.

자신을 개조하고 새로운 환경에 적응하기 위해 스스로 택한 일이었지만 어떤 마음으로 지금껏 여기서 일했던가? 타국에서 일하는 나이 어린 사람들에게 어른답지도 못했고, 힘든 일을 감당못해 자기 연민에 빠지기 일쑤가 아니었던가. 지나가는 말 한마디에 마음이 상해 돌아서서 눈물짓던 일은 없었던가.

일을 마치고 서로의 수고를 위로하며 작별한다. 집으로 돌아오는 발걸음은 가볍다. 시원한 밤공기를 가슴 속 깊이 받아들인다. 피곤은 사라지고 머리가 맑아짐을 느낀다. 인적이 끊긴 거리, 귀갓길을 서두르는 차량만이 질주하는 8차선 대로를 지나 이미 정적이 감도는 아파트 단지로 접어든다. 끝까지 감당해내리라. 도망치지는 않으리라. 기쁘게 나에게 주어진 일을 하리라. 마음에서 진정 웃을 수 있도록….

아주 오래된 기억 저편에

겨울은 미련 많은 늙은 여인처럼 발걸음이 무겁다. 어제가 춘분이었다는데 하늘은 며칠 걸러 한번씩 눈을 내려보낸다. 나뭇가지들이 엉거주춤 눈짐을 지고서 윗가지에서 떨어지는 눈이 아랫가지에 쌓인 눈에 업혀 힘겹게 '툭' 떨어진다. 아직 한참을 더 쏟아부으려는 듯 하늘이 잔뜩 낮게 내려와 있다.

일찍 일을 마치고 집으로 돌아왔다. 이런 날은 되도록 신경을 무디게 가지고 마뜩잖은 집 안 살림 따위는 뒤로 미루어놓고 한 가지에 열중하는 게 수다. 한동안 미루어두었던 책읽기로 침울한 마음을 달래본다. 손에 잡히는 대로 신경숙의 단편 「부석사」를 꺼내 들었다. 「부석사」는 10년쯤 전에 작가 신경숙이 이상문학상을 받은 단편 소설로 그 당시에는 별 감흥 없이 읽었던 작품이다. 같은 오피스텔에 사는 두 남녀가 부석사를 찾아 여행을 떠났다가 길을 잃고 게다가 자동차 바퀴가 낭떠러지 앞 진창에 빠져버려 한밤중을 깊은 산속에서 맞이한다는 장면만이 기억난다.

—"여자는 잠을 못 이루는 밤이면 망연히 오피스텔 창가에 기대서서 창밖을 내다본다. 깊은 밤 오피스텔을 급히 빠져나가는 자동차 한 대를 바라보며, 자신도 잠을 못 이룰 바에야 저렇게 차를 몰고 어디론가 달리고 싶다고 생각한다. 다음 날로 운전학원에 등록하고, 면허증을 딴 여자는 불면의 밤이 오면 차를 몰고 여기저기를 쏘다닌다. 고속도로에 들어서서 한참을 달린 후 텅 빈 휴게소에 차를 세우고는 누군가를 향해 고함을 지르고 악을 써댄다."—

이 부분에서 나는 그만 책읽기를 멈췄다. 우연히 들어선 골목길에서 맞닥뜨린 데자뷔처럼 나를 아주 오래된 기억 저편으로 이끈다. 시간이 많이 흐른 후이지만 어제 일처럼 선명하게 그 아픔이 느껴진다. 그만 책읽기는 더 이상 앞으로 나아가지 못하고 여자가 텅 빈 고속도로에서 악을 써대는 그 한 구절에 머문다. 내 기억의 저편에 그 아픔은 늘 도사리고 있던 것이다.

몇 해 전 나는 아주 힘든 시간을 보내고 있었다. 늦은 밤, 일터에서 고단한 하루를 끝내고 터덜터덜 집을 향해 걸어온다. 오밤중에 인적 끊긴 영장산을 에돌아 넘어오기도 한다. 정말 견딜 수 없이 마음이 괴로울 때는 집으로 들어가지 못하고 아파트 주차장에 세워놓은 차를 몰고 텅 빈 공원으로 간다. 적막이 감도는 공원 주차장에 차를 세워놓고 홀로 한 시간, 두 시간을 앉아 있다가 집으로 돌아온다. 여자처럼 악을 쓰지는 않았지만 마음이 풀릴 때까지 주절주절 혼잣말을 늘어놓는다. 가슴속에서 와글거리는 그 견딜 수 없는 상처들을 내뱉고 나면 못 견디게 괴롭던 마음이 조금은 풀어지며 숨을 쉴 수 있게 된다.

내 가슴에 찬바람을 일으키는 아픈 기억들이 나를 오래 전 그 시절로 이끈다. 나는 그 시간을 겪고, 견디고, 살아냈다. 한밤 인적 끊긴 고속도로에서 고함을 쳐대는 것으로 토해냈던 그 여자의 고통, 상실감, 두려움을 나는 안다. 그 아팠던 시간의 대부분은 잊힌 듯해도 이렇게 작은 꼬투리만 있어도 불쑥 고개를 내민다. 나는 그 기억들을 가만히 바라본다. 시간이 많이 흐른 후에도 상처는 상처로 남아 있는 것일까? 그로 인해 조금씩 마음의 문을 닫고 살아온 것일까? 지나간 상처는 잊은 듯해도 불쑥불쑥 나타난다. 그때처럼 따갑게 심장을 조여오진 않지만.

두툼한 솜이불로 지상을 덮기라도 할 듯 하늘은 여전히 무겁게 내려와 있다. 아직 드문드문 눈송이가 날린다. 나는 다시 소설 속으로 들어간다. 잘 안다고도, 그렇다고 모른다고도 할 수 없는 여자와 남자가 부석사 행을 약속한 것은, 우연히도 비슷한 시기에 자신들에게 상처를 준 이들로부터 새해 첫날에 방문하겠다는 일방적인 통고를 받았기 때문이다. 그들로부터 받은 채 아물지 못한 상처의 기억을 떠밀어내려는 듯 큰 눈이 올 거라는 일기예보에도 아랑곳없이 불청객을 피해 부석사로 떠나지만 결국 산속에서 길을 잃고 부석사에는 다다르지 못한다. 남자도 여자도 그들과의 대면을 피해 길을 떠났지만, 그들에게서 받은 고통의 기억들은 길을 가는 내내 쉽사리 놓아주지 않는다.

미리 조사해온 이정표에 따라서 길을 왔건만 도대체 어디에서부터 어긋난 것인지 모를 일이다. 되짚어봐도 길이 어긋난 곳을 알아내지 못한다. 이정표를 따라서 여기까지 잘 왔다고 자신하는 인생길을 살아온 사람이 있을까? 대부분 이만치 살아온 후에야 어긋나 있음을 느낀다 해도 인생길은 되돌아서 갈 수가 없는 길이다. 길을 잘못 들었음을 깨닫고 다시 길을 찾으려 하지만 느닷없는 낭떠러지 앞에서 가까스로 차가 진창에 걸려 멎어버리자 난감해진다. 그녀를 힘들게 하는 고통이라는 낭떠러지를 피해서 여기까지 왔으나, 낯선 산속에서 마주친 것은 또 하나의 낭떠러지이다. 그러나 진창에 걸리지 않았으면 차가 낭떠러지 아래로 추락했음을 깨닫고 그녀는 격렬한 웃음을 터뜨린다.

여자는 지금껏 인생을 살지 않고 느껴만 왔다는 자신을 향한 모멸감에 시달린다. 한 발짝만 어긋났어도 자신의 운명은 어찌 되었을까. 소설 속의 여자와 나 자신이 오버랩되면서 나를 고통스럽게 했던 기억들은 어쩌면 자신에 대한 연민이 만들어낸 허상일지도 모른다는 생각이 든 것이다. 내가 낭떠러지라고 생각하며 고통스러워했던 그 순간들도 지금 생각해보면 낭떠러지 앞에서 빠져버린 진창이 아니었을까.

두 사람은 깊은 산 속에서 달빛에 의지해서 밤을 보낸다. 예고했던 눈은 오지 않고 칠흑 같은 어둠을 뚫고 달빛이 좁은 차 안을 교교히 비추자 그녀는 비로소 현재 자기의 모습이 투명하게 보인다. 언젠가는 잊히겠지만 미처 털어내지 못한 고통스러웠던 기억을 안고 그 기억에서 벗어나기라도 하려는 듯이 바쁘게만 살아온 세월이 보인다. 그렇게 살아왔어도 현실에 안착하지 못하고 늘 갈등 속에서 살아가는 자신의 벌거벗은 모습이 이제야 바로 보인다. 여자는 지나간 고통의 기억 따위는 자신에게서 조용히 밀어내야 한다고 생각한다.

곧 어둠이 걷히고 새벽이 올 것이다. 그들이 찾아가는 부석사는 근처에 있는 듯 가까이서 은은한 범종 소리가 들려온다. 빛이 어둠을 거두어버리면 그들은 조금은 뚜렷해진 자신의 모습을 볼 수 있을 것이다. 범종 소리는 점점 더 가까운 데서 들려온다.

어느새 눈이 그쳤는지 하늘이 저만치 물러나 있다.

나는 가만히 책장을 덮는다.

그날 밤의 안개

안개는 한낮이 되도록 걷히지 않는다. 이 가로수 길뿐 아니라 도시 전체를 안개가 부옇게 감싸고 있다. 길게 뻗은 가로수 길은 그 소실점을 잃고 마치 영원으로까지 이어질 것처럼 보인다. 낙엽이 쌓이기 시작한 길에 발걸음을 옮겨놓을 때마다 바스락바스락, 때로는 사르륵사르륵 바싹 마른 낙엽들이 부서지는 소리가 난다. 그 소리에 낮게 드리운 안개가 걷혀버리면 어쩌나, 그래서 이 안개 낀 길을 걸으면서 느끼는 정서적 충만감이 사라져버리면 어쩌나 저절로 떼어놓는 발자국이 얌전해진다. 그러나 머지않아 안개는 흔적도 없이 사라지고 말 것이다.

안개는 그다지 강렬하지는 않아도 소리 없이 조여와서 마침내 사고를 교란시키는 은밀한 두통처럼 내 의식을 혼미하게 한다. 이미 이별했어야 할 기억들에 집착해 깊은 우울에 빠지거나, 현실의 내 모습이 마치 지나간 시절의 영상인 듯 비현실적으로 아련히 느껴지기도 한다. 그러나 나를 혼미하게 하는 잡다한 상념들이 안개에 실려 어느결에 흔적도 없이 사라져버릴까봐, 그래서 순식간에 세상이 다시 명료해질까봐 안절부절못하게 한다. 벗어나고 싶으면서도 그 속에 머물고 싶어한다. 안개는 모든 것을 모호하게 한다.

주변에 안개를 부를 만한 큰 강이 있는 것도 아닌데 이 도시에도 제법 안개가 잦다. 하지만 안개는 대부분 그다지 대단한 것은 아니었다. 새벽에 일어나서 밤 사이의 묵은 공기를 바꾸려고 창문을 열어젖히면 촘촘히 서 있는 잡목들 사이사이로 보이는 엷은 안개가 몽환적인 분위기를 자아내며 다시 어머니 태 속으로 돌아가기라도 한 듯 마음이 푸근해진다. 그러나 도저히 잊을 수 없는 그날의 그 대단했던 안개를 연상케 하고서야 흔적도 없이 사라져버린다.

안개에도 영혼이 있는 것일까? 요절한 넋의 전령인가? 안개는 이미 10여 년 전에 고인이 된 조카의 갑작스러운 죽음이 아니라도 늘 있어 온 기후 현상에 불과하지만 그날의 지독했던 안개는 마치 어떤 강한 메시지를 가진, 그 자체가 넋을 가진 생명체라고 여겨지기도 했다.

철야작업을 끝내고 퇴근하던 조카는 송탄공단 앞 교차로에서 신호를 무시하며 과속으로 달려 내려오던 대형 트레일러와 충돌, 타고 있던 오토바이에서 튕겨져 병원으로 실려가던 중 절명하고 말았다. 사고가 났다는 연락을 받고 황급히 병원으로 달려갔으나 시신은 이미 병원에서 영안실로 옮겨졌다. 형님 내외와 우리 부부, 급보를 듣고 달려간 가까운 친지들은 어찌할 바를 모르고 장례식장에서 우왕좌왕하고 있는데 사고 처리가 접수된 경찰서에서는 가해자 측 사고전담반의 주도로 쌍방과실이란 조서가 꾸며지고 사고를 낸 운전자는 불구속 입건으로 처리되었다. 사고가 난 도로에 트레일러가 남긴 뚜렷한 스키드마크만이 그 당시의 상황을 말해주고 있었다.

뒤늦게 경찰서로 달려갔으나 담당 경찰관으로부터 피해자 측 가족이 아무도 없어서 혹시 연고가 없는 사람인가 했다는 얘기를 전해 듣는 순간 또 한번 뒤통수를 무엇인가에 세게 휘둘린 기분이었다. 졸지에 외아들을 잃은 형님과 아주버님은 기가 차서 넋을 놓고 말았다. 삼촌인 남편이 나서주었으면 했으나 우선 장례부터 치르자며 형님 내외분을 다독이고 새벽 두 시가 지나서 날이 밝으면 다시 내려오기로 하고 귀갓길에 올랐다.

장례식장을 나와 천안, 수원간 1번국도를 타고 오산 인터체인지로 향하는 마음은 참담했다. 젊은 한 생명이 이처럼 중간에 툭 잘려나가다니…. 게다가 정확한 사고 당시의 상황도 안개 속 같은 미궁인데다 조카는 자신이 죽음에 이른 데에 대해 아무것도 말할 수가 없다. 누구도 스물아홉 청년을 떠나보낼 준비는 되어 있지 않았다. 그 충격에 우리 부부는 입술조차 달싹거리지 못했다.

자동차가 국도로 들어서고 얼마 되지 않아 시야가 갑자기 막혔다. 집채만 한 안개더미가 밀려와 차 위로 휙 쓸고 지나간다. 그 위로 또다시 거대한 솜뭉치 같은 안개가 둥둥 떠다니며 길을 가로막고 있다가 불쑥 차를 향해 돌진해 우리를 집어삼키면 앞에는 또 다른 허연 안개더미가 시야를 가로막는다. 손에 쥐고 있던 묵주에 의

지해 간절히 기도를 드리나 기도는 말이 되어 입 밖으로 나오지 못한다. 그저 묵주 알을 굴릴 뿐이다. 주변 풍광은 물론 한 치 앞도 보이지 않는데 마치 나를 집어삼킬 듯, 아니 나에게 무언가를 호소하는 듯이 안개는 집요하게 따라붙는다. 차마 세상을 떠날 수 없는 한 젊은 넋의 안타까움과 억울함을 안개가 이렇게 따라붙으며 호소하는 것인가.

길을 보고 앞으로 나아가는 것이 아니라 더듬더듬 더듬으며 운전을 할 수밖에 없었다. 수도 없이 오고 간 익숙한 길이 아니었으면 미궁 같은 안개 속으로 영원히 추락해버릴 것만 같았다. 시속 10㎞, 아니 5㎞로 서행하다가 고속도로로 들어서니 안개는 돌연 흔적도 없다. 정상 속도로 몇 ㎞를 달리자 또다시 안개. 안개는 물러섰나보다 하면 다시 나타나고를 반복하다가 판교를 지나면서부터 모습을 감췄다.

어둠이 걷히기 전에 집에 도착했다. 송탄과 불과 몇 십 ㎞ 떨어진 분당의 대기는 쾌청했다. 별마저 초롱초롱 빛나고 있었다. 아이들이 잠든 방문을 열고 고르게 숨소리를 내며 자는 아이들의 머리를 한번씩 쓸어본다. 그 미궁 같은 안개를 뚫고 온 생과 사는 이리도 확연했다.

장례를 치른 후 아주버님은 사고 현장을 오가며 당시의 상황과 기록을 분석하고 도로에 남아 있는 흔적을 가지고 조카에게 과실이 없었음을 밝히려고 애썼다. 집요한 상고 끝에 트레일러의 운전자에게 과실이 있음이 밝혀졌고, 다행스럽게도 사고는 조카의 과실이 아니라는 법원의 판결을 받아냈다.

수증기의 집합체인 안개는 햇살이 퍼지면 소멸하고 마는 무형의 존재다. 사라지고 나면 그 실체가 존재했던 흔적이 남지 않는다. 그러나 그날 밤의 안개는 그렇지 않았다. 그날 밤의 안개는 어이없는 사고로 목숨을 잃은 젊은 넋의 전령이 되어 절절한 억울함과 진실을 호소하러 했던 것이리라. 그날 이후로 나는 다시는 그런 안개를 경험하지 못했기 때문이다.

안개 낀 가로수 길을 걷는다. 짧은 생을 살다간 젊은 영혼이 잊히지 않는다. 혹시 그가 아직도 편히 잠들지 못했다면 이제는 그의 영혼이 편안하게 잠들고 내 마음에도 아물지 않은 상처들이 남아 있다면 그들을 떠나보내는 진혼굿이라도 해야 할까보다.

당신의 삶은 우아한가요?

소설 『고슴도치의 우아함』을 소개하는 신문 기사를 보면서 기억 깊숙한 곳에 있는 어떤 시간과 만나고 있었다. 고슴도치가 우아하다니!

3년은 길다고 하면 긴 시간이다. 견디기 힘들었던 시간도 지나고 보니 흘러갔다. 창문마다 선팅으로 막고 형광등을 켜놓은 어두컴컴한 가게 안에서 그러지 않고는 도저히 견딜 수가 없어서 Canto Gregoriano를 연속해서 듣던 시절. 김지하의 장시 「다라니」, 「오적」을 자전을 찾아가며 독해하려고 애쓰던 시간. 스스로 자신을 한자리에 묶어놓고 어떻게 견디어나가는가를, 마치 한 마리의 모르모트가 생소한 환경에 어떻게 반응하는가 실험일지 써나가듯이 지켜보아야 했던 그때….

사람들에게는 선입견이라는 편견이 있다. 편견이란 말도 선입견의 대상이 되는 사람들의 자기방어에서 생겨난 것인지도 모른다. '수위에게는 수위들의 화법이 있고 공작부인은 그녀에게 걸맞은 화법이 있다'도 편견에 지나지 않는다. 수위처럼 말하고 사고하는 공작부인도 있고 대학교수처럼 박식하고 전문적인 언어를 구사하는 수위도 있다. 수위는 이러이러해야 한다. 교수는, 공작부인은, 고위 공직자는…. 역발상을 통해 무엇을 말하려 하는가? 지극히 문학적이고 사유적인 수위 아줌마 르네. 수위다운(?) 외모를 지닌 여인의 내면은 방대한 양의 독서를 통한 지성과 통찰력을 가졌다. 이런 역발상이 이 소설의 소재가 되고 있음은 우리의 사고가 얼마나 경직되어 있는가를 말해주고 있다.

세상엔 부자인 자와 가난한 자, 배운 자와 못 배운 자, 아름다운 외모를 받은 자와 받지 못한 자. 이런 이분법적인 사고가 지배함을 전제로 이 소설은 시작되는 것인가?

> 물먹은 소 목덜미에/ 할머니 손이 얹혀졌다.// 이 하루도/ 함께 지났다고,// 서로 발잔등이 부었다고,// 서로 적막하다고,

김종삼 시인의 「묵화墨畵」라는 시다. 한번 쭉 읽어봐도 그 내용이 가슴으로 느껴진다. 담백한 한 폭의 그림이다. 아무것도 강요하지 않는다. 무언가를 역설하지도 않는다. 그러나 독자는 금방 알아차린다. 『고슴도치의 우아함』이란 프랑스 현대소설의 번역본을 읽으면서 느꼈던 피로감이, 작가 뮈리엘 바르베리가 벌이는 언어의 현란함을 따라가느라고 과도하게 두뇌회전을 한 피로감이 이 명쾌한 모국어 한 줄로 풀리기도 했다.

나는 민족주의자는 아니다. 하지만 자존심 강하고 콧대 높은 프랑스 파리에 상류층들만 모여 산다는 그르넬가 7번지의 선민들이 새로 이사를 온 돈 많은 일본인 카쿠로 오주한테 무조건 호감을 느낀다는 전제가 왠지 불편하다. 그가 어떤 사람인지 알려지지 않은 상태에서 단지 일본인이고 부자이고 멋진 인테리어로 집안을 꾸몄다는 설정만으로…. 그러나 다행스럽게도 카쿠로는 이런 사람들의 열광적인 호의를 배반하지 않는다. 이 소설에 나오는 여러 인물 중 단연 흠이 없고 행동과 내면이 우아한 인물이다. 돈 많은 일본인이 아닌 카쿠로 오주라는 한 인간으로서.

처음 이 책을 읽으면서 풀리지 않는 의문은 왜 르네는 자신의 내면적인 모습을 드러내기를 두려워했는가 하는 점이다. 그녀는 자신의 신분에 고착된 사회적인 믿음과 잘 부합되도록 종일 꾸벅꾸벅 졸고 있고, 하염없이 보지도 않는 텔레비전을 틀어놓거나 '천한' 음식 냄새를 풍기고 있다. 르네와 딴판으로 아름다운 외모를 지닌 그녀의 언니 리제트는 "아름답지만 가난한 것은 고약한 운명이지"라는 말에 저항하듯 도시로 나갔다가 어느 비 오는 11월 저녁에 처참한 모습으로 돌아온다. 능욕당한 리제트는 아이를 낳으면서 죽고 아이도 태어난 지 세 시간 만에 죽고 만다. 그러나 부모나 가족들은 '염소 한 마리 잃어버린 것보다' 더 감정이 격해지지 않는다. 이러한 비극을 통하여 르네는 리제트가 예쁘지만 가난했던 것처럼 내면은 고고하나 현실은 비루했기에 다른 세계에 섞이지 않는 침묵하는 자, 그래서 가면 속에 숨은 자가 되었던 것일까?

‘사람은 사회적 동물’이라는 말의 사전적 해석은 잘 모른다. 하지만 사람들 대부분은 자신이 속해 있는 사회 또는 계층에 편안하게 잘 맞는다고 생각할 때, 자신의 정체성에 큰 어긋남이 없을 때 행복을 느끼고 안도한다. 르네는 언니 리제트의 불행을 보고 자신을 둘러싼 외부와의 문을 닫아버린다. 누구의 관심도 받지 못할 때 “르네”라고 처음으로 이름을 불러준 선생님도 단지 연민에서였음을 알고 “내가 다시 태어났던 그 시각에, 난 단지 불쌍하게만 취급되었다”라고 자신의 둥지 속으로 깊이 파고들기만 했다.

또 다른 등장인물인 영민한 소녀 팔로마 역시 처해 있던 상황만 다를 뿐 자신이 속한 사회의 이단아임에는 르네와 다름이 없다. 팔로마의 눈에 비친 주변 사람들의 위선에 대한 냉소적인 고발은 신랄하다 못해 위악적이기도 하다. 그러나 카쿠로 오주는 완벽하다. “그 여자들이 당신(르네)을 ‘본’ 적이 없기 때문이에요. 하지만 나는 당신이 어떠한 환경에 있다 하더라도 당신을 알아볼 거예요.” 인간의 ‘본질을 알아보는 힘’이 있기에 그는 아름답다. 르네가 오주에게 고슴도치의 가시 안에 닫혀 있던 자신의 마음을 열어보인 것도 역시 오주를 알아보았기 때문이다. 지성과 깊은 사색의 힘이다.

소설은 르네 미셸 부인이 거리의 노숙자를 도와주려다 세탁소 트럭에 치여죽는 것으로 돌연 끝이 난다. 카쿠로 오주가 청혼을 한 생애 최절정의 순간에 그 여자는 죽음을 맞다니…. 그녀는 길바닥에 누워 죽어가면서 고양이 레옹을 걱정하고, 친구 마누엘라에게 감사하고 사랑하는 얼굴들을 떠올리고 그들에게 마음속 작별을 고한다. 절정의 순간에 죽음을 맞이한다는 설정은 그녀를 행복한 채로 죽게 하려는 작가의 배려인가?

참 어렵게 이 책을 읽었다. 소설이기보다 인문서에 가까운 번역 소설임에도 불구하고 끝까지 읽게 한 힘은 무엇이었을까. 작가 바르베리가 복잡하게 얽어놓았지만 결국은 이야기의 구심점으로 찾아가는 문장의 힘, 한참을 곱씹어보아야 무슨 얘긴지를 어렴풋이 느끼게 하는, 독서를 통한 사색으로 이끌기 때문이 아니었을까.

우아함이란 무엇일까.

힘드셨죠?

아침 약을 반 알로 줄이고 추가로 처방받아 먹기 시작했다. 몸이 약을 받아들이면서 통증은 완화되었고 무기력에서도 조금씩 벗어나고 있다. 그런데도 어떤 날은 자리에서 일어나 하루를 시작하기가 왜 그다지도 싫을까. 극심한 불황에 자영업자의 무덤이라는 아우성이 들리는데 10년 넘게 한자리를 지키는 것은 다행이지만, 겨우겨우 약으로 다스려야 하니….

잠에서 깨어나면서부터 통증이 내 몸을 조인다. 머리 왼쪽이 쑤시기 시작하면 눈, 어깨, 팔로 이어지며 합창하듯 떼 지어 달려든다. 어떤 진통제도 듣지 않는다. 왼쪽 관자놀이를 꾹꾹 누르고, 온몸에 퍼져 있는 압통점을 찾아내 통증을 견디는 날들이 계속되었다. 이 통증들은 특정 질환에서 오는 것은 아니다. 내 안에 쌓이고 쌓인 문제들이, 늘 경계에 서서 흔들대는 현실 부적응증과 정서적 불협화음이 몸을 공격하며 통증을 유발하는 것이다. 내 힘으로 견디자고 누르며 살아온 날들이 한계에 온 것인가. 통증에 저항하고 싶었다. '네가 또 나를 찾아온 것을 인정하지 않겠어.' 통증을 무시하며 이겨내려고 버텨봤으나 나는 그를 이길 수 없다. '그놈'은 결코 만만한 놈이 아니다.

내 몸을 괴롭히는 통증, 그로 인한 정신적 스트레스와 우울감. 참고 견디라고, 한편으론 부당하니 버티라고 서로 다른 목소리를 낸다. 2년이 넘게 견디다가, 버티다가 병원 치료를 감행했다. 다른 방법이 없었다. 나는 졌다.

우울증약 중 통증에 잘 듣는 약을 처방받아 먹기 시작했다. 약의 적응증을 찾아보니 '만성 신경병증 통증'이란 낯선 이름이다. 약에 반응하면서 천천히 통증은 완화되었으나 이런저런 부작용이 없을 수 없다. 차라리 통증을 참는 것이 낫지, 세상만사가 다 귀찮고 의미 없는 무력감. 귀 닫고 눈 감고 모든 일에서 손을 놓고 싶은 이 무기력은 또 어쩌나. 인정하고 싶지 않았던 우울감이 나를 조이며 애써 참고 있는 내 삶을 흔든다. 극복해야 할 대상은 결국 본인일 뿐이다.

진찰실에 들어서면 의사는 "힘드셨죠?"라는 말로 맞는다. '나는 당신이 얼마나 힘든지 알고 있답니다.'

누군가가 나에게 "힘드니?"라고 물어온 적이 있었던가.

내가 너 같고, 네가 나 같은 우리 부부는 서로의 힘듦에 대해 내색하지 않는다. 부부는 열차의 두 바퀴다. 달리는 동안 바퀴의 간격은 좁혀지지 않는다. 평행이다. 인생이란 차체를 달리게 하는 두 바퀴는 숨을 몰아쉬며 쉬지 않고 달린다. 그래야 기차가 간다. 온 힘을 다해 달린 후 육신의 기능이 끝나, 폐기되어 한 곳에 버려져야 두 바퀴는 만나질까? 무덤 속에서는 한 곳에 나란히 누워서 서로를 위로할 수 있을까? 히스클리프와 캐서린이 그랬듯이 서로를 향해 마주 누울 수 있을까.

도파민이 놀이를 시작했다. 무기력에서도 조금씩 벗어나고 있다. 컴퓨터를 여는 횟수가 늘고 식닥에 윤기가 조금씩 되살아난다. 의사의 '힘드셨죠?'는 미처 생각하지 않은 말들을 털어놓게 했다.

"무기력이 심해 글을 전혀 못 썼어요."

"아, 글 쓰는 분이셨군요, 그런 것 같았어요."

글을 못 썼다는 얘기는 내 무기력을 설명하기 위해서였으나 그는 '어쩐지 글 쓰는 사람 같았다'는 말로 어떤 약보다 더 신통한 처방을 내려준다.

마흔쯤 됐을까? 작가이자 방송인 H는 TV 토크 버라이어티에서 거침없는 언변으로 수많은 악플러와 안티팬을 생산한다. 그런 그는 자신의 여러 정체성 중 '작가 H'로 불리기를 가장 원한다는데 저서 중에 '버티는 삶'에 대한 생각을 쓴 에세이집이 있다. 그는 무엇을 그리도 버텨내며 살았을까. 까칠한 언사와 표정은 내면의 상처를 숨기기 위한 위장술이었을까? 벼린 칼날이 자신을 향할 때는 더욱 날카롭고 깊은 상처를 내는 법이다. 건강에 이상이 왔어도 별일 아닐 거라고 버티다가 급기야 혈액암의 일종인 '악성 림프종'에 걸렸음을 최근에 알았다고 한다. 그는 진행 중이던 프로그램을 끝내고 항암 투병에 들어갔다. 여태껏 버텨온 삶에 한층 더 무거운 삶을 그는 살아내야 한다.

미디어에 노출되는 모습밖에 그를 알지 못하지만 '버티는 삶'이란 말이 불에 덴 듯 아프다.

젊은 그대여, 당신은 견디려하지 말고 부디 잘 버티시라!

제5장
우리가 가는 길

하고 싶어요, 하면 안 돼요?

우리 집에는 쉽게 결론이 나지 않는 논란거리가 하나 있다. 하고 싶다는 딸과 하면 안 된다는 남편의 의견이 한 치의 물러섬도 없이 팽팽히 맞선다. 딸이 그리도 하고 싶어하지만 쉽게 하라고 할 수도 없고, 그건 당신의 지나친 염려라고 남편을 설득할 입장도 아니니 그 문제가 화제에 오를 때마다 슬며시 자리를 피하거나 엉뚱한 말로 주의를 돌리는, 나는 중도이다.

라식 수술을 하겠다는 딸, 눈은 신체 중 가장 민감한 부위이니 절대로 하면 안 된다는 남편. 두 사람 다 검색해 아는 지식이 전문가를 뺨칠 수준이다. 라식 수술은 각막 일부분을 벗겨내어 레이저광으로 중심부를 연마하고, 벗겨낸 각막을 다시 덮어주는 시력 교정술로 이미 근시나 난시인 사람들이 수술하고 안경을 벗었기 때문에 어느 정도 안정성이라든가 효용이 검증된 수술이다. 딸은 전문의에게 서너 차례 자문받았는데 다행히도 각막의 두께가 두꺼운 편이니 수술하기에 별 무리가 없다는 진단을 받고 수술하고 싶어하지만 아빠가 허락하지 않으니 결심을 못하고 있었다.

아침을 먹으며 딸은 이번 연말 9일간의 휴가 동안에 기어이 수술하겠다고 아빠의 마지막 동의를 구했다. 대학을 졸업할 무렵부터 라식 수술을 미루어왔으나 안구가 건조하고 예민한 편이라 렌즈를 못 끼고 안경을 써야 하니 이제 막 사회생활을 시작하며 더 절실하게 수술하고 싶어했다. 나는 안경 낀 모습이 싫다는 생각을 바꾸고 안경을 네 패션의 아이콘으로 멋을 내라는 충고도 해보지만 이미 수술해서 안경으로부터 해방되고 싶은 딸의 귀엔 들리지 않는다.

그러나 오늘도 아빠의 입장은 강경했다. "뿔이 아름다운 사슴이 있었다. 사슴은 자신의 뿔은 아름다우나 가늘고 긴 다리가 볼품이 없다고 늘 한탄했다. 내 다리도 뿔처럼 아름다웠으면…. 어느 날 배고픈 사자에게 쫓기게 되었다. 사슴은 긴 다리로 겅중겅중 뛰어 사자의 공격을 피했으나, 그만 아름다운 뿔이 나뭇가지에 걸리면서 사자에게 잡아먹히고 말았다"는 우화까지 들려주며 자신의 주장을 굽히지 않는다. 아름답게 보이는 것은 겉모습일 뿐이다. 정작 중요한 문제에 도달하면 아름답거나 추함은 큰 도움이 못 된다. 수술 후 당장은 편하고 예쁘게 보일지는 몰라도 눈물이 줄줄 나거나 눈이 부시다든가 하는 부작용이 생기면 원상회복이 어려우니 치료 목적이 아닌 한 몸에, 더욱 눈에 칼을 대서는 안 된다는 생각이다. 게다가 자신이 대입을 앞둔 고3 수험생일 때 지독한 결막염을 앓아서 거의 한 학기 동안 송탄 서정리의 학교에 다니면서 서울 공안과로 치료받으러 다녔던 기억 때문에 눈에 대해선 턱없이 민감하게 반응하는 걸 딸은 알 턱이 없다.

반대하는 이유는 또 있다. 남편은 '생긴 그대로'의 철저한 신봉자이다. 30대부터 머리숱이 성글기 시작하더니 이제 육십고개를 막 넘은 나이에 독두공禿頭公 할아버지로 불려도 상관이 없단다. 머리 염색? 그것도 싫단다. 그러니 눈에 넣어도 아프지 않을 딸이 안경을 낀 지금 모습도 예쁘기만 한데 왜 그 위험한 수술을 하겠다는 건지 남편으로선 답답할 것이다. 또 컴퓨터 모니터를 종일 보는 외환 딜러인 직업상 눈은 그 무엇보다 소중한 도구인데 시력이 좋지 않으면 안경으로 보완하는 게 가장 안전한 방법이지 인위적인 교정술은 위험천만한 일이라는 것이 남편의 일관된 주장이다.

사실 우리 가족은 공통점도 많지만 모두 개성이 강하다. 남편과 아들은 같은 토끼띠, 나는 양띠, 딸은 소띠이다. 초식동물들이라 순한 듯 보이지만 넷이 다 주관이 강해서 자신의 주장을 여간해선 꺾지 않는다. 감성적이고 사려 깊으나 자아가 강한 아들, 열정이 넘치는 노력형이지만 자기중심적인 딸, 황소고집이긴 해도 속 깊은 남편, 이들을 아우르자니 소심한 나는 물에 물 탄 듯 술에 술 탄 듯, 좋은 것이 좋은 사람이 되고 말았다. 다행히 아이들이 자신의 진로나 미래의 큰 틀을 결정해야 하는 문제에선 스스로 부모의 의견을 물으며 도움을 청하며 부모의 뜻을 존중한다.

딸이 대학 4학년 1학기를 끝내고 휴학하겠다고 아빠에게 허락을 청했다. 취업을 위해서 휴학하고 기업 인턴십을 하겠다고 했지만, 비교적 늦은 나이에 자식을 본 아빠는 빨리 졸업시켜서 자식 교육에 대한 부담을 덜기를 원하는 눈치였다. 그때는 내가 확실하게 딸의 편이 되어줬지만 딸은 끝내 아빠의 허락을 얻는다며 직장까지 쫓아가 설득해서 동의를 얻고 휴학했던 기억이 난다. 딸은 아빠의 조언과 모의면접을 거쳐 취업난을 뚫고 졸업 전에 취업이 되었다. 그런데 라식 수술 문제에서 딸은 지나치게 소심하다. 하지 말라는 수술을 했다가 혹시 잘못되면 어쩌나 두려운 마음과 아빠를 거역하지 못하는 여린 마음에 딸은 이리지도 저러지도 못하고 2년째 고민 중이다.

라식 수술 얘기가 나오면 나는 답답하다. 내 진짜 속마음은 딸이 이제는 그만 결단을 내려서 수술해도 큰 무리가 없으리란 생각이다. 그렇다고 아빠가 이솝우화까지 예로 들며 안 된다는 마당에 내가 드러내어서 하라고 할 수는 없지 않은가. 그러니 정 하고 싶으면 슬그머니 하고 들어온들 아빠가 설마 이미 받은 수술을 물려오라고야 하겠는가? 게다가 수술 비용을 아빠에게 청구할 것도 아닌데. 그런데도 딸은 끝내 아빠의 허락을 받고 하겠다며 벌써 2년 넘게 "아빠, 하고 싶어요, 하면 안 돼요?" 하며 동의를 구하니 답답할 뿐이다.

이 문제야 곧 어떻게든 결론이 나기는 나겠지만 앞으로 다가올 여러 중요한 문제에서도 딸은 아빠와 엄마, 가족들의 동의를 구하려 할 것이다. 딸의 문제에선 유독 신중한 딸바보인 남편의 모습도 싫지는 않고 끝까지 아빠의 허락을 구하는 딸이 고맙고 한편 미덥다.

25년

잠에서 깨어나니 일곱 시가 좀 지나 있었습니다. 늦잠을 잤구나 싶어 급히 일어나다 보니 오늘은 토요일이네요. 게으름을 좀 피울까 하다 그만 자리를 털고 일어납니다. 모처럼 세 식구가 함께 아침을 먹는 주말이니 색다른 반찬을 만들어볼 요량으로 주방으로 나갑니다. 당신이 좋아하는 맑은 대구탕을 끓이려고 냉장고 문을 엽니다.

당신이 '아침에 퇴근하는 남자'가 된 지도 2년이 다 되어갑니다. 이젠 혼자 잠들었다가 혼자 깨어나는 아침에 익숙할 만도 한데 여전히 옆구리가 시리며 허전하네요. 비라도 내리는 새벽이면 더 그렇습니다. 무슨 소리인가에 놀라 잠에서 깨어났는데 순간 마음이 섬뜩합니다. 가느다란 공포가 스치고 지나갑니다. 그 소리가 빗소리라는 것을 깨닫기에는 시간이 좀 걸립니다. 아주 먼 곳에서 오는 듯 들리는 그 소리는 조용히 비가 내리는 소리군요. 비 오는 새벽을 집이 아닌 곳에서 맞이할 당신이 떠오릅니다. 당신은 유난히 비 오는 날을 싫어하지요.

세 식구가 같이 아침밥을 먹습니다. 피곤한 당신은 말이 없습니다. 대구탕이 시원하게 잘 끓여졌습니다. "여보, 탕이 시원하지?"라며 말을 붙이고 싶지만, "응" 하고 말아버릴 당신을 알기에 아무 말도 건네지 못합니다. 사실 별로 나눌 이야기가 없기도 하네요. 아, 어젯밤에 상우한테서 전화가 왔었어요. 당분간은 신종 플루 때문에 휴가나 면회가 안 된답니다. 내년 초에 상병으로 진급한 후, 3,4월경에나 휴가를 나올 수 있다고 하네요. 녀석, 군대에 가더니 좀 철이 드나봐요, 아빠 안부가 첫 마디인 걸 보면. 상아도 어제 밤 늦게 잠이 들더니 아직 잠이 덜 깬 눈칩니다. 식탁에 나와 앉기는 했는데…. 우리의 시선은 TV 속으로 뚫고 들어가기라도 할 듯이 그저 묵묵히 밥을 먹습니다.

문득 마주 앉은 당신의 입으로 들어가는 은수저가 빛을 잃고 누렇게 변해 있음에 눈길이 갑니다. 저도 참 무심하게 살고 있네요. 바깥일을 한다고 살림을 등한히 하는 티가 이렇게 나네요. 그러면서도 당신의 말 없음이 그저 서운하기만 하니 나잇값도 못하는 주제가 되어버렸네요. 그래도 서운한 걸 어찌합니까. 오늘은 수저들을 모두 꺼내 빛나게 닦아야겠습니다.

올해로 우리 결혼이 25주년을 맞이합니다. 은혼식이라 이름붙여 남들은 별스럽게 축하하지만 그건 그들의 일이고 우리는 여느 날과 다름없이 지내겠지요. 요 몇 년간을 그리 지내왔기에 25주년이라고 해서 별다른 기대를 하지 않으려고 합니다만 좀 서운하기는 하겠지요. 우리의 결혼 생활이 이렇게 무미건조하고 맨송맨송하게 끝나고 말지도 모른다는 생각에 가슴 한쪽이 아리어옵니다. 아버지의 허락을 얻기 위해 3년 가까운 시간을 기다린 결혼이지만 25년은 각각의 별에서 온 사람들처럼 되어버린 세월입니다. 짧지 않은 세월에 많은 부분이 서로에게 길들어졌어도 당신은 저에게 아직도 너무나 개별적인 존재입니다.

결혼 전, 오랫동안 혼자 생활해왔기에 당신은 자기의 일을 알아서 잘 처리합니다. 제가 어디가 아프다고 해도 당신은 별 관심을 보이지 않듯이 당신이 말없이 병원에 다녀와서 꺼내는 약봉지를 보고야 당신이 아프다는 것을 알아차립니다. 저에게 붙여달라고 하지 않고 팔을 돌려 등에 파스를 붙이는 당신의 모습을 보면 아내라는 자리가 무력합니다.

언젠가 심하게 다투고 나서 너무도 밉고 서운한 마음에 휴대폰에 '왕초'라고 입력된 당신의 번호를 삭제해버렸습니다. 시원하게 복수라도 한 듯 통쾌했습니다. 며칠 후 복원해놓았지만요. 그러다가 당신의 휴대폰에 상우의 사진을 저장해놓으면서 우연히 통화기록을 보게 됐습니다(이건 당신을 엿본 것이 결코 아닙니다). 많은 지인의 이름 중에 '이화용'이란 세 글자로 찍혀 있는 제 이름을 보고 저는 그저 당신이 알고 지내는 사람 중의 하나임에 섭섭했습니다. 전에 '다알링'으로 입력된 제 번호를 보고는 혼자 쿡쿡 웃었지만 속으로 싫지는 않았는데 말입니다.

며칠 동안 쓸쓸한 마음으로 지난 25년의 세월을 깊이 생각해보았습니다. 행복했던 기억이 왜 없었겠어요? 당신은 제게 더없이 편안하고 관대한 사람이지요. 당신은 짙은 나무 그늘이었는지도 모릅니다. 그러나 직장에서의 조기 퇴직 후 당신은 많은 좌절을 겪었지요. 그것이 당신에게도 저에게도 깊은 상처를 남기고 말았습니다. 하지만 우리가 부부로 함께 살아가야 할 날들이 앞으로도 많이 남아 있습니다. 제 마음의 빈 부분만 보아온 25년이었습니다. 쓸쓸함을 당신의 탓으로만 여기어온 25년이었습니다. 당신의 마음속에도 저 못지않게 구멍이 뚫려 있을 것입니다.

이제부터는 제가 가진 열 개를 당신께 다 주고 싶고, 당신이 가진 열 개를 다 받고 싶은 마음을 절제하겠습니다. 열 개 중 일곱 개만 당신께 주고 미안해하는 마음의 여지를 남겨놓으렵니다. 열 개 중 일곱 개만 받았어도 서운해하지 않는 절제의 미덕을 배우려합니다. 드러내길 원하는 제 사랑의 너비를 조금씩 줄여보렵니다. 마음속 깊이 묻어놓은 당신 사랑의 깊이를 헤아리기만 해도 되지 않을까요? 서운했던 마음을 여백으로 남겨놓겠습니다.

한 올 한 올 빠져서 이제는 훤하게 벗겨진 이마와 반백이 되어버린 당신을 곧 덤덤하게 대할 수 있겠지요. 함께 맞이하는 노년에는 무언의 시간이 도리어 편하게 느껴질 것입니다. 언젠가 편의점 사업을 정리하고 당신의 밤샘 근무가 끝나는 날, 우리 그간 해보지 못한 여행을 맘껏 다닙시다. 우선 레저용 차를 사서 국내의 한적한 곳을 찾아가 며칠씩 머물다 돌아오는 겁니다. 자유롭지만 무료한 시간을 가져봅시다. 그날을 위해서라도 오늘을 지켜야겠지요.

당신과 내가 평균 수명만큼 해로한다면 우리에게는 앞으로 25년이 남아 있습니다. 절반은 지나갔으나 아직 반이나 남아 있습니다. 그러니 지금은 새로운 25년을 사는 원년인 셈입니다. 은은한 광채를 지닌 은銀은 그 본질은 변하지 않지만 표면은 쉽게 산화되거나 변색하지요. 지난 25년의 세월도 그런 것이었다는 생각이 듭니다.

끼니 때마다 쓰는 은수저도 공들여 닦지 않으면 누렇게 변하다가 곧 검게 변하며 광채가 죽고 맙니다. 앞으로 남은 25년은 공들여서 마음을 닦고 세심하게 서로의 마음을 읽으며 자신을 절제하면 행복한 금혼식을 맞이하게 될 것이란 희망을 해봅니다.

새로운 25년을 위하여 당신께 건배를 청합니다.

그도 가끔은 외로움을 느낄까?

모처럼의 맑게 갠 날씨가 괜스레 마음을 들뜨게 했는지도 모를 일이다. 가로수에 새로 돋아난 연하디연한 나뭇잎들의 수줍은 속삭임까지도 감지될 만큼 투명한 대기, 아침 출근길의 15분이면 길지도 아쉽지도 않은, 걷기에 딱 알맞은 거리다. 뜬금없다고 느낄 만큼 행복했다. 그러나 그 좋았던 기분이 그다지 오래가지 못했다. 가게에 들어서면서 순식간에 무너져 내리고 말았다. '그님'의 기분은 아랑곳없이 혼자서만 마음이 들떠 있었던 것이 잘못인가보다.

밤샘 근무를 한 그님은 진열대를 향해 돌아선 채 상품들을 정리하고 있었다. 살그머니 다가가서 "밤새 잘 있었어?" 하고 아침 인사를 건넸다. 홱 돌아서는데 얼굴빛이 낯설다. "이 시간에는 말 걸지 말라고 그랬지. 얼마나 짜증이 나는지 알아?" 냅다 신경질을 내며 몸을 부르르 털어낸다. 느닷없이 뺨을 한 대 세게 맞기라도 한 듯 얼떨떨하다. 나는 단지 아침 인사를 한 것뿐인데 뭐가 잘못됐나? 순간 눈물이 핑 돈다. 교대 시간에 맞춰 아직 일을 다 끝내지 못했나?

무슨 기분 나쁜 일이 있었나? 아무리 그래도 그렇지, 오늘은 좀 유별나다. 그다지 다정한 사람은 아니지만 이렇게 다짜고짜 나를 내치는 일은 없었는데…. 무참해진 기분이 쉽게 가라앉지를 않는다. 애써 마음을 진정시켜보지만 이 기분으로는 천연스레 웃으며 손님들을 대할 자신이 없다. 벗어놨던 겉옷을 걸치고 말없이 가게를 나와버렸다.

이 좋은 아침에 갈 데가 없다. 방금 들뜬 마음으로 날아갈 듯 걸어왔던 길을 되돌아 힘없이 걷는다. 투명한 햇살이 이번에는 나를 비아냥대는 것 같아 거슬린다. 그 눈부심이 싫다. 뭔가에 기분이 울컥해서 그리 화를 냈어도 되돌아나가는 나를 붙잡아주기만 했어도 이리 서운하진 않을 텐데.

식구들이 다 나가고 아무도 없는 집에서 두어 시간 마음을 가라앉히고 다시 가게에 나갔다. 남은 시간 근무를 마치고 퇴근해 돌아와 소파에 누웠는데 땅속으로 가라앉기라도 할 듯 몸이 무겁다. 잠이 들었던 것일까, 정신이 드니 주위가 이미 어둑하다. 잔광마저 사라진 거실 안의 풍경은 순간 정지되어 있다. 적막, 이 세상에 혼자뿐이라는 고립감. 몸도 마음도, 그 무엇도 같이할 수 있는 사람이 없다는 고독감에 막막해진다. 이리 살아온 세월이 벌써 얼마인가. 부부는 몸이 멀어지면 마음도 멀어진다더니 그님은 이젠 남이 되어버렸나.

아, 지금 집안에는 나 혼자가 아니라 그님이 자고 있다. 잠들어 있는 방으로 살금살금 다가가 방문을 조금 열어놓았다. 열린 방문 틈으로 깊이 잠든 모습이 보인다. 무엇에 그리 화가 나 있었던 것일까. 아내의 손길마저도 귀찮을 만큼 피로가 누적된 것일까. 지친 듯 곤히 잠든 모습이 측은하다. 불규칙한 숨소리가 들린다. 한두 번 거칠게 코 고는 소리도 들리다가는 금세 멈춘다. "푸우…" 하고 숨을 몰아쉬기도 한다. 발소리를 죽이며 조심스레 움직여본다. 아침에 치우지 못하고 나간 거실 여기저기에서 식구들의 분주했던 흔적이 발에 걸린다. 아무렇게나 접혀 있는 신문, 벗어놓은 양말짝, 식탁 의자에 걸쳐진 채 꾸덕꾸덕 말라가는 수건들…. 주방에는 설거짓거리가 그대로 쌓여 있다. 물소리를 내려면 그님이 잠든 방문을 닫아야 한다. 잠시 망설이다가 그대로 둔 채 다시 소파에 와서 주저앉는다.

방문 틈으로 자는 모습을 훔쳐보다가 살짝 방으로 들어갔다. 두 팔을 이불 밖으로 내밀고 만세를 부르며 아이처럼 자고 있다. 이불을 들치고 조심조심 옆에 누워본다. 지금은 숨소리가 제법 고르다. 몸을 살짝 밀착시켜본다. 완강하게 돌아누우며 이불을 홱 낚아챈다. 이건 아니지, 마음이 서늘해져서 방을 나와 문을 굳게 닫는다.

부부는 엇갈리는 시간 속에서 각자의 삶을 살고 있다. 우리 일터인 편의점에서 밤 근무를 마친 그님과 교대해서 낮 동안 근무를 하고 집에 돌아오면 그는 잠들어 있다. 서로 말 한마디 옳게 나눌 시간이 없어도 우리의 공동생활은 그런대로 이어지고 있었다. 무덤덤하고 말이 없는 그님은 여느 부부들처럼 이런저런 이야기를 나누거나 같이 가벼운 산책도 하는 시간이 아쉬운 것 같지 않다. 나도 이제는 혼자 보내는 시간에 그런대로 익숙해졌다, 대부분은. 함께 집에 있는 시간에도 우리는 각자의 일정에 맞추어 잠자고 일어나고 일한다. 식탁 한쪽에 노트북과 사전, 보고 있는 책 몇 권을 쌓아놓은 공간에서 그님이 자는 동안에 퇴근해온 나는 책을 읽고 글을 쓰거나 집안일을 한다. 간혹 가족들이 모처럼 함께 시간을 보내는 주말 같은 때, 내가 무엇인가에 집중하느라 어떤 방해도 받고 싶지 않은 낌새가 느껴지면 그는 말없이 자리를 피하며 분위기를 만들어주는 것이 그가 내게 하는 최대한의 배려이며 관심일 뿐이다.

아직 그가 잠에서 깨기엔 이른 시각인데 돌연 방문을 열고 거실로 나온다. 눈이 부신 듯 얼굴을 잔뜩 찌푸린 채 화장실로 들어간다. 어쩐 일이래? 지난 2년간 그는 밤 9시 10분에 잠에서 깼다. 20분 동안 화장실에서 볼일을 보고 세수하고 옷을 갈아입고, 10분 동안 서둘러서 밥을 먹고 마치 기계처럼 어김없이 9시 40분이 되면 집을 나섰다. 노트북을 켜놓고 있던 나는 그의 돌발적인 행동이 의아스럽다. 이른 기상이 반갑지 않다. '뭐래? 좀 더 자지 않고….'

출근 준비를 다 마쳤는지 멀쩡한 얼굴로 소파에 앉더니 신문을 집어든다. 별 볼 만한 기사가 없는지 대충 훑어보던 신문을 접어놓고 TV를 켠다. 리모컨을 작동시켜 이리저리 화면을 바꾼다. 갑작스러운 방해꾼에 모니터의 글자가 하나도 눈에 들어오지 않는다. 신경이 쓰인다. '왜 저리 밉상이람?' 하던 일을 마무리해놓고 식사를 준비하려고 했는데 TV 소리 때문에 집중이 안 된다. 그보다 돌발적인 그의 행동이 성가시다. 그님의 존재를 무시라도 하는 듯 꿈쩍하지 않고 앉아서 노트북에 시선을 고정한다. 무슨 드라마인지를 켜놓고 혼자 괜히 큰소리로 헛웃음을 웃는데 미워 죽겠다. 리모컨을 표나게 채어다가 소리를 낮춘다. 다시 그님의 손으로 넘어간 리모컨이 소리를 키운다. 리모컨은 다시 내 손으로 넘어온다. TV를 보지도 않으면서 그는 굳이 소리를 키우고 끝내 자리를 지키고 앉아 있다. 같이 드라마라도 보자고? 나는 그러고 싶지 않다. "꼭 말로 해야 미안한 건가? 같이 산 세월이 벌써 얼만데, 뭘 그만한 일로 그래? 속 좁게"라고 말하고 싶은 것인가? 그저 순간적인 짜증을 만만한 게 마누라니까 믿거라, 하고 부려본 것을 성큼 받아넘기지 못하고 내가 너무 과민하게 구는 것인지 모르겠다.

노트북을 덮고 일어나서 주방으로 간다. 그님은 늦은 밤의 식사가 첫 끼인 셈이다. 쇠고기를 넣고 국간장으로 간을 맞춰놓은 장국에 무를 자박자박 얇게 썰어서 맑은 뭇국을 끓인다. 파 잎사귀를 길쭉길쭉 썰어서 파랗게 띄운다. 그는 맑은장국을 좋아한다. 입에 맞는 국만 있으면 별다른 반찬 없이도 담박하게 잘 먹는다. 미움은 또 흐려지고 연민만이 남아 있다. 알 수 없는 일이다.

그님이 출근하자마자 혼자 머루주를 몇 잔 마셨다. 술이 목울대를 넘어가자 기분이 달큰해진다. 가끔 혼자 술을 마시고 싶다. 누구도 나를 봐주지 않으니 나라도 나를 좀 봐주고 싶다. 내 젊음도 그님의 젊음도 이젠 사라져버렸다. 한때는 우리의 젊음도 사랑도 머루알처럼 탱탱하고 달달했었다. 건들면 '톡' 터질 것 같던 머루알은 시간과 만나 발효하고 숙성되면서 향기로운 술이 되었다. 하지만 우리가 함께 산 긴 시간은 숙성되지 못하고 그만 시큼하게 쉬어버린 것일까. 무엇이 그리 만든 것일까. 아니, 그도 가끔은 외로움을 느끼기는 하는 것일까?

되비지찌개

겨울나기 준비로 김장을 한 후에는 으레 메주를 쒔다. 메주를 쑤는 날은 마당 한 켠에 철판으로 된 원통형의 화로 위에 가마솥을 걸어놓고 장작불을 때며 온종일 콩을 삶았다. 콩으로 만든 음식을 좋아하는 할머니는 돌절구에 잘 삶아진 콩을 찧어서 메주를 빚으며 한 덩이 남겨두었다가 김치를 썰어넣고 찌개를 끓여 먹곤 했었다. 콩알이 다 으깨지지 않고 더러 남아 있는 되직한 국물이 더풀더풀 바람 터지듯 끓어오르는 모양새를 따라 '더풀장'이라 불렀다. 더풀장은 메주를 쑬 때나 해먹을 수 있는 음식이었으니 평소에는 콩 음식으로 되비지찌개를 주로 끓여 먹었다.

되비지찌개를 끓이는 날에는 바로 옆에 살던 고모도 건너와서 거들곤 했다. 두 모녀가 커다란 함지박에 나무 걸개를 십 자로 걸고 그 위에 맷돌을 올려놓고 푹 불린 콩을 갈았다. 고모가 어처구니를 돌리고 할머니는 위짝에 난 구멍이 할머니 앞으로 오면 콩을 한 국자 집어넣는다. 옆에서 구경하던 나도 콩을 한 움큼 쥐고 있다가 할머니를 따라 재빨리 몇 알을 집어넣었다. 콩이 갈리며 되직한 콩물이 함지박으로 뚝뚝 떨어지는 것이 당시에는 꽤 볼 만한 구경거리였다. 가마솥에서 히수무레 피어오르는 흰 김에 얼굴을 박고 구수한 콩 냄새를 맡던, 빚어놓은 메줏덩이에서 덜 찧어진 반쪽짜리 콩알을 골라 파먹던, 맷돌에서 뚝뚝 떨어지던 걸쭉한 콩물을 손가락으로 찍어 먹어보던, 걸쭉한 찌개 국물이 푸, 푸 소리를 내며 더풀더풀 끓어오르던…. 심심하기 짝이 없던 겨울날의 일상적이지 않은 장난질이 좋았다.

사실 할머니가 좋아하는 콩 음식들은 닝닝하고 무던하기만 해서 어린아이 입맛에는 맞지 않았다. 서울 태생인 엄마도 황해도 수안군이 고향인 할머니의 콩 음식이 입에 썩 맞지는 않았을 게다. 먼저 결혼한 큰아버지는 분가해서 살고 있었고 갓 결혼한 막내며느리인 엄마는 신접살림을 차릴 관사가 나기를 기다리며 본가에 들어가 살았는데, 할머니는 거의 매일 저녁에 되비지찌개를 상에 올렸다고 한다. 돼지비계를 조금 썰어넣고 배추 우거지와 볶다가 곱게 간 콩을 넣고 약한 불에 끓이면 콩 거품이 솥 운두를 넘실대며 끓다가 거의 다 익으면 제풀에 풀썩 가라앉는다. 뽀얀 되비지를 양념간장으로 간을 해먹는 것이 황해도식 되비지찌개다. 주로 맑은장국이나 조치를 즐겨먹는 서울 사람 입맛에는 뻑뻑하고 되직한 것이 어쩌다 한두 끼라면 모를까 거의 매끼 먹기에는 고역이었을 것이다. 살림이 넉넉하지 않았던 할머니가 새 며느리의 입맛을 알았다 해도 어쩔 도리가 없었겠지만.

엄마는 아버지와 결혼한 후 대부분의 세월을 가정이 원만하지 않았던 큰아버지 대신 할머니를 모시고 살았다. 게다가 아버지의 형제들은 엄마 주변을 맴돌며 은근한 인의 장막을 치고 있었으니 자연스레 만두, 빈대떡, 냉면, 김치말이 등 이북음식을 자주 해먹었다고 한다. 살림의 주도권이 엄마에게 온 후에도 되비지찌개는 할머니 입맛에 맞춰 종종 식탁에 올랐고 자연스레 아이들도 비지찌개에 맛들여졌다.

할머니가 돌아가신 후, 되비지찌개는 아버지 형제들에겐 당연히 할머니를 떠올리는 고향의 음식이었을 게다. 아버지의 아홉 살 손위의 형님인 큰아버지는 첫 결혼에 실패하고 거의 낭인처럼 지내며 아버지에게 짐이 됐다. 아버지는 큰아버지가 돌아가시는 순간까지 경제적인 도움은 물론 재혼해서 얻은 조카들을 뒷바라지했다. 재혼한 젊은 큰엄마도 사고로 세상을 일찍 떴으니 어린 조카들의 후견인 노릇에서 오는 사소한 부딪침은 사실상 우리 엄마의 몫이었다.

할머니에게서 장수의 피를 물려받은 큰아버지는 팔십팔 수의 생을 마감하는 병실에서 제수인 엄마에게 어머니의 음식인 되비지찌개가 먹고 싶다고 청했다. 엄마의 고단함을 눈치챈 나는 자청해서 비지찌개와 녹두빈대떡을 만들어 큰아버지가 입원해 있는 병실을 찾았다. 큰아버지는 성품이 매우 유순했고 어디 한 군데 모진 구석이 없는 분이었다. 결혼해서 유복하게 살고 있던 전처소생의 큰딸은 자신을 돌보지 못했던 늙은 아버지를 외면하며 모든 것을 숙부인 내 아버지에게 미루고 있었다. 임종을 앞둔 큰아버지는 간절했던 음식을 해온 나를 병상에서 반갑게 맞으며 해맑은 표정으로 비지찌개를 드셨다. 빈대떡도 달게 드셨다.

엄마를 힘들게 했고 아버지의 두 어깨를 짓누른 큰아버지의 야윈 얼굴에 겹쳐서 옛날, 어렸을 적 잊고 있었던 기억들이 떠올랐다. 아버지가 긴 외유로 집을 비운 동안 허리춤에 베개를 동여매고 곱사등이춤을 엉기덩기 추며 어린 조카들과 놀아주던 큰아버지. 불을 모두 끈 캄캄한 방 안에서 이불을 뒤집어쓰고 들려주시던 달걀귀신 이야기. 어쩌면 자신의 롤모델일지도 모르는 봉이 김선달 이야기. 어느 해 추석인가, 올망졸망 조카들을 데리고 정릉 계곡으로 놀러 갔다가 뭔가에 잔뜩 심술이 나서나서 삐져 있던 나를 달래서 업고 내려오던 큰아버지의 등.

두 살 터울의 남동생이 미국으로 유학 가 있는 동안에 결혼한 나는 그 이듬해 딸을 낳았다. 연말을 틈타 잠시 동생이 귀국했었다. 시집간 누나와 매형이 사는 모습과 갓 태어난 조카를 보고 싶어하는 동생을 저녁 식사에 초대해놓고 무슨 음식을 해줄까 고민하다가 생각해낸 것도, 바로 그 되비지찌개였다. 같이 자랄 때 동생은 4남매 중 유독 비지찌개를 군말 없이 잘 먹었었다. 군대에 가 있던 동안에, 곧이어 미국에서 유학 생활하는 동안에 엄마의 밥을 그리워했을 동생이 먹고 싶었음직한 음식은 아마도 아버지나 큰아버지가 느꼈던 어머니의 음식인, 자기의 뿌리가 닿아 있는 소울푸드가 아니었을까. 이는 비단 나만의 생각이었을지라도 동생은 되비지찌개 한 대접을 거뜬히 다 비워서 나를 흐뭇하게 했다.

남편이여, 굳세어라!

내 나이 든 것만 애틋했지, 남편도 나이가 들어간다는 걸 별로 헤아려보지 않은 못된 심보의 '마눌'이다. 남편은 나보다 네 살 많다. 백발에 가깝게 머리가 세어버려 훨씬 더 늙어보인다. 간혹 두 분이 어떤 사이냐고 조심스레 물어오면 "부녀 사이로 보이세요? 울 남편 그다지 나이 많지 않아요" 하며 웃어넘기곤 했지만 이젠 슬슬 애련한 눈길로 그를 바라보게 된다.

남편은 1951년 음력 정월생이다. 어머니 태에 잉태되었을 때부터 고난의 연속이었다. 마흔여덟에 늦둥이를 가졌던 어머니는 갖은 방법을 동원해 아기를 지우려 했으나 실패했다고 한다. 간장을 마시면 유산이 된다는 속설을 따르기도 여러 번 시도했다던가? 아무튼 남편은 어머니 탯줄을 꼭 붙잡고 살아남았을 뿐 아니라 결정적인 순간에 자신과 어머니의 목숨을 살려내기도 했단다.

송탄에서 기차 통학으로 서울 덕수상고를 졸업한 후 한국은행에 다니던 남편의 장형은 좌익사상에 물들었다. 한국전쟁이 일어나자

바로 아래 동생과 함께 국군에 의해 죽임을 당했다. 1·4 후퇴를 앞두고 국군이 부역자 가족들을 처단하면서 어머니도 빨갱이 가족이라고 처형대로 끌려갔으나 뱃속 아기 때문에 가까스로 총살형을 면했다고 한다. 만삭의 임부임을 안 병사 하나가 어머니를 슬쩍 빼내어 목숨을 살려준 것이다. 남편은 어렵게 세상에 나왔으나 노산에다 두 아들을 잃은 충격에 어머니의 젖은 마를 대로 말라 있었다. 다행히 같은 시기에 출산을 한 큰누이의 젖을 먹고 살아남았으니 남편은 태어나면서부터 위기 극복의 인생인 셈이다.

얼마 전 신문에서 눈에 띄는 기사를 읽은 적이 있다. 서울대 경제학부 이철희 교수가 통계청이 실시한 인구주택 총조사를 토대로 연구한 내용이었다. 2010년에 만 59세가 된 1951년생들이 신체적 정신적으로 어떤 특별한 장애와 불편을 겪고 있는지를 분석했다는 기사이다. 한국전쟁 때 격전의 중심에 있던 중부지방에서 태어난 사람들이 보기, 듣기, 말하기, 걷기, 계단 오르기, 먹기, 씻기, 옷 입기 등 여러 분야에서 건강에 더 많은 불편을 겪고 있다는 통계가 나왔다고 한다. 태아기 때부터 모체가 극심한 전쟁의 공포와 배고픔에 시달렸을 뿐 아니라 영아기의 대부분을 결핍과 정서적으로도 불안한 환경에서 보냈기 때문에 비슷한 연령대의 다른 지방 출신보다 상대적으로 건강 상태가 좋지 않다는 것이다.

딱 남편을 두고 하는 말이다. 자기는 기초 체력이 약한 편이라고 결혼 초부터 말해왔는데 다행히 별다른 잔병치레 없이 건강하게 지내왔다. 본인 스스로 자기 관리를 철저하게 해왔기 때문이다. 규칙적인 생활하기, 과식하지 않기, 스트레스 안 받고 단순하게 생각하기, 남의 탓 안 하는 것은 물론이고 젊은 시절의 체형과 체중을 그대로 유지하고 성인병도 없다. 몇 해 전에 심한 풍치라는 진단을 받은 남편은 임플란트를 권하는 의사 말을 따르지 않고 세 끼 식사 후에 잇몸질환의 원인균을 억제하는 치약과 죽염 양치를 열심히 하면서 지금껏 잘 버티고 있다. 다만 태아 때부터 유달리 간장 맛을 봐서인지 지금도 간장에 대한 애착만은 못 말릴 정도로 고염식을 좋아하는 것 말고는 먹성, 입성 모두 무탈한 사람이다.

본인의 건강은 본인이 다 알아서 챙기니 마눌의 존재도 별로 애틋하지 않은가보다. 그러니 소통 부재가 너무도 당연하단 듯이 "그걸 꼭 말을 해야 아나?"며 멀지도 가깝지도 않은 거리에서, 늘 자기 자리에 변함없는 모습으로 그는 있다.

요즘 들어 그런 남편도 조금씩 늙어가는지 알콩달콩 부부애보다는 전우애로 살아온 마눌이 부쩍 피곤함을 호소하면 "에휴, 쯧!"이라며 위로의 표현을 슬쩍 보내기도 한다. 큰 선심이 아니고 무엇인가. 속으로 '이 이도 나이가 들어가나보네' 싶은 나는 그럴 때마다 좀 어이없는 꿈을 꾸기도 한다. 어서 빨리 폭삭 늙어서 같이 현업 은퇴를 한 후, 무엇에도 묶이지 않은 채 시간표 없는 부부만의 한가하고 나른한 생활을 해보고 싶다는….

남편은 기계 같은 삶을 살고 있다. 이른 나이에 직장에서 퇴직하고 몇 년은 크게 방황하기도 했으나 편의점 운영을 10여 년째 묵묵히 하고 있다. 그는 개인적인 삶은 모두 포기하고 단 하루의 쉼도 없이 자신이 규정한 틀 속에 갇혀산다. 이제는 그만 틀을 부수고 나와도 좋겠다는 말에 나를 철없는 아이 보듯 하니 할 말을 잃는다. 그러니 남편이여, 기왕이면 끝까지 굳세게 잘 이겨내시라. 둘만의 시간이 오는 그날까지.

무명 실타래

엄마의 49재에 비가 온다. 세상을 살다가신 흔적이 씻겨간다. 딸의 결혼은 이미 예정되었던 것이어서 엄마를 여읜 자리가 채 아물기도 전에 결혼식을 치렀다. 애들 결혼식 얘기만 나오면 '상아 시집간다'가 아닌 '황 서방 장가든다'고 하며 아직 인사도 못 드린 손녀사위를 무턱대고(?) 좋아하셨지. 엄마가 환갑을 맞은 해 늦가을에 본 첫 외손녀를 같은 을축생이라며 각별하게 귀애하셨는데 딸아이의 결혼식을 보지 못하고 가셨다.

엄마의 살림을 정리하면서 안방 문갑 바느질바구니에 있는 누런 무명 실타래에 나도 모르게 손이 갔다. 아이들이 신혼여행에서 돌아와 친정에 인사하러 오기로 한 날, 맞을 준비를 해놓고 기다리는 빈 시간에 무릎을 세우고 앉아 실타래를 두 무릎 사이에 걸었다. 내 반짇고리에 들어 있던 나비 모양의 나무 실패에 무명실을 감았다. 무명실은 더러 엉켜 있어서 술술 풀리지 않았다. 아이들이 도착하기 전에 실을 다 감아야 한다는 조급한 마음을 누르고 엉킨 실타래를 풀어가며 실패에 실을 감았다.

애초에 타래로 만들 때는 실이 엉키지 않도록 차근차근 감았으련만 세월이 지나고 이리저리 손을 타는 동안에 그리되는지도 모르는 사이에 실은 서로 엉키고 말았을 것이다. 꼬이고 엉킨 부분을 가위로 잘라내고 양 끝을 이어 묶어서 감으면 훨씬 빠르게 진행되겠지만, 엉킨 실타래의 실마리를 하나하나 풀었다. 아이들의 결혼생활도 그렇길 기대하는 마음이었으리라.

딸은 대학 졸업 후 8년 넘게 직장에 다니면서 알뜰히 저축을 해놓았다. 신랑과 둘이 잘 알아서 결혼식을 준비하고 살림살이들을 사들이니 사실 어미의 역할은 결혼식 당일 혼주석에 앉는 것뿐이었다. 아이에게 장만해줄 것도 따로 없었다. 대견하기도 하고 다행이다 싶으면서도 마음 한편은 허전하기 이를 데가 없다. 평소에 지니고 있으면서 엄마를 기억해줄 무엇이 없을까.

내가 결혼할 때 우리 엄마가 장만해준 살림살이 중 세월이 흐른 지금까지도 요긴하게 쓰고 있는 것은 반짇고리뿐이다. 천으로 겉을 싼 사각함 모양의 낡은 반짇고리는 없어선 안 될 살림살이 중 하나다. 단추가 덜렁거리거나, 바짓단이 풀어졌을 때, 옷의 박음질이 뜯어져 속살이 보일 지경에 이르면 반짇고리를 꺼내서 급한 처방을 하곤 했다. 색색의 실패, 크고 작은 단추들, 이불 홑청 꿰맬 때 쓰던 무명 실타래, 돗바늘, 실바늘, 쪽가위, 바느질가위, 고무줄, 줄자 등등은 세월이 흘러가며 더러는 쓸모없는 물건이 되었어도 여전히 반짇고리 안에서 내 손길을 기다리고 있다. 요즘 아이들 살림에 뭐에 쓸모가 있을까마는 반짇고리를 꼭 마련해주고 싶은 생각은 집착에 가까웠다.

시중에 나와 있는 색색의 비단을 씌운 바느질함은 마치 개량 한복의 우스꽝스러운 개악처럼 요란하다. 아이가 원해서 주는 것도 아닌데 그 외양이라도 좀 평범하고 조신하다면 싶다. 옷장 한구석에서 잊혀 있다가도 필요할 때 요긴하게 꺼내 쓸 수 있는 그런…. 그런데 단추를 달 줄은 아나? 바짓단을 꿰매는 간단한 바느질을 할 줄은 알까? 늘 내 손을 빌었는데. 딸아이는 아마 속으로 어이가 없을지도 모른다. 그런데 무명 실 타래까지….

나는 우리 엄마가 어떤 사람인지 생각해보지 않고 살아왔다. 어려서 엄마 품에서 자랄 때는 생각이 얕아서인지 한 인간으로, 개체로서의 엄마를 바라본 적이 없었다. 엄마는 그냥, 늘 '엄마'였다. 성인이 되면서 난 내 우물만 파고 내 우물 속에서 허덕이며 나 살기에 바빴다. 엄마는 당신의 인생을 잘 살고 있다고 생각했다. 노년생활을 '독립적'으로 잘 해내셨다. 자식들이 걱정하지 않게 스스로 건강관리도 하셨다. 마음속 아쉬움이나 불만을 딸자식에게 토로한 적도 별로 없었다. 아버지와 동반해서 해외여행도 건강이 허락할 때까지 다니셨다. 그렇다고 엄마의 삶이 마냥 꼬이거나 엉킨 데 없이 술술 잘 풀리기만 했었을까? 여자에게 주어진 짐이 훨씬 많았던 세월이 엄마의 세월이었다. 그 세월을 묵묵히 견뎌내셨다. 엄마는 꼬인 부분을 싹둑 잘라내고 양쪽 끝을 다시 묶는 따위는 하지 않았으리라 생각한다. 시간을 두고 엉킨 실마리를 꼼꼼히 헤아려가며 인내를 가지고 풀어내셨을 것이다.

아버지가 돌아가시고 엄마 혼자가 된 후에야 밀착해서 엄마의 삶을 엿보기 시작했다. 밤 늦도록 엄마와 마주 앉으니 그제야 마음에 맺힌 얘기들을 하나둘 풀어내시곤 했다. 90여 년 인생의 실을 실타래에 다시 감듯이.

엄마의 무명 실다래를 싱아가 가진 걸 아신다면 아마도 안심하며 빙긋 웃으실 게다.

우리가 가는 길

지금 안 가면 또 언제가 될지 몰라 남편의 본가에 다녀오기로 했다. 산소에 먼저 갔다가 형님댁에 들렀다 오는 일정이었다. 청하 술 세 병과 술잔 세 개가 준비물의 전부이다.

오산IC를 통과해서 1번국도로 진입하는 길 양쪽의 풍광은 변해 있었다. 송탄시청으로 가는 길도 영 딴판이다. 도시는 많이 발전했고 주변 농지는 자취가 없다. 아파트며 건물을 저렇게 지어댔는데도 아직 사람 살 집이 부족하다는 아우성을 모를 일이다. 생각해보면 인구는 감소하고 있지만 1인가구가 전체 가구 수의 30%가 넘는다고 하니 그럴 만도 하겠다.

선산이 있는 도일리에 가려면 원곡 가는 길로 가야 한다. 익숙한 길이었으니 내비게이션의 안내를 받을 생각을 하지 않았다. 사실 도일리라는 지명만 알고 있지 정확한 지번을 기억하지 못했다. 원곡 가는 길로 접어들어서 2차선 도로를 한참 따라가니 길 오른쪽은 공사장 가림판이 세워져 주변의 논도 밭도 시야에 보이지 않는다.

'원균 장군 묘'를 지나서 오른쪽으로 돌아서 들어가야 하지만 진입로가 막혀 있다. 여기가 맞는데….

바로 앞까지 왔는데 산으로 올라가는 길로 들어설 수가 없다. 조금 더 직진해서 오른쪽으로 들어가 '약천 추모관' 앞 주차장에 차를 세웠다. 가림판 안쪽에 있던 논과 밭은 갈아엎어지고 땅을 고른 거대한 흙더미가 눈앞에 드러난다. 진입로에서 논두렁 몇을 돌아서 들어가면 산으로 오르는 입구에 볼보 회사의 건물이 있었는데 그것도 흔적이 없다. 도대체 무엇이 들어서려고 이렇게 갈아엎어 파헤쳤는지.

남편은 어림잡아 1㎞쯤 떨어진 곳에 산 입구가 보이니 애초에 마음먹은 대로 저 흙더미와 흙밭(?)을 통과해서 기어이 가야겠단다. 며칠 따뜻한 날이 계속되었으니 땅은 해동이 되어 벌건 민낯을 드러내며 질퍽질퍽한 곤죽이다. 한번도 밟아본 적이 없는 넓게 펼쳐진 흙, 흙밭. 발이 푹푹 빠지는 저 흙 곤죽을 지나고 산비탈도 통과해야 하는데 나를 내버려두고 뭔가에 홀린 듯 남편은 뚜벅뚜벅 앞서서 간다.

나는 따라가야 할지 말지를 한참을 망설이며 그 자리에 서 있었다. 그의 모습이 점점 작아지고 혼자 낯선 곳에 남아 있을 생각을 하니 겁도 난다. 그는 자신이 가고 싶은 길은 가고야 마는 사람이다. 그곳에 무엇이 있다는 확신이 들면 좌고우면하는 법이 없다. 사람 그림자도 없는 광야(?)에 홀로 버려지면 이럴까. 이미 점처럼 작아진 그를 핸드폰으로 불러 세웠다. 그 자리에서 꼼짝 말고 서서 나를 기다리라고. 남편이 먼저 간 길을 따라서 갔다. 무조건 따라오라는 무언의 명령에 복종할 수밖에 없었다.

산 입구에 다다랐다. 묘역으로 올라가는 길은 옛 모습 그대로다. 밤나무가 무성한 길에는 사람의 손길이 닿지 않아서 떨어진 밤송이와 말라서 뒹구는 밤 쭉정이가 지천이다. 이 길은 수없이 오른 길이다. 어머니의 운구도 이 길로 했다. 큰동서의 운구도 이 길이었다. 이제 그분들은 가고 없다. 그 옛날 신행길의 새 신부인 나는 녹의홍상을 입고 새하얀 버선발로 이 산에 묻힌 조상들께 인사를 왔었지. 남편은 "이다음에 우리가 묻힐 곳"이란 말로 나를 자기의 문중에 들어온 사람이란 도장을 찍어줬었다.

작은 야산 정상에 있는 묘역에는 10기 무덤들이 있다. 가족묘라 비석을 세우지 않아서 어느 것이 어머니 무덤인지 나뿐 아니라 남편도 많이 헷갈렸다. 결국 둘레석의 모양과 세월에 삭은 정도를 보고야 누구를 모신 묘인지를 구분해냈다. 첫 번째가 증조부와 증조모를 따로따로 모신 두 기, 조부와 조모의 합장, 그 옆이 손 없이 일찍 사망한 조부의 첫 배필이었던 띠우지 할머니의 묘, 그렇게 4기가 있다. 그리고 다음이 내 시부의 묘와 시모 차연봉 여사의 묘가 있고, 그 옆이 전쟁 때 죽은 남편의 맏형수 그리고 큰숙부, 홍은동 숙부, 그리고 좀 떨어져서 큰동서의 묘.

이 산은 조상에게서 물려받은 땅은 아니었다. 큰아주버님의 사업이 번창할 때 산 임야였으나 그 땅을 지킨 것은 가재리 본가를 지켜온 둘째 아주버니, 그리고 남편과 사촌 형제들의 힘이었고 정성이었다. 사업체를 정리한 큰아주버님이 가족을 모두 데리고 미국으로 이민간 후에는 할아버지의 남은 자손들이 산소에 모여 산제사를 지내며 명절을 보내곤 했다. 한식과 추석마다 묘역과 그 주변 계절階節의 풀을 뽑고 잔디를 다시 입히며 돌봤다.

무덤 중에 윗동서 형님들의 무덤이 있다. 어머니 바로 옆자리는 박씨 집안 맏며느리였지만 스물 몇에 타계한, 뵌 석 없는 형님의 묘. 그리고 내 큰동서가 저만치 떨어져 제일 끝에 있다. 두 분 무덤의 모습은 죽는 바로 그 순간까지 세상사의 끈을 놓지 못하다 돌연사를 한 내 큰동서나 한국전쟁에 남편을 잃고 시름시름 앓다가 그만 허무하게 가버렸다는 남편의 맏형수나 그 초라한 모습은 어찌 그리 다름이 없는가. 두 분의 인생은 확연하게 달랐지만, 흙으로 돌아간 모습은 다름이 없다.

가재리 본가는 남편이 태어나서 청소년기를 거쳐 서울에 있는 대학으로 진학할 때까지 살았던 곳이다. 지금은 둘째아주버님과 사촌 시동생이 고향을 지키며 살고 있다. 아주버님은 이미 운신이 어려울 정도로 노쇠하다. 저 산은 말없이 그곳에 묻힌 사람들과 앞으로 그곳에 묻힐 사람들의 삶을 지켜보고 있다. 어머니는 그해 추석 성묘에 동행하기를 강력히 원하셨다. 그리고는 아들의 등에 업혀서 저 산에 오르고 며칠 만에 산의 품에 영원히 안기셨다. 묘역으로 오르는 길은 변함이 없다. 그 길을 오르는 사람들의 삶이 어떤 풍파를 견뎌왔든 간에.

돌아가는 길도 당연히 그 흙밭을 통과했다. 올라가는 길은 험난했으나 되돌아가는 길은 조금 수월했다. 우린 눈앞의 '광야'를 통과했다. 남편은 자기가 가고자 하는 길에 내 의견을 묻지 않는다. 나는 다만 '따르는 자'이다. 그와의 인생길이 그랬다. 같이 갈 수도 있고 따라가지 않을 수도 있었다. 기꺼이 같이하고 싶은 길, 고난이 따르는 길, 가야 할지 멈춰야 할지 확신이 없는 길이라도 그가 가고자 하면 나는 따라갔다. 그것 또한 나의 선택이었다. 그렇게 37년을 같이 걸어왔다. 그리고 지금 우리는 여기에 있다.

187년

2년 전 오늘 아버지 당신께서 세상과 이어진 끈을 놓으신 그 시각이 다가옵니다. 임종 예배를 드리는데 잠시 의식이 돌아온 듯 허공을 응시하던 빛 잃은 눈을 기억합니다. 아버지, 어디를 보고 계셨나요? 무슨 생각을 하고 계셨나요? 한 삶이 스러지며 꺼져가는데 남아 있는 사람들이 할 수 있는 일은 무엇일까요?

"암흑뿐이었던 아버지의 눈과 귀가 이제 곧 열리겠지요?"

"그만 고통에서 풀려나 편해지소서."

이런 기도뿐인가요? 대신 할 수 있는 것이, 해드릴 수 있는 것이 없다는 말씀인가요?

아버지, 엄마가 몹시 아파요. 믿기 어렵지만 엄마의 잇몸에서 악성 종양이 자라고 있답니다. 수술을 권하는 의료진의 말에 저희는 우왕좌왕하기만 했습니다. 날 선 메스를 휘둘러 종양을 도려내고 잇몸을 지탱하는 뼈를 도려내고, 혀의 한 부분까지 절단해야 할지도 모르는 수술대에 엄마를 오르게 할 수는 없었습니다. 수술을 포기하고 진행 속도를 늦추는 쪽으로 가닥을 잡았으나 처음 진단을 내린 S병원에서는 방사선 치료를 받을 입원실을 내주지 않았습니다.

엊그제 겨우 입원해서 방사선 치료를 받을 수 있는 제생병원으로 엄마를 모셨습니다. 의료진은 또다시 각종 검사와 금식을 명했고, 끝까지 냉정을 잃지 않았던 엄마의 노력이 무너지는 걸 보았습니다. 엄마의 무표정한 얼굴은 저를 두려움에 떨게 했습니다. 마치 2년 전 아버지를 떠나보내고 난 후, 엄마의 영혼까지 함께 보낸 것 같았던 모습 그대로였습니다. 그런 모습을 보며 엄마의 발병이 아버지 생전에 일어나지 않은 것이 그나마 다행이란 생각을 합니다. 일거수일투족을 엄마에게 의존해야만 했던 마지막 몇 년간의 아버지가 겪었을지도 모르는 두려움과 상실감, 그 참담함을 저희가 상상이나 할 수 있을는지요. 아버지 곁으로 가시는 그날까지 극심한 고통을 받지 않도록 엄마를 지켜 주세요. 엄마에게 이겨낼 힘을 주세요.

달빛처럼 창백한 엄마에게 베옷을 입혀드렸다. 운구 길이 험해서 아버지를 모셨던 것과 같은 가벼운 오동나무 관에 모셔 아버지 왼쪽에 나란히 묻고 두툼한 흙 옷으로 꾹꾹 밟아 덮어드렸다.

발병부터 장례를 치르기까지 두 달이 채 안 되는 동안에 일어난 일들이 믿어지지 않는다. 잔병치레 한번 없었던 엄마에게 찾아온 질병, 곱고 평온하게 여생을 보내다 머리털 하나 다치지 않고 온전한 육신 그대로 잠들 듯 떠나시길 기대했던 내 바람은 무참하게 무너졌다. 메뉴얼만 읊어대는 병원은 무능했다. 자식들은 어떤 방식으로 엄마의 마지막을 지켜드릴지라도 결국 후회가 남을 것임을 알았다. 완치를 기대할 수 없는 수술보다 엄마가 고통을 덜 느끼며 남은 시간을 보낼 수 있는 병원을 찾는 동안 종양은 무서운 속도로 커갔다. 산소호흡기나 코로 튜브를 삽입하지 않고 자력으로 호흡하고 음식물을 삼킬 수 있도록 종양이 자라는 속도를 늦추는 방사선 치료를 시작하기로 한 날, 엄마의 기도氣道에 돌발상황이 왔다. 더 이상의 산소를 통과시키지 못해 산소마스크에 의지해 거친 숨을 몰아쉬길 세 시간 만에 엄마는 숨을 거두고 육신의 움직임은 멎었다. 산소포화도가 90에서 95, 74에서 80에서 다시 90, 곧 60, 50, 44. 그러다가 수치는 완전히 멎었다. 젊은 의사는 기계처럼 사망 시각을 선고하는 것으로 소임을 끝냈다.

"엄마는 힘든 방사선 치료를 받기 싫어서 서둘러 가신 게야."

엄마를 위해 헌신하던 언니는 눈가의 마른눈물을 훔치며 말했다. 엄마의 손발이 되었던 막냇동생도 하얗게 질린 채 물끄러미 엄마의 시신에서 눈을 떼지 못했다. 사실 체력이 방사선 치료를 감당할 수 있을까, 라는 자식들의 염려에 엄마다운 현명한 결론을 내린 것이다. 엄마는 성품대로 깔끔하게 가셨다. 그러나 '현명한' '깔끔하게' 등의 말이 그다지 위로가 되지 않았다.

모란공원 묘지에 닿은 지 두 시간도 채 안 돼서 발인의 모든 절차는 끝이 났다. 자식들의 눈가에 눈물이 고일 틈도 없이. 공원묘지 식당의 메뉴판에서 제일 눈에 잘 띄는 갈비탕을, 또는 차돌된장찌개를 시켜먹고 헤어져서 집에 돌아왔다. 검은 상복을 채 벗지도 못하고 침대에 쓰러져 잠을 청했으나 돌연 허기가 져서 잘 수가 없었다. 냉동실을 뒤져서 꽁꽁 얼어 있는 매생이를 풀어넣고 떡국을 끓여 먹었다. 허기만 채우면 곧 잠들 수 있을 것 같았다. 몇 시간 전에 엄마를 묻고 와서 허기라니. 하지만 허기를 채웠어도 잠을 잘 수가 없었다. 살아 있는 나는 격렬한 배고픔을 느낀다. 엄마를 묻고 와서 난 배고픔에 시달렸다. 웃음이, 헛웃음이 난다.

고관절 수술을 한 후 요양병원에 입원해 있던 아버지는 기운이 좀 회복되면 집에 가고 싶은 하소연을 자식들에게 했다. 무엇이 그다지도 두려워 그 청을 들어드리지 못했던가. 후회에 가슴이 저렸다. 결코 짧다고 할 수 없는 병원 생활에 몇 번의 위급상황을 겪으며 이미 상실된 시력에 더해 청력까지 잃었다. 아버지의 손바닥에 손톱을 세워서 '화용', '사랑해요'라고 써드리는 것으로 겨우 소통이 가능했다. 딸이 온 것을 안 아버지의 얼굴에 엷은 미소가 스쳤다. 손과 발을 만져드리고 얼굴을 쓰다듬어드리는 것으로 안타까운 마음을 전할 수밖에….

엄마 역시 구순을 넘긴 노구면서도 처음 반 년 동안은 하루도 빼놓지 않고 아버지를 만나러 병원에 가셨으나 자식들의 만류로 그 빈도를 이틀에 한번, 사흘에 한번으로 넓혀갔다. 자식들이 돌아가며 찾아뵈었지만 결국 아버지를 24시간 전담 요양사의 손에 맡겼다. 엄마는 매일 아침 8시 30분에 아버지의 밤새 안녕을 전화로 확인하셨고, 밤 8시 30분이면 편히 주무시라는 인사를 했다. 아버지가 청력을 잃은 후 통화가 불가능한 상황이 되었어도 전화통을 잡고 외쳤다.

"조담재이에요!" 때론 아명인 "봉혜鳳惠이에요!, 들리세요?"

아버지 역시 당신만의 사랑법으로 엄마를 찾으며 그리워하셨다.

"여보…."

"다알링…."

"엄마…."

"조담재, 봉혜야…."

93년 더하기 94년. 187년을 산 두 분의 흔적을 없애고 있다. 아버지와 청구아파트에 사시다가 6년 전 '정원 속 궁전'으로 거처를 옮기며 대부분 묵은 살림을 정리했건만 좁은 실버타운 안에는 또 많은 세간이, 두 분이 187년을 살다간 흔적들이 산재해 있었다. 자식들은 간직해야 할 것들과 처분할 것들을 구분하느라 다시 두 분의 세월 속으로 들어가기도 하고 '아니, 이런 것까지?'라며 엄마가 마지막까지 간직해온 아버지의 유품들과 대면했다. 아버지 돌아가신 후 적어도 3년만, 최소 3년만이라도 엄마 하고픈 대로 게으름도 부리고, 두 분이 살아온 삶의 궤도에서 벗어나 가능한 일탈도 하며 자유인 '조담재趙湛哉' 본연의 모습으로 살다가 자식들의 가슴에 아쉬움을 남기지 않고 가시길 바랐다. 하지만 엄마는 뭐가 그리도 급해서 아버지가 가신 지 2년에 닷새를 더하고 황망히 가셨을까.

●

이제 두 분을 다 여의었다. 엄마의 냄새가 배어 있는 옷가지 중 억지로라도 내 몸이 들어갈 만한 것은 욕심스레 챙겨왔으나 아직 엄마의 부재를 실감하지 못한다. 모란공원 꼭대기 묘역에는 남은 자리가 제법 넓다. 산소 주변에 다년초 몇 그루를 심었는데 해마다 들꽃과 풀꽃으로 주변을 채워가리라. 비석에는 엄마의 이름도 들어갈 것이고 생전의 뜻을 받들어 아버지가 좋아하던 시구를 넣어 새겨드린 비명碑銘이 아버지는 흡족하실까?

만천의 별이 반짝이는/ 하늘 아래 무덤을 파고/ 나를 뉘어다오/ 즐거이 살았고/ 기꺼이 가련다/ 세상의 욕망에 아무/ 미련을 남기지 않았기에/ 나의 육신은/ 녹아서 사라질지라도/ 무덤 위 들꽃은 무성하리/ 내 영혼은/ 사랑하던 이들의/ 마음속에 살아서/ 그들과의 지난 날을/ 기리리라

제6장
아버지의 숙제는 계속되고 있다

재클린의 눈물

끊어질 듯 간신히 이어지는 음, 느리고 낮은 선율. 호소하듯 처절하게, 때로는 위로하는 듯 부드럽게 이어지는 선율이 가슴을 적신다. 오펜바흐Offenbach의 〈재클린의 눈물Les larmes de Jacqueline〉이 방 안 가득 흐르고 있다. 악보를 볼 수 없는 아버지는 곁에서 키보드로 짚어주는 음을 들으며 한 음 한 음 소리를 내고 있었다. 그렇게 더듬듯 연주한 열여섯 곡이 담긴 CD를 가족들에게 나누어주셨다. 〈재클린의 눈물〉, 〈노래의 날개 위에〉, 〈사랑의 기쁨〉, 〈G선 상의 아리아〉…. CD에는 서서히 시력을 잃어간 지난 십사 년을 지탱해 준 아버지의 집념이 담겨 있었다.

아버지가 연주하는 첼로 소리는 자신은 역시 약한 한 인간일 뿐이라고 말하고 있었다. 선율은 마치 신음처럼 들리기도 했다. 독선적이라고 느꼈던 아버지에게 저렇게 유약하고 여린 내면이 숨어 있었던 것일까? 하긴 아버지의 모습이 늘 엄격하고 강인한 것은 아니었다.

소녀 시절, 저녁 식탁은 아버지에게 그날 하루를 보고하는 자리였다. 사춘기, 또는 그 언저리에 있던 우리 남매들은 하루의 일과를 시시콜콜 알고 싶어하는 아버지의 집요한 관심이 내심 불편해서, 무슨 숨겨놓은 속마음이라도 다 내보이게 될까봐 입을 꼭 봉하며 아버지의 애를 태우기도 했다. 그럴 때 아버지 앞에만 놓인 '특별한 반찬'을 한 점씩 잘라서 자식들의 입에 넣어주시곤 했다. 우리 집의 저녁 식탁은 이렇게 맛있는 고기 한 점씩을 입에 넣어주고, 그 입에서 나오는 재잘대는 소리가 하모니를 이루는 부정의 성찬이었다. 그러나 이제 아버지는 식탁에서조차도 자유롭지 못하다. 어머니가 곁에서, "이건 둘째가 담가온 물김치고요, 이건 생선구이예요" 하며 반찬의 위치를 알려주신다. 목소리를 듣고 누가 아버지를 뵈러왔는지를 구분하실 뿐이다. 아버지는 거의 시력을 상실하신 것이다.

대학에서 정년퇴임을 하신 후 아버지는 갑작스러운 안압 상승으로 오른쪽 눈의 녹내장 수술을 받았고, 몇 년 후 망막박리로 다시 몇 차례의 수술을 받았으나 오른쪽 눈의 시력을 거의 상실하고 말았다. 젊어서부터 예술에 대한 동경이 강했던 아버지는 대학에서 화학공학을 강의하던 교수였으나, 퇴임 후 다른 모든 사회활동을 접고 그림그리기에 몰두하고 있었다. 한 달 넘게 입원해 있는 동안 그림을 못 그리게 될지도 모른다는 절박한 마음을 음악으로 달래셨다고 한다. 병상에서 FM 라디오를 통해 흘러나오는 〈재클린의 눈물〉의 아름다운 선율에 깊은 감명을 받고는, 퇴원하는 길에 악기점에 들러 배우고 싶었으나 오랫동안 망설여왔던 첼로를 사서 집으로 돌아오셨다. 그리고 기력을 회복한 후 아직은 시력이 살아 있는 눈으로 악보를 보며 일흔을 앞둔 나이에 음악 공부를 시작했다. 남은 왼쪽 눈의 시력마저 점차 잃어가는 아버지에게는 마음속 남은 열정을 불태우는 시간이었다.

〈재클린의 눈물〉은 젊고 열정적인 첼리스트 재클린느 뒤 프레 Jacqueline Du Pre의 사후에 그녀에게 헌정된 곡이라 알려져 있다. 재클린느 뒤 프레는 절정의 기량을 떨치던 어느 날 다중(다발성)경화증이라는, 팔과 다리뿐 아니라 온몸이 서서히 마비되어가는 희귀병에 걸린다. 그녀는 삶, 그 자체였던 첼로를 연주할 수 없음은 물론 눈물조차 흘릴 수 없는 지경이 되어 서서히 죽어갔다. 스물셋에 결혼한 남편인 세계적인 지휘자 다니엘 바렌보임Daniel Barenboim은 그녀가 병들어 죽어가는 십사 년 동안 단 한번도 그녀를 찾지 않았다고 한다. 천재적인 연주가의 비련의 삶을 애도한 토마스 베르너 Thomas Werner라는 첼리스트가 오펜바흐의 미발표곡에 〈재클린의 눈물〉이라고 이름을 붙여 그녀에게 헌정함으로써 세상에 알려졌다고 한다.

재클린느 뒤 프레는 마흔둘의 나이에 이 곡의 존재를 알지 못한 채 세상을 떠났다. 아니 그녀가 세상을 떠나고 이십 년이 지난 후 지구 반대편의 한 노인이, 악보조차 볼 수 없는 한 노인이 병상에서 받은 감동을 되새겨 한 음 한 음 짚어가며, 자신의 이름이 붙은 이

곡을 수십 번의 연습을 통해 연주하고 있으리라 상상이나 했을까?

얼마 전 아버지를 찾아뵈었을 때의 일이다. 그날 따라 몹시 피곤해하시며 심기가 불편해 보였다. 공연히 화를 내고 하찮은 일로도 언짢아했다. 어머니나 다른 가족들은 아버지의 눈치만 보고 있을 뿐 말조차 건네지 못했다. 우울한 아버지가 자신의 감정을 어찌해야 할지를 모르고 있다는 생각이 들었다. "아버지! 왜 그래, 뭐 속상한 일 있어?" 하고 잔뜩 어리광을 부리며 아버지의 손을 잡았다. 순간 내 손을 뿌리쳤으나 표정은 심하게 흔들리고 있었다. 아버지의 눈가에는 살짝 물기가 비쳤다. 아버지라는 존재는, 가장이라는 존재는 가족들 앞에서 눈물을 보여서는 안 되는 존재가 아니었던가. 내 아버지는 그랬다. 서서히 시력을 잃어가는 동안 아버지는 결코 절망하거나 비관하는 모습을 보이지 않았다. 약한 모습도 보이지 않았다.

나는 눈물을 속으로 삼켜야만 했다. 아버지도 위로받고 싶어하신다는 걸 처음 깨달은 것이다. 가족에게 군림하는 가장이 아닌, 위로받고 보살핌을 받아야 할 노인인 것을. 서서히 자신을 잠식해간 어둠을 받아들일 수밖에 없는, 눈물 한 방울 마음놓고 흘릴 수 없는 아버지의 외로움, 아버지의 좌절, 늙은 육신의 피곤함, 자식들에게 끝까지 강인한 아버지로 남아 있어야 하는 고독을, 그때 비로소 그런 아버지의 모습을 본 것이다.

아버지의 첼로 소리는 어느 누구도 아닌 아버지 자신을 위한 연주이다. 갓 해방을 맞은 20대 젊은 나이에 대학 강단에 선 후, 43년의 세월을 서울대 교수로 재직하며, 1960~70년대 우리나라 중화학공업 발전의 주역이 된 수많은 인재를 육성하면서 살아온 영욕의 세월. 그 시간을 반추하며 살아 있는 그날까지 최선을 다해 당신의 생을 영위하려는 아버지의 열망이 담겨 있다. 오늘 그리고 내일을 지탱해주는, 아버지가 살아가는 힘이다.

이제 아버지는 소리를 통해서만 세상과 소통을 하신다. 아버지의 아픔, 절망, 좌절, 그 어느 부분도 같이하지 못한 자책. 위로하고 보듬어드리지 못한 자책. 나는 아마 아버지도 눈물을 흘릴 수 있다는 사실을 인정하고 싶지 않았는지도 모른다. 내 아버지가 하나씩 하나씩 잃고 있다는 사실을, 아니 생의 많은 부분을 이미 잃었다는 사실을 외면하고 싶은지도 모른다.

아버지의 첼로 소리는 고독한 외침이다. 아버지의 첼로 소리는 끝까지 놓아서는 안 되는 마지막 생명줄이다. 아! 나는 이제야 내 아버지를 본 것이다.

볶음밥과 호박죽

말없이 호박죽을 드신다. 죽을 떠올린 수저가 아버지의 입에 가닿기에는 멀기만 하다. 나는 때때로 아버지가 전혀 볼 수 없다는 것을 잊는다. 신체의 모든 기능이 허물어졌어도 아버지를 지탱하는 정신력만큼은 아직 온전하다. 때로는 아버지 자신도 보이지 않는다는 것을 잊은 듯 자식들의 사소한 도움마저 매몰차게 밀어내며 핏줄이 느끼는 측은함마저도 허락하지 않으신다. 그 꼿꼿한 성정과 비타협이 여전하니 내심 감사하다.

달큰한 호박죽이 아버지의 입맛을 살려놓으려나. 배고팠던 시절에는 구황작물이었던 늙은 호박이 세월 따라 웰빙의 옷을 입었다. 슬로푸드라고 밥상에서 대접받는다. 늙은 호박으로 죽을 끓일 때는 장을 달이듯 약한 불로 졸여야 깊고 은근한 단맛이 난다. 천천히 뭉근하게 끓여야 한다. 달궈진 웍wok에 밥을 볶듯 자신을 달달 볶으며 살았던 시간도 있었지만 난 지금 호박죽을 달이고 있다.

월급쟁이를 조기 퇴직한 후 남편은 이런저런 시도에도 되는 일이 없었고 결국 주식에 손을 댔다. 결과는 참혹했고 보다 못해 손을 내밀어준 처가의 경제적 도움이 있었어도 재기하지 못했다. 아버지의 눈 밖에 났고 나 또한 꼴도 보기 싫은 자식이 된 것은 어쩌면 당연한 일이다. 더 이상의 어떤 도움도 받지 않겠다고 선언하고 나는 시급 3,000원짜리 도시락 가게 주방으로 들어갔다. 9시에 출근해서 주문받은 점심 도시락 400~500개를 네댓 명의 주방 아줌마들과 함께 싸야 했다. 처음에는 고참들이 만들어놓은 반찬을 용기에 담는 일을 했었지만, 시간이 지나면서 점점 가스 불 앞에 서는 일이 잦아졌다. 한여름 무더위에 수백 명분의 밥을 볶아내는 일은 주방 막내였던 내 몫이었다.

밥알을 못살게 굴도록 달달 볶는 것만큼은 자신 있었지만 그건 고작 내 식구들 먹을 분량의 밥이었다. 8개의 가스버너 위에 대형 프라이팬 두 개를 걸쳐 올려놓고 잘게 썰어놓은 채소를 볶다가 밥을 넣어 볶는다. 두 손으로 손잡이를 붙잡고 힘껏 까불러도 보지만 역부족이다. 장을 쑬 때나 쓰던 내 팔뚝보다 큰 나무주걱 두 개로 밥알이 꼬들꼬들해지도록 재빨리 볶아낸다. 온몸이 땀으로 질펀해질 지경으로 가스 불의 열기에 휩싸이고 나면 잡념은 담금질되고 생각은 단순해진다. 나는 한 사람의 서툰 노동자일 뿐이다.

5첩반상을 차려내던 우리 집 식탁에 달랑 볶음밥 한 그릇을 올리기 시작한 것도 그때부터다. 고된 도시락 가게 일을 하게 되면서 집안 살림에 대한 애착은 멀어지고 메마르고 거칠어지는 내 모습을 불구경하듯 바라보았다. 바쁘다는 핑계로 아버지를 피했고 집에 자주 들르지 않는 나를 아버지도 찾지 않았다. 가족들도 꼬장부리며 자신을 달달 볶아대는 꼴이 보기 싫었겠지만 나도 이런 내가 자존심 상해 죽을 지경이었다. 어쩌다 찾아봬도 에돌림 없이 마음 아픈 말씀만 어쩜 그리도 콕콕 집어서 하시는가, 염려와 안쓰러움이 막상 딸과 마주하면 질책으로 돌변하는 아버지 방식의 사랑 표현이 그저 나를 찌르는 가시처럼만 느껴졌다. 마음의 문을 닫아버리기로 한 것인가, 결코 아버지에게 고개를 숙이지도 꺾이지도 않으리란 앵돌아진 오기가 나를 식은밥덩이처럼 굳혀놓았다.

때로 위로를 담은 촉촉한 눈길이 느껴지는 순간, 지레 거부하는 것으로 점점 가족에게서 튕겨나갔다. 마치 누구에겐가 시위라도 하듯 시작한 고된 일과들을 묵묵히 감당해나갈 수밖에 없었다. 그러나 무심히 흐르는 시간, 그 시간 동안 흘린 굵은 땀방울들이 닫혔던 마음을 조금씩 열어놓은 것일까. 끝없이 침몰했던 자존감은 조금씩 회복되었고 아버지의 노여움도 자신의 모진 구석을 닮은 딸자식을 향한 안타까움과 애련함으로 바뀌고 있었다. 무엇보다도 아버지는 점점 늙어가고 있었다. 아니 내가 뒤늦게나마 철이 들어가는 것이었으리라. 벌써 10년도 더 지난 일이다.

부지런히 죽을 만들어서 가져가야 하니 마음은 급하건만 가스 불을 약하게 해놓고 호박죽을 달이고 있다. 붙어서서 젓지 않으면 금방 바닥에 눌어붙으니 눈을 뗄 수가 없다. 급성 담낭염으로 실려간

대학병원에서 보름 만에 나오신 후 완연히 쇠약해진 아버지는 음식을 씹는 것조차 힘에 겹다. 딸들이 돌아가며 갖가지 죽과 입맛 다실 음식들을 해드리지만 한두 숟가락만에 싫증을 내며 퇴짜를 놓는다.

2년여 전에 거처를 실버타운으로 옮기신 후 가장 불만스러운 것이 세 끼 밥이었다. 나름 식당의 메뉴가 나쁘지는 않았다. 하지만 아버지는 자리에 눕기 전부터도 혀보다 마음으로 식당 밥을 거부하셨다. 구순의 아내가 죽을 때까지 밥상을 차려야 하는 '아내의 본분'을 잊었다며 불평을 쏟으시는 아버지, 엄마의 늙고 쪼그라든 모습을 보지 못하는 아버지가 딱할 뿐이다.

본래 식성이 까다롭기도 했지만, 아버지의 밥투정은 오랜 시간을 두고 달여진, 엄마의 손맛에 길들어 있는 혀와 직관에서 나오는 본능인지도 모른다. 한편 생각하면 음식에 대한 애착은 늙고 병든, 별다른 낙이 없는 아버지에게 단 하나의 위로는 아니었을까. 완당(추사 김정희)도 탱자나무 가시울타리에 갇혀 살던 제주 대정에서의 유배 때에 서울의 아내에게 끊임없이 음식을 요구하는 편지를 보냈다.

"서울서 내려온 장맛이 다 소금꽃이 피어 쓰고 짜서 비위를 면치 못하오니 하루가 민망합니다.", "민어를 연하고 무름한 것으로 가려 사서 보내게 하십시오. 내려온 것은 살이 썩어 먹을 길이 없습니다. 겨자는 맛난 것이 있을 것이니 넉넉히 얻어 보내십시오. … 어란도 거기서 먹을 만한 것을 구하여 보내십시오." 라든가 "좋은 곶감이 거기서는 얻기 어렵지 아니할 듯하오니 배편에 4, 5접을 얻어 보내주십시오."

— 유홍준 저 『완당평전 1』 354쪽, 학고재

잘 달여지고 있는 호박죽의 선명한 색깔에 마음을 빼앗긴다. 그 선명함이 도리어 가스 불의 열기에 휩싸여 밥을 볶아내던 때의 아픈 기억을 되살려놓고 말았다. 꽤 오래전의 일이었는데…. 어쨌든 엄마가 끓여내던 호박죽을 이제는 내가 끓인다. 아버지의 사랑 또한 오래도록 달여진 호박죽의 맛처럼 가볍게 드러나지 않는 깊은 단맛이었음을 왜 몰랐을까. 아버지에 대한 서운함, 서운함의 크기보다 큰 죄송함, 사랑과 연민, 그리고 존경을 버무려넣고 죽을 끓인다. 생의 끝자락에 와 있는 아버지께 "아버지, 사랑해요." 그 한마디가 그리도 힘들었다. 선과 악이 한 몸이듯 애증 또한 한 몸이었는데.

안녕하세요, 할아버지?

내 늙은 아버지는 누렇게 빛이 바랜 할아버지 영정에 꽃을 바친다. 흰 옥양목 테이블보 위에 놓인 사진 속 젊은 할아버지는 미소를 띠고 우리를 내려다보고 계시다. 사진 양옆에는 황금색 가을 국화가 소담스레 피어 있다.

해마다 기일인 11월 6일이 오면 할아버지 영정 앞에서 추도예배를 본다. 다 모여봐야 몇 안 되는 단출한 자손들이 성경과 찬송가 앞에 머리를 조아리고 앉아 55년 전, 한국전쟁이 휴전하던 해에 돌아가신 할아버지를 추모하는 예배를 드린다. 치아가 보일락 말락 빙긋이 웃는 잘생긴 모습에서 "아! 할아버지는 성품도 매우 온화하셨겠네" 하고 느낀다. 할아버지 얼굴에서 아버지 모습을 보기도 하지만 생전에 두 분이 함께하신 모습을 뵌 적이 없기 때문인가, 내 아버지의 아버지란 느낌보다는 그저 가상의 존재인 할아버지라는 느낌뿐이었다.

나에게는 할아버지에 관한 기억이 없다. 할머니와 아버지의 형제

분들은 장수하셨으나 할아버지는 이순을 못 사시고 그것도 객지에서 황망히 돌아가셨다고 한다. 그러나 내가 할아버지 모습을 아주 뵙지 못한 것은 아니니다. 할머니가 돌아가시던 해이니까 내년이면 삼십 년이 된다. 할머니 유해를 마석 모란공원 묘지에 모신 후 그해 음력 유월에 윤달이 들자 아버지는 청양 땅에 홀로 계신 할아버지의 산소를 할머니 묘로 이장해올 계획을 세우셨고 나는 두 분의 합장 장면을 지켜보게 되었다.

할아버지는 한국전쟁 때에 청양에서 피난하셨다. 전쟁이 끝나고 먼저 서울에 올라와 있는 아들들의 집과 청양을 왕래하던 중, 얻어 타고 가던 트럭이 비포장도로를 달리며 심하게 흔들리자 평소 탈장 증세가 있던 할아버지는 장폐색을 일으키셨다. 심한 고통 속에 청양 집에 도착하자마자 고모에게 서울 아버지 집의 주소를 알려주고는 그만 급서하신 것이다. 아버지는 그 당시의 상황을 자서전에 이렇게 기술하셨다.

> 그런데 어느 날 오신다는 말씀도 없이 아버지가 이 공장(당시 기술고문으로 있던)에 와 있는 나를 찾아오셨다. (중략) '청양에까지 가시려면 여러 시간이 걸릴 텐데 여긴 왜 오셨습니까?'라고 물었더니 아버지는 머무적거리면서 대답은 않고 웃기만 하셨다. 나는 다시 '오늘 안 가려면 모르나 가실 거면 빨리 떠나셔야죠'라고 말씀드렸더니 아무 말도 없이 되돌아 나가셨다. 아버지는 그 길로 청양으로 가셨지만, 이때 그 모습이 아버지의 최후의 모습이 되고 말았다.

할아버지는 1930년에 황해도 사리원을 떠나 만주 사평가四平街(중국 지린성 서남부)로 이주하셨다. 이미 미국인 선교사의 전도로 예수를 믿었던 할아버지는 조선인들이 이주해 살고 있던 사평가에서 선교활동을 하는 이배세 전도사의 도움으로 정착할 수 있었다. 할아버지가 사평가 교회에서 장로로 봉사할 당시 교회는 독립운동을 하는 청년단체들의 거점이자 은신처였다. 그 청년들을 비호했던 할아버지와 교회 관계자들은 일경에게 검거된 후 신경감옥으로 이감되어 무자비하게 고문당하다 해방되기 하루 전날 풀려나셨다고 한다. 고문 후유증인 탈장 증세가 심해져서 그 후로도 고생하셨는데 결국은 그것이 원인이 되어 돌아가신 것이었다.

할아버지 유해는 사평가에서부터 친분이 있던 청양의 김병택 장로님의 집 뒷산에 모셔졌다. 김 장로님이 할아버지의 산소를 돌보고 있었으나, 아버지는 가까이서 산소를 돌보지 못하는 것을 늘 죄스러워했다. 그러던 차에 할머니가 돌아가시고 윤달이 들자 할머니 곁으로 이장해 합장해드린 것이다.

아버지가 청양으로 내려가서 할아버지 유골을 수습해서 모셔왔다. 꾸민 지 얼마 되지 않은 할머니 묘의 봉분을 파헤치고 할아버지를 합장하는 의식이 진행되고 있었다. 당시 나는 할머니의 주검을 보며, 죽음이라는 명제에 처음 접했다. 심근경색으로 괴로워하다 돌아가셨지만, 생의 끈을 놓으신 할머니의 모습은 맑고 평화로웠다. 예쁘고 곱기까지 했다. 할머니의 시신을 준비해놓은 깨끗한 옷으로 갈아입혀 드리며 차갑게 식은 발에 버선을 신겨 드렸다. 슬픔의 눈물보다는 신비로움이 느껴졌다. 내가 처음 접한 육친의 주검은 온기가 식어 차가웠지만 두려움은 없었다. 88년의 생, 할머니의 육신을 지탱해준 두 발이 미덥고 고마웠다. 할머니는 그 두 발로 이제 영원한 안식의 나라로 떠나시겠지.

그러면 사후 이십육 년이 지난 육신은 어떤 모습을 하고 있을까? 아니 그보다도 할아버지 존재를 확인하고 싶고, 내 뿌리를 보고 싶은 것이 이장하는 모습을 지켜보게 된 까닭인지도 모르겠다. 전쟁이 겨우 끝난 상황에서 선산도 가족묘도 없이 갑자기 상을 당했는데 김 장로님 집의 뒷산에 할아버지를 모실 수 있었으니 가슴을 쓸어내릴 만큼 다행이었을 것이다. 그러나 유골을 수습해온 인부들의 말로는 청양의 묏자리가 습한 기운이 있는 곳인가보다고 했다. 할아버지의 유골은 빨갛게 녹이 슨 쇳녹 색이라고나 할까? 그렇게 육탈이 되어 있었다. 인부들은 유골을 수습해서 다시 장례를 치르듯 형태가 남아 있는 뼈들을 하나하나 한지로 싸서 칠성판 위에 가지런히 모셔놓았다. 오랜 세월이 지났어도 지체는 형태를 알아볼 수 있을 정도로 남아 있다. 두개골을 수습하는데, 아! 저 하얗게 웃고 있는 할아버지의 치아. 빨갛게 녹슨 쇳빛의 두개골에서 가지런한 흰 치아가 환하게 빛나고 있었다. 추도식 날이면 보곤 했던 할아버지의 저 친근한 웃음, 이십육 년 동안 땅속에서도 웃고 계셨다.

"안녕하세요? 할아버지!" 한번도 뵙지 못한 할아버지지만 내 할아버지, 아버지의 아버지인 내 혈육임이 분명하다. 차디찬 할머니의 주검이 두렵지 않았던 것처럼, 나는 달려가 할아버지 두개골을 쓰다듬고 싶은 충동을 느꼈다. 순간 할머니 생전의 말씀을 통해 들은 할아버지 모습들이 조각 그림 맞추듯 이제야 형태를 갖추며 영화 필름처럼 빠르게 지나갔다.

국화 향기에 묻힌 사진 속 할아버지에게 반갑게 인사를 한다. "할아버지, 안녕하세요? 손녀딸 화용이에요." 할아버지는 여전히 나를 향해 빙긋이 미소 짓고 계시다.

아버지의 숙제는 계속되고 있다

아버지는 내가 어릴 때부터 큰 숙제를 여러 번 내주셨다. 평생 공학계 인재들을 길러낸 아버지 눈에 나는 미래가 선뜻 그려지지 않는 자식인가보다고 그땐 생각했었다. 그런데 아니었다. 아버지의 마음속에 늘 꿈틀대던 예술을 향한 꿈을 나를 통해 실현하고 싶으셨다는 것을 뒤늦게야 알았다.

참 유별난 아버지였다. 10대 초, 중반의 자식들에게 별의별 교육을 다 했다. 자기를 소개하는 연습, 실제로 집에 손님이 오면 4남매가 일렬횡대로 서서 실습한 대로 인사를 했고 엄마를 도와서 손님을 접대했다. 어른을 찾는 전화가 오면 대응하는 법, 빈 수화기를 들고 상대가 있는 것처럼 이야기를 주고받는 일인극을 제대로 할 때까지 하게 했다. 상점에 가서도 물건에 함부로 손을 대서는 안 된다. 유리문을 열 때는 손잡이를 잡아서 유리에 손자국을 남기지 말아야 한다. 테이블 매너며 술 마시는 예절도 아버지께 배웠다.

특히 딸들에게 재주가 많아야 한다고 초등학교 1, 2학년 때부터 피아노를 배우게 했다. 나는 정말 피아노 치는 것이 싫었다. 몇 번을 연습했는지 적어놓고 퇴근해오면 부족한 횟수를 채워야 했고 때론 회초리로 손바닥을 맞기도 했으니까. 대신 미술학원에 보내주길 원했으니, 피아노 사달라고 출근하는 아버지 바짓가랑이를 붙잡고 졸랐던 언니가 원망스럽기까지 했다. 언니나 막내 여동생은 꾸준히 피아노를 쳐서 음대에 진학할 수 있을 만한 실력을 쌓았지만 나는 체르니 100번의 앞부분을 좀 치다 그만두고 말았다.

중학교 2학년 때로 기억된다. 심층적인 훈련이 시작되었다. 그 첫 번째로 방학 동안 장편소설 읽기. 한 달 안에 『바람과 함께 사라지다』를 다 읽으면 상금으로 10,000원을 주기로 약속했다. 1963년에 을유문화사에서 간행된 세계문학전집 제45권으로, 1,022쪽을 페이지마다 상하 두 단으로 나누어서 깨알 같은 세로쓰기로 인쇄된, 그 당시의 나에게는 어마어마한 분량의 책이 텍스트였다. 나는 약속한 날의 정해진 시간보다 두 시간을 넘기는 바람에 벌금 1,000원을 제한 9,000원을 받았다. 그 상금으로 샤로트 브론테의 『제인 에어』, 토마스 하디의 『테스』를 사서 읽었으니 아버지의 숙제는 절반 이상 실효를 거둔 셈인가.

두 번째, 더 강도 높은 훈련이 계속되었다. 아버지는 내가 그림을 그리고 싶어하는 것을 눈치채셨나보다. 중학교 3학년을 마치고 고교 진학을 앞둔 2월 어느 날 가로 2m, 세로 1m의 패널panel을 맞추어 내 방으로 배달시켰다. 미션은 피카소 화집에 있는 그의 명화 〈게르니카〉를 그대로 패널에 옮겨 그려보라는 것이었다. 아버지가 취미로 그리던 유화물감을 선뜻 내주셨다. 그때까지 한번도 써보지 못하고 어깨 넘어 눈요기만 했던 유화물감과 팔레트, 붓을 빠는 큼지막한 석유통들을 내 방으로 옮겨왔다. 데생이라는 건 한번도 해보지 않았는데 그 복잡한 그림을 어떻게 옮겨 그려야 할지. 우선 패널에 가로세로 모눈 눈금을 긋고 습자지에 똑같은 비율로 모눈을 그려 그림 위에 얹고, 그림을 옮겨 그려 형태를 완성했다. 아마 밥 먹고 잠자는 시간 빼고 방안에 틀어박혀 그림을 옮겨 그렸던 것 같다. 퇴근해오면 우선 내 방에 들러서 진행되는 상황을 빙긋 웃으며 지켜보셨다. 때로 직접 붓을 들고 같이 그려주기도 했고. 평생 처음 노동(?)으로 인해 온몸이 결리고 아팠지만 그래도 끈기 있게 미션을 실행했다.

완성된 그림에 Lee-Picasso라고 서명해서 거실 벽에 걸어놓았다. 사실 그 그림이 나는 별로 마음에 들지 않았다. 첫째는 아무리 대가의 그림이지만 남의 그림을 그대로 옮겨 그렸다는 점이고, 둘째는 그림의 내용이 참혹해서다. 게다가 집에 손님으로 온 아버지의 제자가 〈게르니카〉 원화를, 피카소의 뜻에 따라 스페인이 민주화가 된 후 돌려주기로 하고 전시되어 있던 뉴욕 현대미술관MoMA에서 봤다는 것이다. 내가 그린 〈게르니카〉는 전체적으로 녹색을 띤 회색 톤의 그림인데 〈게르니카〉 원화는 무채색의 회색 톤이고 더구나 나는 화면 전체를 물감으로만 처리했으나 실제로는 신문지 등으로 꼴라주한 작품이라고 하는 것이 아닌가. 당시 1960년대 말에는 인쇄술이 저급해서 있었던 해프닝이지만, 난 낯이 화끈거릴 정도로 그 그림이 보기도 싫었다. 그래도 아버지는 소중히 거실 벽 한가운데에 걸어놓고 흐뭇해하셨다. 후에 대덕단지에 분가해 살던 남동생의 집을 거쳐 지금은 언니의 집 거실에 걸려 있다.

망백의 아버지는 후퇴를 모르는 분이다. 아버지는 아직도 내게 숙제를 내주신다. 이번에는 장편소설에 도전하라는 것이다. 이 숙제는 원래는 중학교 1학년 때 단편소설을 써서 아버지를 희망에 부풀게 했던 언니의 몫이었으나, 언니의 거센 저항에 밀려 뜻을 꺾은 것 같더니 내가 수필을 쓴다는 것을 아신 후 내게로 넘어왔다. 〈게르니카〉 덕에 그림을 그릴 근기가 있음을 확인하셨는지 미술 공부를 적극적으로 후원해주긴 했지만 내가 그리는 그림을 늘 못마땅해 했었다. 보기 좋은 풍경화나 정물화를 왜 안 그리는지 불만이었는데, 수필을 쓰는 나에게 장편소설을 쓰라고 하시니….

나는, 아니 우리 4남매는 평생 아버지의 유별난 자식에 대한 기대를 부담으로 느끼며 살았다고 하면 서운해하실까? 자식들은 각자의 자리에서 어느 만큼의 성취를 이뤘으나 아버지의 기대에는 아직도 못미치는 것일까? 하기는 아버지는 자신에게도 집요한 분이다. 이미 재직했던 대학의 출판부를 통해 에세이집과 자서전을 출간한 적이 있는데 지금 실명 상태이면서도 보이기만 하면 당신이 직접 소설을 쓰고 싶다고 하신다. 아버지의 구술을 받아 적어 다듬은 시 「초원」을 옮긴다.

나 죽거든 땅에 파묻지 말고 화장하여 골분을
초원에 뿌려다오
해마다 봄이 오면 초원의
풀이 싹 터
돋아나는데 밑거름이 되리라

뜨거운 햇빛과 수분으로
초원은 더욱 파래지고
강한 비바람 몰아쳐 거목은 뿌리째 뽑혀 넘어질지언정
풀은 끄떡없이 흙에 붙어 있으리

낮에는 파란 하늘 바라보고
밤에는 만천滿天의 별과 대화하며
어두운 밤하늘 밝혀주는
달과도 벗하리라

나의 영혼은
사랑하던 이들의 마음속에 살아서 그들과의 지난 날을 기리리니
많은 사람들처럼 땅속에 묻혀서 이 광명천지로부터
영원히 단절되기를 원하지 않으리

나는 언제나

후대들의 가슴속에 살아 있지

땅속에서 그들과 유명幽明을 달리하지는 않으리라.

凡石 李載聖 戊子年 4월 27일

아버지, 당신은 영원히 제 영혼과 육신의 아버지이십니다.

쑥 뜯으러 가자

이 땅 어디에나 쑥이 자라지 않는 곳은 없다. 논두렁에도 야트막한 산길을 걸어도, 잡풀들 사이로 쑥이 고개를 내밀고 있다. 도시 어딘가서도 자라고 있을 것이다. 아파트 정원 모퉁이, 도심 고층 빌딩의 조형물 받침대 틈새에서도 쑥은 자라고 있을 것이다. 그러나 어여쁜 화초들과 잘 다듬어진 정원수들 틈에서 쑥이 눈에 들어왔을 리가 없다. 쑥이란 흔하디흔한 풀에 불과하니까. 저절로 나서 아무데서든 자라는 하찮은 풀이니까.

한식 성묘하러 선영이 있는 도일리 야산에 갔을 때다. 산 제사 마치고 점심을 먹고 나서 "쑥이 좀 났으려나? 쑥 뜯어다 쑥버무리 해 먹자." 형님의 말에, 난 그만 무심히 보아 넘기곤 했던 쑥을 캐어 떡을 해먹자니 신이 나서 "네 형님, 쑥 캐러 가요" 하며 반색하고 나섰다. 옆에 있던 사촌동서가 깔깔대며 웃는다. "아이고, 누가 쑥을 캐요? 쑥은 뜯는 거지" 하면서 무안을 준다. 작은 봉지 하나씩 나누어 들고 흩어져 쑥을 찾아나섰다. 양지바른 곳이 아니고는 쑥이 좀 일렸다. 아들아이도 여기저기 찾아다니다가 비집고 올라온 쑥을 보면 대단한 발견이라도 한 듯 소리쳐 부른다. "엄마 여기도 쑥 있어."

서울내기인 나는 마른 풀들 사이로 겨우 고개를 내민 어린 쑥이 하나같이 신기하고 아까웠다. 그래서 손톱으로 후벼 파내며 뿌리까지 온전히 캐냈다. 마치 산삼이라도 되는 것처럼 떡잎 하나 떨구지 않고. 그러나 형님은 새로 돋아난 순을 손톱으로 똑똑 끊어내고 있었다. 그렇다, 지천인 쑥이지만 뿌리째 캐지 않는다. 뿌리는 남겨두고 돋아난 순만 뜯어내면 그 포기에서 또 새순이 돋아나는 것이다. 내년에도 그 후년에도.

여섯 살 때 분당으로 이사를 온 아들아이는 시골에서 보았던 쑥이 아파트 잔디밭에도, 새로 심어 아직은 몸살을 앓고 있는 자목련 아래에도 드문드문 있는 것이 신기했다. 유치원 갔다가 돌아오는 길이면 보이는 대로 쑥을 뜯어 신이 나서 현관문을 밀치며 외치곤 한다. "엄마 여기도 쑥이 있어. 이거 봐 이만큼이나 뜯었어." 자랑스레 내미는 아이의 꼭 쥔 손에는 정말 겨우 얼굴을 내민 어린 쑥이 애처로이 구겨져 있었다.

이제 막 개발이 시작된 곳이니 찾아나서면 쑥이 있을 듯도 했다. 한가한 오전, 햇빛 가릴 모자 하나 챙겨 쓰고 집을 나선다. 우선 집 주변을 훑어본다. 새로 조성한 화단의 팬지꽃 틈에 쑥이 한두 뿌리 눈에 띈다. 조금씩 멀리 나가본다. 구름다리 육교를 지나 영장산에 오르니 벌써 바람이 다르다. 어젯밤 내린 비에 한결 물기를 머금은 듯이 싱그러운 기운이 가슴 속을 채운다. 울창한 일본 소나무 사이로 산철쭉도 물기가 잔뜩 올라 당장이라도 꽃망울이 터질 것 같다.

산비탈에 보랏빛 제비꽃이 다소곳이 피어 있다. 보라색을 보면 늘 가슴이 뛴다. 제비꽃에 마음을 빼앗기고 있는데 옆에 한 무더기 쑥이 보인다. 뽐낼 빛깔도, 당당한 잎사귀도, 마음을 사로잡을 자태도 갖추지 못한 그저 볼품없는 풀이다. 뜯어내면 그 자리에 다시 새로운 순이 돋아나 생명을 이어가는 풀이다. 삼깐의 아름다움으로 눈을 현혹할 줄도 모른다. 그러나 배고픈 시절엔 구황작물이 되었고 가난한 백성의 아픔을 달래주는 약재이기도 한 고마운 풀이다.

어린 쑥의 보송보송한 싹은 마치 갓난아기의 손 같다. 아들아이가 갓 태어났을 때 배냇저고리 입혀 강보에 꼭 싸 눕혀놓으면 어느 샌가 두 팔을 꺼내 손을 허공을 향해 내저으며 나를 향해 웃는 듯 배냇짓을 해대곤 했다. 어린 쑥의 새순도 엷게 퍼진 봄기운에 서둘러 세상에 나와 마치 배냇짓하듯 나를 보고 웃는다. 뿌리를 다치지 않게 뜯어 봉지에 담는다.

씻어서 다듬어놓은 애쑥에 밤새 불렸다 방아를 찧어온 쌀가루를 섞어 시루에 안쳐서 쪄내면 쑥버무리가 된다. 향긋한 봄 냄새가 집안에 가득해지면 떡이 잘 쪄졌나 아이들은 성화한다. 좀 늦된 쑥은 데쳐내어 쓴맛 우린 후 쌀과 함께 방아를 찧어다 냉동실에 보관했다가 쑥개떡을 빚는다. 생각날 때마다 조금씩 반죽해서 손바닥만하게 빚어 찜솥에 쪄서 참기름을 발라서 먹으면 언제든지 향긋하고 쫄깃한 쑥개떡을 맛볼 수 있다. 아들은 쑥버무리보다 자기 손으로 빛은 쑥개떡을 더 좋아라 잘 먹곤 했다.

몇 해 동안 사월이 되면 나는 쑥몸살을 열병처럼 앓곤 했다. 앞산이고 뒷산이고 비닐하우스 주변이고 간에 쑥이 났을 만한 곳이면 쑥을 찾아나섰다. 비닐봉지를 들고 누가 날 부르는 듯 쑥이 날 부르는 듯, 쑥 뜯으러 나서서 하루해를 보내곤 했다. 그 흔하디흔한 쑥은 어디서고 내가 손을 내밀면 받아주었다. 흙에 주저앉아 쑥을 뜯다가 땅에 바짝 붙어 피어나는 민들레, 제비꽃을 보면 마음이 참 편해진다. 쑥몸살을 앓으며 나는 땅이 주는 휴식에 내 몸을 맡기곤 했다.

서서히 신도시 조경에 사람의 손길이 미치면서 주변에 쑥은 사라져가고 있었다. 탄천 제방에나 나가야 쑥이 있으려나, 도시화는 쑥의 강한 생명력까지 밀어내고 있었다. 아니 내 마음이 쑥 내음을 밀어내고, 도시의 매연과 소음으로 채워지고 있는 것은 아니었을까?

봄 쑥처럼 여리던 여섯 살의 아들아이는 이제 소나무처럼 푸르른 스물둘 청년으로 자랐다. 올봄엔 쑥을 뜯으러 가자. 아직은 철이 이르지만, 사월의 따스한 봄 햇살이 퍼지면, 탄천변 제방엔 마른 풀잎 사이로 파랗게 쑥이 돋아나올 것이다. 바구니라도 옆에 끼고 쑥 뜯으러 가자. 봄 햇살이 궁금해 고개를 내민 어린 쑥들을 뜯으며, 산들산들 부는 봄바람에 바람난 봄 처녀가 되어보자.

세월에 묻힌 것들을 다시 찾을 수 있을까? 쑥개떡의 짙은 봄 냄새가 그립다.

어머니의 보자기

철 지난 옷가지를 세탁소에 맡기려고 보자기에 싸놓았다. 어머니의 보자기. 볼품없는 낡은 보자기지만 시어머니가 남겨주신 단 하나의 유품이다. 시어머니는 여든아홉 해를 살고 십사 년 전에 작고하셨다. 살아계실 때 난 어머니의 며느리답지 못했다. 왜 내가 저리 정신없는 노인네를 모셔야 하나, 하고 어머니 존재를 부담스럽게 생각하기도 했다. 첫 딸과 20개월 터울로 둘째를 출산한 지 얼마 안 되었을 때이니, 가끔 내 집에 오셔도 반쯤은 정신을 놓은 어머니를 모시기가 힘겨웠던 것은 사실이다. 하지만 무슨 이런저런 이유가 어머니를 모시지 못하는 핑계가 될 수 있을까? 그분은 이미 육체와 정신이 쇠진될 대로 쇠진되어서 다른 사람의 도움 없이는 거동조차 힘든 상태였다. 어머니를 옳게 모시지 못한 것에 대해 조금이나마 자책을 느낀 것은 어머니의 장례를 치른 며칠 후, 마구 장대비가 쏟아지는 날이었다. 남편에게 어머니 산소에 가보자고 했으나, "이미 돌아가신 분, 가봐야 뭐하나?" 차갑게 되돌아오는 한마디뿐.

●

어머니는 둘째아들 내외와 송탄 가재리 집에서 주로 사셨지만, 때때로 서울의 큰아들 집에 오실 때면 막내인 우리 집에서도 얼마간 지내시곤 했다. 그러나 이미 여든을 넘긴 어머니는 나를 며느리로 알아보지 못했다. 남편이 퇴근해 돌아오면 '여기가 막내 집이구나'며 정신이 들곤 했지만, 낮에 둘이서 있으면 내가 당신 며느리라는 것을 잊어버리곤 했다. 어느 날 어머니는 "색시는 참 복 받겠어, 이렇게 남의 노인네에게 잘해주니…" 하며 미안해했다. 처음엔 어머니의 며느리라고 내 존재를 알려드리려 애썼으나 이미 눈의 초점은 허공을 맴돌고 있었다.

"내가 열아홉에 시집와서, 큰딸을 낳고 밑으로 내리 아들 여섯을 낳았지. 아홉 살 난 딸과 가마를 짰지. 딸은 쉰둘에 죽었어. 지금은 사 형제가 남았어. 딸 가진 사람은 복 받은 사람이지, 딸 가진 사람은 복 받은 사람이여…."

고장난 녹음기 돌아가듯 같은 말을 몇 번이고 되풀이했다. 그때는 치매라는 말조차 낯선 때였다.

어머니는 맏이인 아버님과 농사를 지으면서 한편으로 아홉 살 난 딸과 새끼를 꼬아 가마니를 짜서 시동생들 살림을 내어 분가시켰다. 어려운 살림에도 당신의 큰아들을 서울의 덕수상고에 기차로 통학시켰다고 한다. 그러나 상고를 졸업한 후 한국은행에 취직한 큰아들은 좌익사상에 빠져들었고, 한국전쟁이 나면서 한 달 사이로 집안의 희망이었던 큰아들과 둘째아들을 국방군의 손에 잃었다. 그뿐만 아니라 마흔여덟의 나이에 늦둥이로 남편을 임신한 어머니도 빨갱이 가족이라고 총살대에 끌려갔으나, 만삭의 임산부를 죽일 수는 없다고 하여 겨우 목숨을 건졌다. 풀려난 지 며칠 만에 남편을 낳았으니 고령에다 참척을 겪으신 어머니는 젖이 말라버려 이미 시집을 가서 둘째아이를 출산한 딸에게 갓 낳은 막내를 맡겨 남편은 누나의 손에 키워졌다고 한다. 그 후로도 큰딸은 어머니 곁에 살며 큰 의지처가 되었다. 이런 큰딸이 쉰둘의 나이에 교통사고로 죽고 말았다. 전쟁에 두 아들을 잃은 것과 함께 딸의 죽음은 가슴 한 부분을 도려내는 아픔이었음은 짐작하고도 남을 일이었다. 며느리 넷을 두었으나 어머니가 앞세운 딸의 자리를 대신하지는 못했다. 어느 누구하고도 외로움을 나누지 못하였다.

어머니는 내가 두 아이를 기르는 모습에 늘 '홀앗이는 힘들지'라며 위로해주시곤 했다. 첫 아이를 낳고 얼마 안 되었을 때 우리 집에 계시다가 가재리 집으로 돌아갈 채비를 하며 나에게 무언가를 주지 못해 안타까워했다. 짐 보퉁이에서 초록색 털실로 짠 어머니가 입던 속바지를 꺼내주며 아기를 낳았으니 몸이 따스해야 한다며 자꾸만 그 털바지를 입으라 하셨다. "전 괜찮아요. 시골집은 여기보다 추울 테니 어머니가 입으셔야죠" 하고 사양했으나 굳이 무언가를 주고 싶어하셨다. 나는 어머니의 짐 보퉁이 속에서 꽤 커다란 보자기 하나를 발견하고 대신 그 보자기를 달라고 하자 서슴없이 내어주셨다.

어머니는 두 아들이 죽은 후 맏이 노릇을 하는 큰 아주버님 집에 올 때면 당장 갈아입을 옷가지를 보자기에 싸오곤 했다. 큰집에 며칠 계시다 우리 집으로 온 어머니의 모습은 낡은 보자기 꾸러미를 든 초라한 모습이었다. 1970년대 가발수출업으로 큰돈을 번 아주버님은 어머니를 편히 모시려했어도 어머니는 아홉 살 난 딸과 가마니를 짜서 살림을 일으키고, 큰아들에게 모든 희망을 걸었던 시절에 머물러 있고 싶어하셨던 것 같다. 그런 초라한 모습이 싫은 남편은 우리 집에 계시다 돌아갈 때마다 여행용 가방을 사다가 어머니의 짐을 넣어드렸으나, 다음번에도 역시 또 보자기 꾸러미를 안고 오는 모습 그대로였다. 마치 어머니 자신이 보자기인 양, 그 보자기 꾸러미 안에 당신의 모든 것을 싸안고 오는 듯했다.

아파트에 사는 막내아들 집에서 지내는 것이 아마도 어머니에겐 감옥살이처럼 답답하고 견디기 힘든 나날이었나보다. 사실 어머니는 한번도 남편에게 여기서는 못 살겠다고 시골로 데려다달라는 속내를 말하지 않으셨다. 그러나 남편이 출근하고 난 후에는 늘 보자기에 당신의 옷가지를 싸놓고 밖이 내다보이는 거실 베란다 앞에 햇빛을 받으며 오도카니 앉아 계셨다. 어머니의 짐 보퉁이와 세운 무릎을 두 팔로 감싼 채 말없이 앉아 계신 어머니 모습은 마치 일란성 쌍생아처럼 닮아 있었다. 그럴 때면 어머니 일생을 그 보자기 하나에 싸면 족하다는 듯 어머니는 생에 아무런 미련도 집착도 없어 보였다. 마음속의 공허까지도 그 보자기에 싸안고 마치 먼 길 떠날 채비를 마친 것처럼 보였다.

어머니는 드디어 탈출을 시도했다. 해외 출장으로 남편이 며칠간

집을 비우자, 말없이 짐 보퉁이를 들고 집을 나가신 것이다. 뒤늦게 알아차리고 뒤쫓아나갔으나 어머니의 모습은 보이지 않았다. 아파트 단지를 몇 바퀴 돌며 찾아다닌 후에야 겨우 누군가가 보호하고 있는 어머니를 발견하고 다시 모셔왔다. 그 후 어머니의 흰 고무신은 손이 닿지 않는 신발장 맨 위칸에 숨겨져 있어야 했고, 어머니와 어머니의 짐 보퉁이는 늘 한몸이 되어 현관문 앞을 지키고 앉아 있었다. 며칠 후 남편이 귀국하자 둘째아주버님이 있는 시골집으로 가셨고, 그게 우리 집에서 지내신 마지막이 되었다.

어머니는 딸아이가 아홉 살 나던 해 여름에 돌아가셨지만, 잠깐씩이나마 모시고 내 손으로 진지 수발이라도 해드린 건 결혼 후 3~4년 동안뿐이다. 나를 당신의 며느리로 알아보지도 못하였으니 실상 살아계실 때 고부간의 정을 나눌 틈도 없었다. 그러나 세월이 흐를수록 어머니 생각이 마음을 차지하는 것은 무슨 까닭일까? 어머니가 겪으신 아픈 세월을 읽을 수 있을 만큼은 나도 인생을 살았기 때문인가? 오늘도 어머니의 보자기를 펴놓고 옷가지를 정리한다. 아니, 내 삶을 바라본다. 모진 생을 살았으나 담담히 세월에 순응하면서 보자기 하나에 당신의 희망과 인내, 외로움과 용서까지도 모두 싸안은 어머니의 보자기….

궁전에 유배된 엄마

또 한 고개를 용케 넘기나보다 싶었던 엄마가 어제는 몹시 기운이 달려 하신다. 지난 밤에 잠을 설쳤다는데 주말이라고 찾아뵙는 자식들을 맞느라 고단한 티가 역력하다. 내색은 안 하지만 우울한 기색도 보인다. 무슨 일이 있느냐고 재차 물으니 엊그제 입주자 중 할머니 한 분이 아침 잘 드시고 목욕하고 난 후 그만 절명하고 말았다고 한다. 몸져누웠던 것도 아니고 응급 상황이 와서 119 구급차에 실려간 것도 아닌데 갑자기 쓰러져서 그대로 돌아오지 못하고 맞은 죽음이다. 쓰러질 때의 정황이 알려지지 않은 것인지 듣기는 했어도 가물가물 금세 잊으신 것인지 자초지종을 묻기도 민망했다. 점심 자시러 식당에 내려갔는데 200여 분의 입주자들이 온통 그 얘기뿐이어서 분위기가 몹시 침울했었나보다.

엄마가 계신 곳은 '○○ 속 궁전'이라는 실버타운이다. 처음에는 줄여서 '궁전'이라고 부르는 것이 계면쩍었는데 어차피 자식 중 누구와의 합가도 서로 원하지 않을 바에야 궁전에 계신 것이 초가삼간보다야 낫지 않은가 싶기도 했다. 세 딸이 사는 분당 도심에 자리했고 바로 옆에 작은 동산과 산책로가 있어 입지가 꽤 괜찮은 곳이다. 실내 수영장과 헬스장, 영화를 상영하거나 주말 예배를 위한 소강당도 있고 전용 미용실도 있으니 그 안에서 일상생활을 하는 데 큰 지장이 없다.

엄마는 아버지와 두 분이 가끔 가사도우미의 도움을 받기는 했지만 상주하는 일손 없이 손수 살림하며 지내셨다. 딸들이 풀방구리에 생쥐 드나들 듯하며 살펴드리긴 했어도 더 이상의 가사노동을 버텨내지 못하고 아버지를 설득하여 실버타운으로 옮긴 지 6년이 다 되어간다.

아버지 진지 수발을 평생에 걸친 당신의 가장 큰 임무로 알고 사셨으니 실버타운에서의 세 끼를 아버지가 받아들이실까가 제일 큰 걱정이었다. 엄마는 15년 전에 고혈압 약을 잘못 드셔서 유사 치매와 같은 증세로 사나흘 병원에 입원하신 적이 있었다. 몇 가지 검사를 마친 후 응급실 복도에서 침상 하나 차지하고 입원실이 나기를 밤새 기다렸다. 여기가 어딘지, 왜 병원 복도에서 밤을 보내는지 모를 만큼 인지능력이 일시적으로 망가진 때였지만 자꾸 침상에서 내려가 집에 가겠다고 우기며 떼(?)를 쓴 이유는 빨리 집에 가서 아버지 진짓상을 봐드려야 한다는 조바심 때문이었다. 다행히 며칠간의 입원 치료로 잠시 가출했던 정신을 되찾고 일상으로 스마트하게 복귀했지만, 자신에게 부여된 의무는 엄마를 무섭게 지배하고 있었다. 이젠 진짓상 봐드릴 아버지는 안 계시다. 평생 긴장의 끈이 풀린 셈이다. 엄마를 옥죈 끈이 풀린 것이 좋은 것인지 어떤지는 모를 일이다.

엄마가 계신 궁전에는 유난히 고령자가 많다. 아흔셋인 엄마 위로도 구학년 후반의 어르신들이 꽤 여러분 입주해 있는데 겉보기엔 다들 정정하고 활기찬 생활을 한다. 그분들 중 왕년의 인기 여가수 H의 모친은 우리 엄마보다도 서너 살 위라는데 거동이 불편한 남편의 휠체어를 직접 밀고 식당에 내려온다. 2인분 밥과 찬이 담긴 쟁반을 들고 가뿐하고 경쾌한 걸음으로 식당 안을 누비고 다니며 다른 할머니들과 인사를 주고받는다. 작은 체구에 늘 깔끔하게 몸을 단장하고 얼굴은 주름이 가득하지만 놀랄 만큼 밝고 씩씩하다.

입주민들은 부부가 같이 사는 분들과 혼자 된 분들이 반반 정도인 것 같은데 경제적으로 넉넉한 계층이라 분위기가 비교적 밝고 활력이 있다. 여기선 젊은 층에 속하는 칠십대 부부들은 식사하러 지하층에 있는 식당에 내려오면서도 예의를 갖춘 옷차림과 몸가짐을 한다. 자신의 예전 신분에 걸맞은 품위를 유지하려는 노력에서 그분들의 삶의 연륜이 보인다. 확실한 것은 혼자된 남자 노인보다는 할머니 혼자인 분이 훨씬 많다는 거다. 할머니들은 서로 말벗이 되어 배식대에서 가까운 쪽의 식탁에서 식사하며 친교를 한다. 여든이 됐든 아흔이 됐든 여자들끼리 모이면 생기는 토닥거림도 예외가 없다. 질시도 있고 눈흘김도 있지만 서로를 염려하는 따뜻한 배려 또한 있음을 엄마를 통해 듣는다.

이곳에서의 생활하는 노인들 대부분은 필요한 경제적 후원을 자녀들에게 받을지언정 자주 찾아오는 모습은 보기 힘들다고 한다. 치매기가 있거나 거동이 불편해서 개인 요양사의 도움을 받는 분들도 더러 있다. 두 분 부모님을 돌봐드리던 요양사 옥희 언니는 아버지가 많이 편찮아지자 아버지를 따라 병원으로 들어갔다. 궁전에서 혼자 지내실 엄마가 염려되어 토요일 저녁에는 드실 만한 음식을 장만해갔다. 하룻밤을 같이 자고 이튿날 아침 먹으러 식당에 내려가면 자식들 집에 다니러 간 빈자리들이 더러 있었다. 다녀올 곳이 없는 노인들은 맥없이 자리를 지킬 뿐이다.

엄마도 정기적인 병원 검진이 제일 큰 외출이고 자식들과 외식도 이젠 힘겨워하신다. 날이 궂을 때는 공원 산책도 못하고 3층 복도를 두어 바퀴 도는 것으로 대신하니 308호 엄마 집에서 지하 식당이 생활반경일 때가 많다. 아버지가 돌아가신 후 옥희 언니가 다시 궁전으로 들어와 엄마를 살뜰히 돌보고 있으니 엄마와 같이 자며 밤늦도록 지난 얘기들을 풀어내는 날도 드물어졌다. 어쩌다 식당에 가봐도 이젠 빈자리를 보기가 힘들 정도로 많은 분이 자리를 지키고 있다. 구순을 훨씬 넘긴 부모, 그 자식들도 일흔을 바라보거나 넘어선 노령기에 접어들었다. 이젠 그들 자신이 자녀에게 의지해야 할 나이가 되었다. 그러나 그들 세대는 자녀들의 보살핌을 받으며 늙어갈 수 있을 거라는 기대는 접은 지 오래일 것이다.

궁전의 거실과 안방 천정에는 빨간 불빛이 깜빡거리는 등이 달려 있다. 사람의 움직임을 감지하는 센서라고 한다. 센서가 감지하는 움직임이 멎고 사전에 아무런 소통 없이 식당에 내려오지 않으면 매니저나 상주하는 간호사가 세대를 방문할 것이다. 적어도 고독사는 면할 수 있는 시설에 유배 아닌 유배가 된 노인들은 그래도 선택받은 분들일까? 그분들은 내일 점심 식탁에 자신의 두 발로 걸어올 수 있을지 두려울 것이다. 백세시대란 말이 무겁게 들린다.

저 여기 있어요, 아버지

어릴 때부터 나는 좀 별스러웠다. 하는 짓이 영리하지 못했고 뭔가에 넋을 뺏긴 아이처럼 다른 생각에 빠져 있으니 얼뜨고 어수룩했다. 친구들과 잘 어울리지도 못했고 누구에게 선뜻 다가가 먼저 말을 붙이지도 못했다. 집안 어느 구석에 틀어박혀 혼자 놀기를 좋아했다. 일류 학교에 들어간 형제들에 비해 특별히 잘하는 것도 좋아하는 것도 없었으니, 있어도 없는 듯 별 존재감이 없는 둘째딸이었다.

갓 초등학생이었던 1960년대 초에는 소아마비를 앓아 한쪽 다리가 불편한 아이가 더러 있었다. 그 아이들이 힘들게 걷는 모습을 보면 도와줘야 한다는 생각보다는 저렇게 걷는 게 어떤 것인지 궁금했다. 그래서 아무도 보는 사람이 없으면 그들처럼 걸어보기도 했다. 안경을 낀 사람이 부러웠다. 눈이 나쁘면 세상이 어떻게 보이는지가 상상이 안 됐다. 일부러 얼굴을 찌부러뜨려 눈을 불편하게 떠보기도 했다. 안경을 한번 써보고 싶었다. 수수깡 안경을 만들어 쓰고 다니다 집안의 놀림감이 되었다. 수수깡 안경을 끼고 한쪽 다리를 절뚝이며 집안을 돌아다니다 언니에게 들킨 것이다. "어머, 쟤가 왜 저래? 넌 그게 그렇게도 부럽냐?"

입학시험마다 낙방했고 하는 짓도 요령이 없고 우스꽝스러우니 천생 못난 오리 새끼였다. 지금도 생각난다. 초등학교 4학년 때였던가? 아버지는 몇 년 예정으로 미국행을 계획하셨다. 출국 날짜가 다가오자 주말마다 자식들을 데리고 여기저기 놀러다녔다. 남산에도 가고 무슨무슨 유원지에도 갔었다. 이별을 앞둔 '추억 만들기'라는 것을 어렴풋이 느꼈으니 그 나들이가 즐겁고 신나지만은 않았다. 아버지는 자식들을 죽 세워놓고 사진 찍기에 여념이 없으셨다. 키를 맞추어 나란히 세우고 셔터를 누르려하면 나는 번번이 혼자 줄에서 저만치 떨어져 일부러 우스꽝스러운 표정을 지으면서 '김치~' 하고 응답하기를 거부했다. 팬터마임을 하는 어설픈 피에로처럼.

그때는 내가 왜 그러는지 나도 몰랐다. 그저 '저 말썽쟁이 또 저러는구나'라는 핀잔을 묵묵히 듣고 지나쳤었다. 어른이 된 후 어린 시절 앨범을 보면서 사진마다 그런 표정을 짓고 있는 내 모습을 보고 적잖이 당황했다. 내 표정이 왜 다 저랬을까? 그렇게밖에 아버지와 떨어져 지내야 하는 불안하고 불편한 마음을 표현하지 못했던 거다.

아버지가 출국하신 후 처음으로 긴 편지를 보내왔다. 학교에서 돌아오니 엄마는 반기며 하늘색 편지 봉투에 가장자리는 빨강과 파란 색으로 빗금이 그어진 두툼한 항공우편 봉투를 내어주셨다. 나는 그 봉투를 바로 열어보지를 못했다. 마음이 야릇하게 두근대며 떨리기도 했다. 공연히 슬퍼졌다. 사실 나는 아버지를 무서워했다. 친구들 아버지에 비하면 자식들과 다정하게 놀아도 주었고 무척 섬세한 성품이며 한없이 자상하셨지만, 자식들한테 거는 기대가 너무 컸고 뜻에 거슬리는 것을 그냥 지나치는 법이 없었으니 나는 늘 기대에 못미치는 애물단지였다. 편지 봉투를 들고 한참을 서성대며 망설이다가 서재로 숨어들어갔다. 아버지의 부재가 그제야 현실로 다가왔다.

불을 켜지 않으면 안 될 만큼 어두웠다. 서쪽으로 난 창문 앞에 아버지 책상이 있고 책상과 기역 자로 꺾이는 쪽에 전축이 있었다. 그 구석에 내가 가끔씩 숨어들곤 하던 조그만 몸 하나 들어갈 만한 공간이 있었다. 그 구석으로 들어가서 나는 천천히 봉투를 열고 편지를 읽어내려갔다. 언니, 나, 동생들을 차례로 호명하며 절절하게 그리움을 이야기한다. '아버지'라고 했었지, 그때까지 한번도 그렇게 부르지 않은 '아빠'라는 말을 쓰며 미국에는 바나나가 참 흔한데 아빠는 바나나를 볼 때마다 너희들 생각이 나서 먹을 수가 없다고. 나는 소리내어 울지도 못하고 꺽꺽대며 가슴이 먹먹해져서 한참을 그러고 있었다. 날이 완전히 저물어 편지의 글씨들을 더는 읽을 수가 없을 때까지. 아버지는 우리 중에 누가 감기에 걸리거나 병이 나면 퇴근길에 당시에는 귀했던 바나나, 콜라 같은 것을 사다가 이마를 짚어주며 아픈 아이에게만 먹이곤 하셨다. 모든 것이 풍족하지 못했던 시절이니 옆에서 구경만 하며 나도 아팠으면 저걸 좀 얻어

먹을 텐데, 하며 아픈 형제를 부러워하기도 했었다.

아버지는 미국에 체류한 4년 동안 자식들에게 편지로 깊은 애정을 표현하기도 기대에 못미침을 꾸짖기도 하셨다. 날씬하고 예쁜 숙녀가 그려져 있는 카드로 내 열두 살 생일을 축하해주었고, 크리스마스에는 빠듯한 유학자금을 털어서 선물을 보내주셨다. 우리는 아버지가 보내주신 색색의 양털 모자를 쓰고 사진관에 가서 함박웃음을 지으며 사진을 찍어서 보내드렸다. 가끔 국제전화가 오면 할머니, 엄마, 고모 차례로 전화기에 대고 안부만 묻다가 나는 수화기 한번 들어보지도 못하고 비싼 국제전화 요금이 무서워 전화는 끊어졌다. 섭섭하기보다 가슴을 쓸어내렸다. 막상 차례가 되어서 내가 수화기를 들면 무슨 얘기를 해야 하나, 신통찮은 성적표도 걱정이 되었고 너무 오랫동안 떨어져 있으니 막상 할 얘기가 생각이 나지 않았다. 그보다 아버지의 목소리를 들으면 참았던 울음이 터질까봐 두려웠다.

그 좀 별스럽고 얼뜬 아이가 아버지를 기쁘게 해드린 것은 그림을 그리고 싶다는 마음을 털어놓았을 때였다. 나는 고등학생이 되어서야 아주 심각한 사춘기를 앓았다. 소리 없이 그러나 치열하게. 그러면서 진로를 정했고 아버지와 엄마 앞에서 처음으로 조심스레 마음속 얘기를 털어놓았다. 아무 말씀도 없으시니 불안한 마음으로 내 방으로 돌아갔는데 잠시 후 두 분이 다투는 듯 소리가 들렸다. 살그머니 귀를 기울이니, “무슨 소리, 서양화를 한다잖아.” “아니에요, 응용미술과에 가야 해요!” 아버지의 소년 시절 꿈은 화가가 되는 것이었고, 이종사촌언니가 서울대 미대 응용미술과를 졸업하고 좋은 신랑에게 시집가서 잘 살고 있었다. 엄마와 아버지는 행복한 부부싸움 중이셨다.

아버지의 소망대로 나는 서양화를 전공했으나 도무지 아버지가 이해할 수 없는 그림만 그리다가 이젠 그 붓을 꺾은 지도 오래다. 붓을 꺾은 후 생계를 위해 처음 장사를 시작할 때 아버지 어깨에 기대어 "이런 모습 보여드려서 죄송해요" 하며 목이 메었다. 아버지는 내 등을 쓰다듬으며 "괜찮다, 살다보면 그럴 때도 있지" 하며 위로해주셨다. 그렇게 못난 오리 같은 딸을 받아주셨는데 구십객 아버지는 백조가 못 되고 늙어가는 딸이 안쓰럽기만 한가보다. 가족들이 한 상에 모여서 식사할 때 내 얘기 소리가 들리지 않으면 "화용이 어딧니?" 하며 유독 내 목소리를 찾으신다. 나는 일부러라도 큰 소리로 짐짓 명랑함을 가장해야 아버지는 안심하시는 것이다.

이제 곧 집이 정리되는 대로 실버타운으로 거처를 옮긴다. 아버지 수발에 힘겨운 엄마의 수고를 덜어드리려고 하신 결심이다. 모시고 살겠다는 자식들의 끼어듦은 마다하고 두 분이 오롯이 보내시는 노후에, 아직도 맨땅에 헤딩하듯 살아가는 애물단지 둘째딸 걱정을 차마 떨치지 못하시는 아버지. 그 아버지의 보이지 않는 눈가에는 한없는 애처로움이 서린다.

재봉틀 단상

걱정했던 것보다는 수월하게 집이 팔려서 엄마와 아버지는 '정원 속 궁전'이라는 실버타운으로 가신다. 평생 쓰던 손때 묻은 살림살이들을 거의 다 처분하거나 재활용센터로 보냈으나 특히 애착했던 물건들은 자식들에게 남겨주고 싶어하셨다. 몇 가지씩 나누어 자기들 집으로 옮겨 갔다.

할아버지가 만주 타향살이 때부터 쓰던 물건인데, 한국전쟁 때 피난을 가면서도 짊어지고 갔었다는 '싱거 미싱Singer machine'. 어렸을 때 할머니로부터 그 이야기를 듣고는 철이 없었는지 깔깔대고 웃었던 기억이 난다. 무거운 재봉틀 몸통을 등짐으로 짊어지고 피난을 갔다니, 한번 주저앉으면 난리통에 먹은 게 제대로 없으니 혼자 힘으론 일어서지도 못했었단다. 양옆에서 붙잡아 일으켜야 겨우 일어설 수 있었다는 얘기를 들으며 그게 그 정도로 귀한 물건이었나 싶었다. 요즘도 가끔 엄마가 재봉틀을 펼쳐놓고 간단한 옷수선 정도는 하지만 짐을 거의 다 줄이고 이사를 하는 마당에 재봉틀까지 가져갈 수는 없는 노릇이다. 내 집에 있는 재봉틀로도 뭘 만들어 본 지 꽤 오래됐는데 저걸 가져다 어쩌지, 하는 생각에 처음에는 언뜻 제가 가져가겠다는 말이 나오지 않았다.

할아버지도 피난길을 나서면서 갈등을 겪었을지도 모른다. 1920년대 초에 미국에서 제작되어 지금은 골동품으로 대접받는 물건이니 그 시절에도 값나가는 귀한 물건이었을 것이다. 그러나 난리가 나고 가족들의 안전이 위급한 상황에서 재봉틀을 가져가느냐, 쌀 한 됫박이라도 더 짊어지고 가느냐는 갈등이 왜 없었을까. 할아버지가 무거운 재봉틀을 짊어지고 피난길에 오른 그 마음은 어떤 마음이었을까. 재봉틀 이외엔 달리 귀중품이 없어서였을까. 아니면 재봉틀에 어떤 추억이나 의미가 있었던 것일까. 뜨개질을 즐겨하셨다니 그럼 저 재봉틀로 손수 무언가를 만들기도 한 것일까. 60년 전에 작고하신 할아버지 유품을 누구도 끝내 물려받지 않을까봐 노심초사하는 아버지의 심정을 모른 체 할 수는 없어서 내 집으로 옮겨왔다.

거실 한 켠에 재봉틀이 자리를 차지하고 있다. 아이들이 저 구닥다리를 뭣하러 가져왔냐며 핀잔하지 않으니 고맙다. 할아버지가 무거운 재봉틀을 끝내 짊어지고 피난길에 올랐듯이, 나도 저 구닥다리 재봉틀을 옮겨다놓고 보니 옛 기억들이 솔솔 떠오른다.

엄마는 재봉틀의 몸통에 맞는 목제 케이스와 주물로 된 제 짝 발틀을 구해 달아서 짬만 나면 우리들의 옷을 만들어 입히곤 하셨다.

초등학교에 들어가자 목둘레는 흰 천으로 깃을 달고 허리 아랫부분에 잔주름이 들어간 하늘색 원피스 교복을 만들어서 입혀주셨다. 엄마가 저 재봉틀을 돌려 만든 것이었다. 또 있다. 아홉 살 때인가, 열 살 때인가? 동대문시장에서 천을 떠다가 만든 민소매 원피스. 언니 것은 초록색 계통의 시원한 꽃무늬였고, 내 옷은 흰 바탕에 색색의 물방울무늬…. 우리는 그 옷을 입고 부산 해운대로 여름휴가를 갔었다.

엄마는 추억하신다. 우리가 어렸을 때는 기성품이 귀해서 옷을 만들거나 뜨개질해서 입혔다고. 옷뿐 아니라 피아노 커버, 커튼, 상보, 수저집 등 자질구레한 생활용품들을 손수 만드셨다. 지금처럼 옷수선집이 있는 것도 아니니 항상 바느질거리가 있었고 재봉틀이 잘 안 돌아가면 몸체를 뒤로 젖혀 먼지를 닦아내고 기름을 치며 간단한 고장 정도는 손수 고치셨다.

대학생이 된 후 시간이 좀 생기자 나도 엄마처럼 천을 끊어다 옷을 지어 입곤 했다. 멋진 무늬가 프린트된 풍성한 개더스커트를 만들어 입고 허리에는 넓은 벨트를 하고 멋을 내기도 했다. 정식으로 재단을 배우지는 않았어도 눈짐작으로 만든 옷본에 맞춰 어림잡아 만들어 입거나 기성복을 사다가도 내 맘에 들게 고쳐 입곤 했다. 그러나 결혼을 해서 집을 떠나자 재봉틀은 잊었다. 아기를 낳으면 옷은 다 만들어 입힐 거라고 혼수로 최신 전기 재봉틀을 장만해 갔지만 아이를 기르다보니 그럴 여유도 겨를도 없었다.

모처럼 재봉틀 앞에 앉으니 기름 냄새가 옛 기억을 불러일으킨

다. 검은 색의 날렵한 몸체에 아름다운 금박의 문양이 그려져 있는 '싱거 미싱'이 모습을 드러낸다. 잘록한 허리 중간에 둘러놓은 붉은 천에는 마치 어제까지도 엄마가 재봉틀 앞에 앉아 있었던 듯 바늘들이 가지런히 꽂혀 있다. 속으로 나직이 흥얼대며 무언가를 열심히 만들고 계시던 엄마의 모습이 떠오른다.

내게 각인된 엄마 모습은 작은 오류도 후회도 없을 듯 완벽한 어머니의 모습, 현숙한 이내의 모습이다. 또 읽을거리를 찾아 자식들의 책꽂이를 기웃거리던 모습이다. 그러나 엄마는 그 시절 많은 시간을 재봉틀에 매달릴 동안 영어 회화 공부라도 좀 했더라면 아버지의 옆자리에서 조금은 더 의연했을 텐데, 라는 엄마 자신만이 느끼는 아쉬운 회한 같은 것이 남아 있었나보다. 실버타운으로 거처를 옮기셨어도 아버지 수발은 들어야 하지만 엄마는 평생의 가사노동에서 풀려나셨다. 엄마에게 허락된 시간이 얼마나 남아 있는지는 알지 못해도 이제부터라도 엄마 자신을 위한 시간을 좀 보내실 수 있으면 좋겠다.

나에게는 무거운 재봉틀을 짊어지고 피난길에 오른 낭만주의자 또는 이상주의자인 할아버지, 밤잠 줄여가며 천을 끊어다 옷을 지어 자식에게 입혀보며 흐뭇한 미소를 지었을 엄마의 모습이 있을 거라고 믿고 싶다. 지금부터라도 재봉틀의 먼지를 닦아내고 기름을 치고 페달을 돌리리라. 내 아이들의 옷을 만들어 입히지는 못했어도 미구에 나도 할머니가 되면 손주들의 옷을 이 재봉틀을 돌려 만들어주고 싶다. 달달달 페달 밟는 소리에, 찰깍찰깍 노루발 돌아가는 소리에 내 삶에도 기름을 치듯 윤기가 흐르고 여유도 생기겠지.

자식들에게 나는 어떤 엄마로, 어떤 여인의 모습으로 남아 있을까, 두려운 질문이다.

저녁 산책길에서

어스름 저녁, 아직 어둠이 내리지는 않았다. 초겨울 싸늘한 냉기가 집안으로 스며든다. 하루를 마무리하는 이때, 알 수 없는 떨림이 나를 감싼다. 누군가가, 무엇인가가 부르는 듯 작은 흥분이 인다. 이 시각은 늘 그렇다. 초겨울 싸늘한 대기가, 뭔지 모를 설렘이 밖으로 나가도록 나를 부추긴다. 아주 오랜만에 저녁 산책을 나선다.

한동안 걷지를 못했다. 걷기는 유일한 운동이지만 발에 퇴행성 질환이 온 올 한해는 걷기마저 자유롭지 못했다. 그러나 뭔지 모를, 그 무엇인가에 이끌려 나선 길에서 혼자 맞는 초겨울의 저녁은 어둠이 점령군처럼 찾아든다. 어둠은 늘 소리 없이 다가와 순식간에 에워싼다. 나는 발걸음을 재촉하여 분당천에 이르는 길로 접어든다.

분당천변을 따라 걷는다. 매지봉 자락에서 흘러내린 물이 율동공원 호수에 고여 있다가 천을 이루며 중앙공원을 끼고 분당을 동서로 흘러내리는 것이 분당천이다. 물줄기는 사분사분 흐른다. 소리도 없이. 저렇게 조용히 흘러가 탄천과 만나면 제법 큰소리를 내며 세력을 이루어 나간다. 천 제방에는 무성했던 풀들의 서걱대는 소리가 쓸쓸하다. 한낮에는 운동을 나온 사람들로 북적거렸을 이 길도 인적이 사라져 순간 적막이 감돈다. 한해를 다 보내는 요즘, 지나간 시간을 돌아보며 느끼는 아쉬움이 이 시각에 나를 밖으로 내모는 것인가. 나는 무엇을 찾아 아무도 없는 이 길을 걷고 있는가. 차츰 붉게 물드는 저녁 하늘에 고층 아파트가 그리는 스카이라인이 선명하다.

분당천 제방의 마른 풀들이 바람에 일렁인다. 누렇게 마른 갈대, 달뿌리풀, 강아지풀이 잔잔한 바람에 제 몸을 맡긴다. 여름 한철 키를 키우고 꽃을 피웠을 저 풀들은 이제는 그 치열함을 거두어버렸다. 누렇게 탈색된 풀들은 제 몸을 겨울바람에 맡기며 순응한다. 그 의연한 모습이 눈물겹다. 겨울이 막바지에 이를 때쯤이면 저 바랜 풀들의 밑동이 잘려나갈 것이다. 새로 돋아나는 더욱 무성한 풀들을 위해 자리를 내어주고 제 몸을 기꺼이 태워 거름이 될 것이다.

분당천과 탄천이 만나는 곳, 황새울광장에 이르자 어둠이 조금 더 낮게 내려와 있다. 나를 밖으로 이끈 떨림은 사라지고 어둠에 동화되어 발걸음이 이끄는 대로 탄천 상류로 거슬러 올라간다. 날이 흐려 해가 지는 모습을 보지는 못했다. 그러나 물오리 떼가 유난히 꽥꽥거린다. 집으로 돌아갈 채비를 하나보다. 저 멀리 우거진 갈대숲 깊숙한 곳에 그들이 밤이슬을 피할 집이 있는 것일까. 몸집이 유독 큰 흰 오리는 저만치 떨어져서 물속에 부리를 처박고 있는 두 마리의 새끼 오리들을 불러모아, 천천히 흘러내리는 탄천 상류를 향해 유유히 길을 떠난다.

물오리들의 몸짓은 언제나 여유롭다. 물 밑의 발질이 치열할지언정 그들의 모습은 마치 방심한 듯 보인다. 그들은 다가온 겨울을 지낼 걱정도, 늘 뒤처지는 새끼들을 걱정하지도 않는 듯 보인다. 짓궂은 아이들이 던지는 돌멩이가 일으키는 파문도 아랑곳하지 않고 저들의 길을 간다. 내 인생의 저녁도 저들과 같았으면…. 저들처럼 여유롭고, 저들처럼 거역함이 없이, 저들처럼 무심했으면…. 가끔 백로가 큰 날갯짓을 하며 날아올라도 괘념치 않고 파문이 이는 물 위를 무심히 떠간다.

청솔중학교를 지나면서부터 길은 좁아진다. 오솔길이 나오더니 곧 오르막이다. 조금 지나 다시 편편한 대로가 펼쳐진다. 어느새 주황빛 가로등이 줄지어 천변을 밝힌다. 물가는 마치 크리스마스 트리에 불을 밝힌 듯 일렁인다. 돌아보니 꽤 먼 길을 온 듯하다. 그래, 이제 지나온 길은 생각하지 말기로 하자. 어둠이 오는 것은 멈출 수 없으니 내가 불빛이 되면 길을 잃지 않고 걸어갈 수 있겠지.

건너편 아파트 창가에는 하나둘 불빛이 늘어난다. 가족들이 집으로 돌아온 모양이다. 어서 집으로 돌아가야 한다는 조바심이 또 다른 떨림이 되어 내 발길을 돌리게 한다. 적당한 온기로 따뜻해진 집 안, 주부의 늦은 귀가를 기다리는 가족들의 눈빛.

아! 어서 집으로 돌아가야지….

단단한 외피를 뚫고 나온 부글대는 열정들

오래도록 가야 할 길은 보이지 않았고 방향키도 없었다. 나는 홀로 내던져진 기분이었다. 돌이켜보면 내 유년의 뜰에 성취는 없었다. 겨우 떨어진 꽃잎들만 주워 담았다. 청년이 되었어도 감히 꿈을 꾸지 못했으니 열패감의 생채기는 잘 아물지 않았다. 그 상처를 내보이고 싶지 않아서 늘 앞줄보다는 뒷줄에 섰다. 하지만 내 안에서 부글대는 열정은 단단한 외피를 뚫고 나오고 싶어했다. 그것이 구체적이지 않았으니 아름다운 꽃이나 풍경을, 희망을 그릴 수 없었다. 내 그림은 말로 설명하기 힘들었고 어떤 이론으로 포장하기에는 모호했다. 하지만 내면의 모습을 그림을 통해 표출하면서 나는 조금씩 고른 숨을 쉬기 시작했다.

고갯길을 걷곤 하는데 출근길이니 늘 같은 방향이었다. 구불구불 몇 번의 커브를 돌며 빠른 걸음으로 걸으면서도 그 길이 내리막길이란 것을 의식하지 못했다. 어느 날 반대 방향에서 거슬러 걷게 되었다. 천천히 걷는데도 숨이 차오르자 비로소 그 길이 오르막이란 걸 깨달았다. 얼마나 많은 것들을 간과하며 살고 있었을까. 불편하지 않아서, 익숙해서…. 지금까지 내가 걸어온 길은 내리막도 오르막도 아니었다. 그 둘은 늘 혼재해 있었다.

처음 컴퓨터의 자판을 더듬으며 글을 쓴 지 꽤 긴 시간이 지났다.

뭔가 표출해내지 않으면 견디기 힘들어서 글을 썼다. 수필의 언어는 명료해야 한다. 구체성에 서툴렀으니 분출한다는 희열과 동시에 좌절이 컸다. 묘사에 대한 훈련도 없었고 어휘는 늘 가난했다.

살아온 세월을 돌아보며 자아를 탐색하는 긴 여정. 이렇게 쓴 글들을 내보이기 두려웠고, 한편 드러내보이고 싶기도 했다.

이제 용기내어 책으로 묶는다. 표지 앞날개에 실을 사진을 찍어주면서 딸은 밝게 웃으라고 한다. 아이들에게 각인된 힘겨워했던 모습을 지워주고 싶다.

격려해주신 세 분 스승님들의 가르침을 잊지 않겠다. 오창익 선생님, 임헌영 선생님, 박상률 선생님께 감사의 말씀을 올린다.

책으로 엮을 수 있게 도와준 박재연 님에게도 고마움을 전한다.

任寅년 봄

이화용

이화용 수필집
나는 이미 길을 떠났다

지은이_ 이화용
펴낸이_ 조현석
펴낸곳_ 북인
디자인_ 푸른영토

1판 1쇄_ 2022년 07월 11일
출판등록번호_ 313 - 2004 - 000111
주소_ 121 - 842 서울 마포구 서교동 460 - 34, 501호
전화_ 02 - 323 - 7767
팩스_ 02 - 323 - 7845

ISBN 979-11-6512-055-9 03810